講談社文庫

悪魔と呼ばれた男

神永 学

講談社

目次

悪魔と呼ばれた男

プロローグ

雨に濡《ぬ》れた墓石は、哀《かな》しみを湛《たた》えているようだった――。

天海《あまみ》志津香《しづか》は、持参した白い菊の花をそっと手向《たむ》け、目を閉じて合掌した。

死後の世界があるとは思っていない。だから、こんな風に黙禱《もくとう》したところで、その想《おも》いが故人に届くことはない。

では、自分は何をしているのか――おそらくは自己満足なのだろう。

忘れていないという意思表示。或《あ》いは、こうして変わらず墓を訪れることで、自分が死者を悼《いた》むことのできる人間であるということを確認している。

そう考えると、自らの行動が、とても奇っ怪なものに思えた。

「君は、何を思う?」

不意に声をかけられ、天海は慌てて振り返る。

そこには、一人の男が立っていた。黒く大きな傘を差している。

年齢は四十代半ばといったところだろうか。痩《や》せ形で、深いほうれい線の刻まれた、気難しそうな顔をした男だった。

天海が、警戒心を露《あら》わにした視線を向けると、男はふっと表情を緩め、右手に傘を持ったまま、左手だけで器用に懐《ふところ》から警察手帳を取り出し、身分証が見えるように提示した。

警視正という肩書きに、天海は慌てて敬礼を返す。

「警視庁特殊犯罪捜査室の大黒《おおぐろ》だ――」

大黒は警察手帳を懐にしまった。

これまで耳にしたことのない部署名だった。昨今、犯罪の多様化により、様々な部署が新設されているが、そうした類《たぐ》いのものなのかもしれない。

「天海志津香警部補です」

天海が返すと、大黒は知っているという風に頷《うなず》いた。

「君の経歴には目を通した。大学で心理学を学び、臨床心理士の資格を取得。その後、警察に入庁。アメリカでの犯罪心理学研修に参加。現在に至る――。若いのに、素晴らしいものだな」

「いえ」

「これは、もはや執念と言っていい」

大黒がぎょろっとした目で、天海を見据えた。

その視線を受けた天海は、どくっと心臓が大きく脈打つのを感じた。

執念といわれれば、そうなのかもしれない。天海は、あの事件以来、ずっと答えを探し求めている。

未《いま》だに、その答えは見つからない。だが、もし仮に、その答えを見出《みいだ》したらどうなるのだろう？　それを思うと恐《おそ》ろしかった。

これまで心の中にあった何かが、ぷつりと切れてしまう気がした。

「改めて質問をさせて貰《もら》う。君は、何を思う？」

「質問の趣旨が分かりかねます」

天海が本当に問いたかったのは、なぜ、警察官僚である大黒がわざわざ墓地に出向き、自分にこのような質問をしているのか——その真意だった。

「では、質問を変えよう。君は、犯罪者を憎んでいるのか？」

大黒は淡々と言う。

天海の意図が伝わらなかったのではなく、分かっていながら尚《なお》、こうした質問を投げかけているようだ。

「もちろん憎いです」

「警察官として憎いのか？　それとも、個人的な感情からくる憎悪か？」

大黒の問いに、さっと血の気が引いた。

脳裏に、少女の顔が浮かんだ。

大きな目を見開いているが、その瞳に生気はなかった。厚みのある唇は、半開きのまま動かない。

「あれは……人の死に方じゃない……」

天海の口から言葉が零《こぼ》れ落《お》ちた。

しかし、その声は雨の音にかき消され、大黒の耳には届かなかったらしい。

脳裏に貼り付いた記憶をおしやり、警察官としての模範解答をしようとしたが、大黒の目は、それを拒むように細められた。

ここで取り繕ったところで、大黒には、簡単に心の底を見透かされてしまう。そんな気がした。

「個人的な憎悪です。理不尽な死は受《う》け容《い》れられません」

気付いた時には、そう発していた。

後悔の波が押し寄せてきた。

今言ったことは、天海の本心には違いないのだが、警察官が口にすべき内容ではない。

前言を撤回したいところだが、一度発してしまった以上、この先何を言おうと、偽りとしか受け取られないだろう。

叱責を受けるだろうと思っていたが、大黒の反応はまったく異なるものだった。

決意に満ちた視線を天海に向け、大きく頷いてみせた。

「君は、現場配属を希望していると聞いたが、それに間違いはないか？」

「はい」

天海は現在、科学捜査研究所の犯罪心理分析係に所属している。犯罪心理分析官になるというのが、天海に敷かれたレールで、アメリカに研修に行ったのも、そうした事情からだった。

だが、天海は直属の上司に、現場への配属を希望している旨を伝えていた。

「どうして現場にこだわる？」

「現場経験のない人間が、資料を見て分析を加えたところで、それは机上の空論に過ぎません」

「犯罪心理分析官でも、現場の捜査に加わることはできるはずだ」

「それでは、あくまで捜査協力というかたちで関わるに過ぎません」

天海の率直な考えではあるが、警視正相手に、少しストレートに言い過ぎたかもしれないと反省する。

「君は、なかなか面白いな」

大黒が、僅《わず》かに笑みを浮かべた。

その言葉が、本音なのか、呆《あき》れているのか、天海には判断がつかないし、どう返していいのかも分からなかった。

「どうして、このような話を？」

天海が一番理解できないのは、そこだった。

大黒は、咳払《せきばら》いをして、笑みを引っ込めてから説明を始める。

「私が所属している〈特殊犯罪捜査室〉は、多様化する犯罪に適切な対処をする為《ため》に、新設された部署だ。少数精鋭で特殊案件を扱う」

「特殊案件――」

ひと言に〈特殊〉といっても、その範囲はかなり曖昧《あいまい》だ。

「そうだ。主に殺人などの凶悪犯罪を扱うことになる。設立したばかりの部署で、人員もほとんどいない。激務であることは確かだが、おそらく、君が求めている答えを出すことができるだろう」

「…………」

天海は、返事をすることができなかった。

この人は、天海が抱き続けている疑問が何なのか、分かっているのであろうか？

「天海志津香警部補。本日付をもって警視庁特殊犯罪捜査室への配属を命ずる――」

大黒は、それだけ告げると、天海の返事を待たずに踵《きびす》を返《かえ》して歩き去って行った。

天海は遠ざかる背中を、ただ呆然《ぼうぜん》と見つめた。

漠然とした不安が、胸の中で肥大化していくのが分かった。

運命という言葉を信じたくはないが、それでも、何か得体の知れない力によって、これからの自分の歩むレールが敷かれたような気がした。

行き着く先は、これまでの自分の人生を大きく覆す何か――であるように思えた。

第一章　予言者

1

霧のような雨が降っていた――。

傘は持っていない。細かい雨粒が、風に煽《あお》られて舞っている。傘を差したところで意味はない。

梅雨入《つゆい》りしたこともあり、このところ雨天が続いている。仕方のないことだが、陰鬱《いんうつ》な気分になるのは避けられない。

まして、凄惨な事件が起きたとなれば、尚のことだ。

天海志津香が足を運んだのは、多摩川《たまがわ》沿いに建つ、製紙工場の跡地だった。

リーマンショックの影響を受け、母体となる会社が倒産し、取り壊されることなく放置されている。

普段なら、誰も気に留《と》めないような場所だ。今は野次馬でごった返しているが、赤色灯を明滅させる警察車両に、吸い寄せられるように集まっているに過ぎず、実際は何が起きたのか、理解している者はいないだろう。

灯《あか》りに集まる虫のようなものだ。

「通して下さい」

天海は、野次馬を掻《か》き分《わ》けるようにして、歩みを進める。

出遅れた焦りのせいか、途中、黒いパーカーを着た青年と強くぶつかってしまった。天海は、バランスを崩しただけだったが、青年の方は、尻餅を突く。

「すみません。大丈夫ですか？」

天海は、声を掛けながら手を差し出した。

青年は、ばつが悪そうに苦笑いを浮かべながら、自分の足で立ち上がり「平気です」と答えた。

もう一度詫《わ》びの言葉を口にしてから、天海は再び歩き出す。

黄色いテープで区切られた規制線の前に立つ制服警官に、警察手帳を提示し、工場の敷《しき》地《ち》に足を踏み入れた。

既に現場は、多くの警察官で溢《あふ》れていた。

天海は、真《ま》っ直《す》ぐ工場の入り口に向かい、半分だけ開かれたシャッターを潜《くぐ》って中に入る。

入ってすぐに、大黒の姿を見つけることができた。

「来たか。着任早々にすまなかったな」

大黒が呟《つぶや》くように言った。

今日は天海の着任初日だが、その前に事件が発生し、こうして現場に呼び出されることになった。

だが、そうした事情は、犯人にも被害者にも関係がない。

「いえ。それより、ご自身で犯行現場に？」

大黒の階級は警視正だ。自ら、犯行現場に足を運ぶなど異例だ。

「何か問題でもあるのか？」

「問題というわけではありませんが、誰かに任せるべきではないかと……」

「先日も話したが、〈特殊犯罪捜査室〉は、少数精鋭だ。私と君を含めても、人員は三人しかいない」

天海は、絶句した。

警視正ともなれば、四百人からなる捜査本部を取り仕切るポジションだ。それが、たった三人――。

警部、警視などを間に入れ、組織としての体裁を整えるのが普通であるはずだ。

敢《あ》えてそうしているのか、或いは、何かしらそうせざるを得ない理由があったのか？

天海には、それ以上突っ込んだ事情を問《と》い質《ただ》すことはできなかった。

「例の〈悪魔〉の犯行の可能性があるとのことでしたが……」

天海は、咳払いをしてから、話を事件の方に向けた。

〈悪魔〉とは、ここ三年で、四件の殺人事件を起こしている犯人のことだ。被害者の中には、現職の警察官も含まれている。

それぞれの被害者に接点はなく、年齢も性別もバラバラ。連続殺人事件の犯人は、たいてい決まった手口を持っているが、〈悪魔〉は、殺害方法についても一貫性がない。

「首の裏に例の刻印があったそうだ」

大黒が端的に答えた。

一貫性のない犯行手口であるにもかかわらず、一連の事件を警察が連続殺人であると判断しているのには理由があった。

全ての被害者に、共通してある印が刻まれているからだ。

頂点が五つある星形──五芒星《ごぼうせい》（ペンタグラム）だ。

正確には、一つの頂点を下にした逆さ五芒星。

通常の五芒星は、魔術の記号とされ、魔《ま》除《よ》けや守護などとして用いられているが、逆さ五芒星になると、途端に意味が変わる。

逆さ五芒星は、別名デビルスター。悪魔の象徴として認識されている。

一連の連続殺人事件の犯人が〈悪魔〉と呼称されるようになったのは、被害者に逆さ五芒星を刻印していたからに他ならない。

逆さ五芒星が刻印されていることは、マスコミはもちろん、警察内部でも一部の者にしか報《しら》されていない。

容疑者を逮捕した際、犯人しか知らない事実——つまり秘密の暴露として、逆さ五芒星の刻印を使おうという考えからだ。

同時に、悪魔の刻印などというセンセーショナルな話題をマスコミに流せば、コピーキャット（模倣犯）を生み出すことにもなりかねない。

故に、世間では連続殺人事件とは認知されていないし、〈悪魔〉という呼称を使っているのも、警察の一部の人間だけだ。

〈悪魔〉の最初の犯行は、三年程前——。

それから、二件目が発生するまで、一年以上の間隔が空いているが、段々と犯行のスパンが短くなっている。

連続殺人事件の場合、犯行と犯行の間に、潜伏期間が存在する。その間隔が狭まっているということは、犯人がより大胆に、かつ凶暴化してきていることを意味する。

このままの状態が続けば、さらに犠牲者が増えることになるだろう。

「現場を見ておけ――」

大黒に促され、天海はさらに歩みを進めた。

工場の中に、機械の類いは一切なく、フットサルくらいならできそうな空間がぽかんと空いていて、奥にある壁の前に、鑑識の面々が群がっているのが見えた。

そこには、女の死体があった。

全裸の若い女だ――。

天海は足を止める。意識してそうしたというより、身体《からだ》が勝手に反応したと言った方がいいだろう。

女は両手を大きく広げた状態で、空中に浮かんでいた。

いや、浮かんでいた――という表現は誤りだ。女は、両手を広げた状態で、天井からぶら下げられているのだ。

心が軋《きし》む音がした。

ただ殺すだけでなく、天井から死体を吊《つる》すという猟奇的な行いに対する嫌悪感から、心が悲鳴を上げている。

だが、同時に別の感情が芽生えてもいた。

――美しい。

そう感じてしまう自分に驚いた。

天井から、死体を吊しているのだ。凄惨で残忍で、非道な光景であるはずなのに、何かが違った。

天海の脳裏にこびりついている記憶の中の死体とは明らかに違う。この死体には、何ともいえない美しさがある。

天海が呆然と、その死体を見ていると、鑑識が女の死体を天井から降ろす作業を始めた。

手錠のような金属製の輪っかで左右の手首を固定し、そこからワイヤーのようなものを伸ばし、天井の梁《はり》に引っかけて、吊《つ》り上《あ》げたといったところだろう。

鑑識は、そのワイヤーを緩めながら、ゆっくりと女の死体を地上に降ろして行く。

女の足が、あと十センチほどで床に触れようという時、ガタンっとけたたましい音がして、そのまま女が落下した。

どさっという音とともに、女が床に横倒しになる。

「何やってんだ！」

怒声が工場内に響いた。

おそらく、ワイヤーを緩めていた誰かが、うっかり手を滑らせたということだろう。

しかし、天海はそんな騒ぎよりも、女の方に目が釘付《くぎづ》けになった。

女の顔は、真っ直ぐ天海の方を向いていた。

これまで、幾度となく死体は見て来た。ところが、そのどれとも違う。天海は、違和感のようなものに包まれていた。

だが、そんな感慨も、鑑識が女を死体袋に詰める作業を始めたことで断ち切られた。

もっと近くで、死体を見ておこう。

再び足を踏み出した天海だったが、それを遮るように、一人の男が鑑識を押しのけ、死体の許《もと》に歩み寄って来た。

長身で、手足が長く、昆虫を思わせるようなひょろっとした体型をしている。

日本人とは思えない彫りの深い顔立ちをしていて、肌の色も、黄色人種とは思えないほどに白い。

もしかしたら、ハーフかクォーターなのかもしれない。

天海が考えを巡らせているうちに、男は死体の前に跪《ひざまず》くと、両手で包み込むように女の手を取り、自らの額《ひたい》をそこに近づけ目を閉じた。

まるで、祈りを捧《ささ》げているようだった。

男の姿が、キリストのように神々しいものに思えた。

やがて、男は天井を仰いだ。

その目尻から——涙が一筋零れ落ちる。

——泣いているの？

天海は、ただ困惑した。

殺人の現場を目の当《ま》たりにして、怒りを爆発させる刑事はたくさんいるだろうが、涙を流す者がいるとは思わなかった。

あの男は、いったいどんな感情から涙を流したのだろう？　考えてみたが、その答えを見つけることができない。

ただ、男の流した涙は、どこまでも透き通った美しさがあるように思えた。

こちらの視線に気付いたのか、男が天海の方を見た。

慌てて視線を逸《そ》らそうとしたが、僅かに反応が遅れた。男の視線に搦《から》め捕《と》られ、天海は身動きが取れなくなる。

不思議だった。

工場の中には、たくさんの人がいるというのに、その瞬間、自分とこの男の二人きりになったような気がした。

「君のパートナーだ」

大黒に声をかけられ、天海は我に返る。

いつの間にか、天海の隣に立っていた大黒の視線は、真っ直ぐその男に向けられていた。

「パートナー？」

天海が聞き返す。

その男も、〈特殊犯罪捜査室〉の一員ということなのだろうか。

「元捜査一課の刑事だったが、部署を新設するにあたって、君と同じように私が引き抜いた。検挙率ナンバー1《ワン》だった男だ」

大黒は、早口に説明してから「阿久津《あくつ》」と声をかける。

阿久津と呼ばれた男は、すっと立ち上がると、真っ直ぐこちらに向かって歩み寄ってきた。

「天海警部補だ」

大黒が天海に視線を向けながら言う。

それだけで、男は全てを察したらしく、「ああ」と納得した顔をする。すでに涙は消えていた。

「阿久津誠《まこと》です」

よく響くバリトンの声で名乗る。

「天海です」

「お噂《うわさ》はかねがね。アメリカで犯罪心理学の研修を受けられた才女だと伺っています」

阿久津が笑みを浮かべながら言った。

だが、その声にはまるで感情がこもっていない。褒《ほ》めているようで、実際は、理屈のみの女だと見下しているような気がした。

「才女などではありません」

「謙遜することではないでしょう」

「アメリカで学ぶべきことは多かったと思いますが、研修がそのまま実践で活《い》かされるとは思っていません。そもそも、文化が違います」

天海が口にすると、阿久津の顔から笑みが消えた。

「コンプレックスが強いようですね。私は、本心で言ったつもりですが……」

「私も、事実を口にしただけで、他意はありません」

どうしてこうなってしまったのか——阿久津とのファーストコンタクトは失敗だといえるだろう。お互いに、牽制《けんせい》し合うような恰好《かっこう》になってしまった。

「まあ、何にしても、よろしくお願いします」

阿久津が、改めてという感じで右手を差し出してきた。

天海は、阿久津と握手をかわした。

パチッと静電気が走ったが、それは一瞬のことだった。阿久津の手は柔らかく、吸い付くような肌触りだった。

心臓がいつになく騒いでいる。

思春期でもあるまいし、男の手を握ったくらいで、動揺するなんてどうかしている。天海は、心の動揺を気取《けど》られないように笑顔を作ってみせた。

阿久津は、僅かに顎《あご》を引き、不思議そうに首を傾《かし》げ、何かを言おうと口を開けた。が、結局、何も喋《しゃべ》ることはなかった。

2

裸の女が、ポーズを取って台の上に立っていた――。

小柄で手足が短く、ウエストのラインにあまり括《くび》れがない。いかにも日本人的な体型の女だ。

年齢は、三十代半ばくらいで、肉のたるみも目立ち始めている。

それでも、男子学生からしてみれば、肉眼で直《じか》に見る女体というのは魅力的らしく、芸術とはほど遠い卑猥《ひわい》な視線を向けながら、デッサンを続けている。

真莉愛《まりあ》はといえば、正直、描く気が起きなかった。

美しいと言い難《にく》いものを模写したところで、自分のスキルが向上するとは、到底思えなかった。

そもそも、真莉愛はこんなものをデッサンしたくて美術大学に入学したわけではない。

真莉愛が美大に入ったのは、ある一枚の絵に魅せられたからだ。

フランシスコ・ゴヤの「我が子を喰《く》らうサトゥルヌス」だ。

ゴヤの名前くらいは聞いたことがある人も多いだろう。

「裸のマハ」などが有名で、宮廷画家として活躍し、スペイン最大の画家と謳《うた》われるほどの人物だ。

そんなゴヤだが、晩年、奇妙な行動に出る。

マドリードの郊外に別荘を購入し、サロンや食堂を飾る為に、壁に十四枚の絵を描いた。元々は風景画だったが、ゴヤ自身がその上に、黒をモチーフとした陰湿な絵を描いた。そうして完成した「黒い絵」と呼ばれるこの作品群の中の一つが、「我が子を喰らうサトゥルヌス」だ。

ローマ神話をモチーフにした作品で、サトゥルヌスが、自分より偉大な者が現れることを恐れ、自らの子を喰らう姿を描いた絵だ。

神話では、サトゥルヌスは、我が子を丸呑《まるの》みにしたのだが、ゴヤの絵の中のサトゥルヌスは、血に塗《まみ》れながら、我が子の頭を喰らったあとに、腕に齧《かぶ》り付《つ》いている。

神話より残酷な描写になっている。

多くの者は、その凄惨さに目を背《そむ》けることだろう。

だが、真莉愛は違った。

その圧倒的な存在感に心を打たれたのだ。

真莉愛は、それまで日常生活を送りながら、満たされない何か——を抱えていた。言葉で説明するのは難しいが、社会の風習や常識といったものに対する違和感のようなものだ。

他者と同じであることが、優れているとされ、寛容と無償の奉仕が美徳とされる。花は可憐《かれん》で、水は清らか。ルールを遵守《じゅんしゅ》し、弱き者には情《なさ》けをかける。同じものを見て、同じ感想を抱かなければならないことに、真莉愛は言いしれぬ違和感を覚えていた。こうでなければならない——と、強要されることに対する息苦しさのようなものだったのかもしれない。

どんなに綺麗《きれい》に取り繕おうとも、人間の内面など、所詮は自己愛の寄せ集めだ。我が子であろうと、保身の為に喰らう。残酷ではあるが、そこには人の真実があるような気がした。

ゴヤが描いたサトゥルヌスは、神話上の特別な存在ではなく、人の本質そのものであったような気がする。

それ以来、真莉愛は、「我が子を喰らうサトゥルヌス」のような、残酷な絵の画集を集めるようになった。

もちろん真莉愛はこうした絵に魅せられていることを、誰かに話したことはない。言えば、どんな反応になるか、だいたい想像がつくからだ。

表面的なものだけを見て、気味が悪いと一蹴《いっしゅう》されるに違いない。中には、同じような残酷な絵を好む人もいないではなかったが、そうした人たちの多くは、グロテスクなものが好きなだけの変態趣味の輩《やから》だった。

「全然、進んでないね」

隣に座る真穂《まほ》が、真莉愛のキャンバスを覗《のぞ》き込《こ》みながら声をかけてきた。

「うん……何かね……」

真莉愛は、苦笑いとともに答える。

真穂はデッサンの授業の時、常に真莉愛の隣に座る。どうやら、友人だと思っているらしい。

だが、真莉愛の方は真穂を友人だとは認識していなかった。

嫌いというわけではない。ただ、友人という曖昧な定義が理解できなかった。人間関係に名称など付ける必要はないと思う。

名称を与えてカテゴライズすれば、まるで仕事のように、何かしらの役割と義務が生まれてしまう。

友だちなら、話を聞いてよ――といった具合だ。

そんなものは、煩《わずら》わしい以外のなにものでもない。しかし、その意見を主張すれば、冷たい奴《やつ》という別のカテゴリーに分類される。

だから、仕方なく友だちという役割を、表面上だけでこなす。

「真穂はどうなの？」

真莉愛が訊《たず》ねると、真穂が「私も――」と同意の返事をしてきた。そう言う割には、木炭を滑らせながら、軽快にデッサンをしていたように思う。

ちらっと真穂のキャンバスに目を向ける。

――あれ？

真穂が、キャンバスに描いていたのは、台の上にいる裸婦とは似ても似つかないものだった。

尖《とが》った顎に、真っ直ぐ伸びた鼻筋。切れ長で、知的な印象のある涼しげな目許《めもと》。軽くウエーブのかかった髪をした美男子だった。

さっきの同意は、本心だったようだ。ただ――。

「イケメン過ぎて、リアリティーがないよ」

真莉愛は、からかうように言った。

真穂は漫画家を志望していて、美術大学に通いながらも、漫画を描いては新人賞などに応募している。

真穂の描くキャラクターは、繊細で美しいのだが、生きている印象が希薄で、人形のように思えてしまう。

おそらく、男性に対する理想が極端に高いのだろう。

故に、授業の課題も、漫画のキャラクターも、現実味のない完全無欠な絵になってしまっている。

中身のない、上《うわ》っ面《つら》の美しさだけを追い求めた空っぽの絵――。

「真莉愛。それ本気で言ってる？」

「うん」

「嘘《うそ》。もしかして知らないの」

真穂が、驚いたように口に手を当てる。

「何が？」

「だって、この絵を見たら、誰か分かるでしょ」

「モデルがいるの？」

「あれを見逃すなんて、全然ダメだな」

「だから何？」

真莉愛の声に、自然と苛立《いらだ》ちが混じる。

「右端の最前列――」

真穂が、声を潜めるようにして言いながら視線を向けた。

真莉愛がそれを辿《たど》るように目を向けると、一人の男の横顔が飛び込んできた。

驚きで、すぐに声が出なかった。

裸婦のモデルと、キャンバスを交互に見ながら、黙々とデッサンを続ける青年がいた。そして、驚くべきことに、その顔は、真穂が描いた美男子そのものだった。

「ね」

真穂が、にやにやとした顔で言う。

「あんな人いた？」

真莉愛は、真っ先にそのことを聞き返した。

「いたよ。って言っても、他の大学から編入してきたらしいから、うちに来るようになったのは、今年度からだけどね」

「そうなんだ」

今年度に編入してきたのであれば、まだ一月半《ひとつきはん》くらいしか経《た》っていない。これまで、その存在に気付かなくても不思議はない。

「相当なイケメンでしょ」

真穂が得意気に言う。

「そうだね」

同意するしかない。

そのままモデルになれそうなレベルだ。いや、もしかしたら、既にそうした活動をしているのかもしれない。

「しかも、彼のお父さんって、高級官僚なんだって。もう、めちゃくちゃスペック高いでしょ」

確かに、見るからに品位があり、知的な雰囲気も漂っている。

ただ、それは表面上のことに過ぎず、人間の価値を決める決定的なものではない。

「ああいう人に限って、ろくでもない奴だったりするのよ」

「さすが経験豊富なだけあるわ」

「別に、豊富ってほどじゃないよ」

と、これは謙遜だ。

真莉愛は、これまで男がいなくて寂しい想いをしたことがない。放っておいても、次々と男が寄ってきた。

その中に、彼に劣らないイケメンがいたこともある。

だが、そういう男に限って、プライドだけが妙に高く、ナルシストだったりする。

その上、真莉愛のことを、自分が思い描く恋人という理想像に当《あ》て嵌《は》め、ああだこうだと文句を並べる。

結局のところ、真莉愛のことなどまるで理解せず、自分のイメージの中に、閉じ込めておきたいだけなのだ。

一途《いちず》で、家庭的で、少しおっちょこちょいで、性に対しては奥手——という漫画にありがちなヒロイン像を押しつけてくる。

特に、性の部分の押しつけは、目も当てられない。

勝手に処女だと思い込むだけでも鬱陶《うっとう》しいのに、そうでないと分かると、前の男と比べて、自分はどうかとしつこく訊ねてくる。

そういう奴らは決まって、女性を射精する為の道具くらいにしか思っていない。

この前別れた男など、その代表格だった。

モデルとして活躍はしているだけあって、顔は整っていたが、それだけの男だった。ただ、上手《うま》いだけの絵——といった感じだ。

どうせ、あの男もその類いだろう。

「ああいう彼氏が欲しいな」

真穂が羨望の眼差《まなざ》しを向けた。

——よく言う。

思わず吐き出しそうになるのを、慌てて堪《こら》えた。

真穂は、こんな風に夢見る少女を演じてはいるが、その裏では援助交際をしているともっぱらの噂だ。

金の為に、平気で中年の男に自分の身体を預けるなど、真莉愛から言わせれば、ゴヤの絵よりはるかにグロテスクな行為だ。

何より、それを隠して平然と日常を送りながら、イケメンに色目を使う真穂自身のグロテスクさには、それこそ吐き気をもよおす。

だが、当人はそんなことは意に介さない。

都合の悪いことは、何事もなかったかのように記憶から消去し、自分は聖女か何かであるかのように振る舞う。

さっき、真莉愛のことを経験豊富などと揶揄《やゆ》したが、セックスの経験人数ということだけでみれば、真穂の方がはるかに数が多いはずだ。

そうしたことをおくびにも出さず、理想とする自分を演じ続けるのだから大したものだ。

まあ、それくらいの演技力が備わっているからこそ、金目的だけで、中年の男と身体を重ねることができるのだろう。

やはり、真穂の方がグロテスクだ。

ふっと口許を緩め、キャンバスに向かおうとしたところで、視線を感じた。

彼だった——。

デッサンの手を止め、真っ直ぐに真莉愛を見ていた。

まるで、全ての光を吸い込んでしまうような、黒い瞳だった。

彼は、真莉愛を見たまま小さく笑った。

その笑みが、何を意味するのかは分からなかったが、これ以上見ていては、心がその瞳に呑み込まれてしまう気がして、慌てて視線を逸らした。

「ねぇ。今、真莉愛を見てなかった?」

真穂が訊ねてくる。

声を低くしてはいるが、興奮しているようだった。

「そんなわけないでしょ」

肩をすくめるようにして否定した真莉愛だったが、再び彼の方を見る勇気はなかった──。

真莉愛が、再び彼の方に目を向けたのは、授業が終わり、片付けを始めた時だった。

別に彼自身に興味があったわけではない。

彼は、どんな絵を描くのだろう──そちらの方に、興味が湧いたからだ。

片付ける作業をしながら、それとなく彼の絵に目を向ける。

視界に入った絵を見て、真莉愛は動けなくなった。

見事という他ないデッサン力で、写真と見紛《みまが》うほどに、裸婦の姿を描写している。しかし、真莉愛が驚いたのはそこではない。

裸婦の表情だ──。

その目は、酷《ひど》く冷たく、周囲の人間を見下しているように見える。口許は引《ひ》き攣《つ》ってい
て、嫌悪感が滲《にじ》み出《で》ている。
今すぐにでも、ため息《いき》を吐《つ》きそうな顔をしていた。
写実的だと思われた裸婦の身体が、まったく別のものに見えてきた。
おそらく、彼が表現したのは、裸婦の内面なのだろう。
金を貰ってるから仕方なく身体を晒《さら》しているが、学生たちを侮蔑し、退屈を持て余しな
がら、早く時間が過ぎ去ることを願っている。
そんな内面が、絵から透けて見えた。
彼が、真莉愛に気付いたのか、こちらに視線を向けてきた。いい機会だ。普通に、創作
の意図を訊ねればそれで良かった。
なのに、まるで初恋に落ちた少女のように彼の視線から逃れ、急いで教室を出た——。

3

ワイパーが一定速度で動きながら、フロントガラスの雨粒を拭《ぬぐ》っている。
だが、拭ったそばから雨粒がフロントガラスを濡らす。
天海は、車の助手席から、隣で運転する阿久津を盗み見た——。

車の運転は、天海がやると申し出たのだが、阿久津が頑として譲らなかった。しばらく押し問答になったが、他人の運転は落ち着かないという阿久津の主張に、天海が折れるかたちとなった。

その言葉を象徴するように、阿久津の運転は、滑《なめ》らかで正確だった。動作の一つ一つに無駄がなく、己のペースで完璧に行動する——そんな阿久津の性格が伝わってくるようだった。

私生活と仕事とで、どれほどのギャップがあるのか分からないが、潔癖な質《たち》であることは間違いないだろう。

「何か？」

こちらの視線に気付いたらしく、阿久津が訊ねてきた。

「阿久津さんは、どうして警察に？」

黙っているのもばつが悪いので、適当に質問を投げかけてみた。

「どうしてでしょうね。自分でもよく分かりません。気付いたら、何となく警察に入っていたという感じです」

阿久津が、淡々と答える。

「嘘ですね」

天海は思わず口にした。

声の調子も、表情も変化はないが、嘘であることは一目瞭然《いちもくりょうぜん》だった。

運転をみても分かる通り、阿久津は流されて行動するタイプではない。冷静に自分の性質を分析し、ある種のこだわりをもって行動している。

そんな阿久津が、曖昧な理由で警察に入庁するはずがない。

それに、阿久津は警視庁捜査一課に籍を置いていたという話だ。何となく――などという曖昧な気持ちで、務まるような部署ではないはずだ。

「さすが、心理学を学んだだけあって、私の嘘など、簡単に見破ってしまいますね」

阿久津が感心したように、何度も頷いてみせる。

その態度から、あざとさを感じた。本心からの言葉でないことは、明らかだ。

「私でなくても、さっきのが嘘であることは、分かったと思います」

「そうですね。もう少し、ましな嘘を吐くべきでした」

阿久津が飄々《ひょうひょう》と言ってのける。

天海に内面を分析されることを怖れているというより、誰に対しても、自分の内側を見せないのだろう。

他人の干渉を嫌い、パーソナルスペースの範囲が人一倍広いようだ。

「では、もう少しましな嘘を聞かせて下さい」

天海が言うと、阿久津が驚いた顔をした。

「普通は、こういう流れになったら、退《ひ》き下がるものです」

阿久津の言い分はもっともだ。だが――。

「私はしつこいんです」

「面白い人ですね。アメリカ仕込みですか？」

「茶化さないで下さい」

天海は強い口調で言った。

阿久津が、意図的に話を逸らそうとしているのは明らかだ。

「答えてもいいですが、質問は交互にしましょう」

「交互？」

「ええ。私が一つ答えたら、あなたも一つ答える。それでどうです？」

阿久津がそう言って笑みを浮かべた。

ごく自然な笑みに見えるが、どこか油断のならない雰囲気が漂っている。もしかしたら、阿久津は天海を試そうとしているのかもしれない。

ざわざわっと胸が揺れる。

嫌な予感がするが、天海自身が仕掛けたことだ。ここで拒否すれば、逃げているように思われるかもしれない。

「構いませんよ。その代わり、もう嘘は止《や》めて下さい」

「もちろんです」

阿久津が、無駄のない動きでハンドルを捌《さば》きながら答える。

どうも、信用がおけない気がするが、ここでそれを追及していたら、話が前に進まない。嘘があるのであれば、見抜けばいいだけだ。

「では、私から質問させて頂きます」

天海が言うと、阿久津は「どうぞ——」と応じた。

「警察官になった理由は、何ですか？」

敢えて同じ質問をしながら、天海は阿久津の横顔を凝視した。

嘘を見逃すつもりはないという、無言のプレッシャーをかけたのだ。

精神的に圧力をかけると、人は嘘が吐き難くなる。仮に、嘘を吐いたとしても、その反応が普段より大きく出るものだ。

「許せなかったんですよ」

阿久津が、ぽつりと言った。

表情こそ平坦《へいたん》だが、さっきまでと明らかに口調が違う。どうやら、今回は嘘ではないようだ。

「何が——です？」

「この世界の不条理——とでも言った方がいいですかね」

「そうです。残念ながら、法律もその執行機関も、万能ではありません。平等に罪を裁いてはくれません。その理不尽を、どうしても変えたかったんです」

阿久津の言葉は、正義感に満ちあふれている。にもかかわらず、賛同する気にはなれなかった。

それは、おそらく阿久津の潔癖さに対してなのだろう。

「阿久津さんの意見に、私も同感です。不条理があるのは疑いようのない事実です。でも、たった一人でどうやって変えるんですか？」

「質問は、交互のはずですよ」

阿久津が、天海の疑問を遮った。

まだ質問の途中であることを主張しようと思ったが、止めておいた。

「分かりました。阿久津さんの質問は何ですか？」

「死体を見た時、何を感じましたか？」

阿久津の口から放たれた問いに、天海は、はっと息を呑み、すぐに返答することができなかった。

脳裏に、あの時の光景がフラッシュバックする。

心臓が早鐘《はやがね》を打ち、呼吸が乱れた。

「質問が聞こえませんでしたか？　もう一度言います。死体を見た時、あなたは何を感じましたか？」

「それは、いつの話をしているんですか？」

阿久津は、どうして急にこんな質問をしてきたのか——疑問に思いながらも、敢えてそれには触れることなく聞き返した。

「分かっているはずですよ」

「いいえ。分からないから訊いているんです」

「あなたが、友人の死体を見た時に、何を感じたのかを訊ねているんです」

どうしてそのことを知っているのか——と問おうとしたが、口に出す前に呑み込んだ。

天海が阿久津のことを知ったのは、ついさっきだが、向こうはそうではない。事前にパートナーになる天海のことを調べていても、何ら不思議はない。

天海の経歴を少し調べれば、あの事件についても、知ることができるはずだ。

今から十五年前——。

天海が、まだ小学生だった時、仲のいい友人の亜美《あみ》と、ある事件に巻き込まれた。

さっきは一瞬だったが、今度は鮮明に、かつ脳裏に焼き付いていたかのように、亜美の死に顔が浮かんだ。

陶磁器のような白い顔を、自らの血飛沫《ちしぶき》で染めた亜美の顔——。

「どうしました？」

阿久津が、天海の方に顔を向けた。

天海は、その視線から逃れるように前を見た。赤信号で停車している車のフロントガラスに、音もなく雨粒は舞い降りてくる。

淀《よど》んだ空の色は、今の天海の心を象徴しているようだった。

あの日、亜美は天海の目の前で、一人の男に殺された。ナイフで滅多刺《めったざ》しだった。

「憎悪――です」

天海は、胸を押さえながら答えた。

「憎悪？」

「はい」

「それは、犯人に対してのものですか？　それとも――死体そのものに対するものですか？　もしくは、自分自身に対するものですか？」

――この人は、何を言っているの？

「犯人に決まっています」

自分で想像していたのより、大きな声が出た。

胸の中に、黒い何かがじんわりと広がり、熱を帯びた痛みとともに、徐々に天海を侵食していくようだった。

こんな風に感じるのは、阿久津の独特な空気に呑まれてしまっているからかもしれない。冷静にならなければ——自分に言い聞かせる。

「そうですか……やはり、人の記憶というのは、曖昧なものですね」

阿久津は、感慨深げに言った。

「どういう意味です？」

「言葉のままです。人間の記憶というのは、実に曖昧なものです。知らず知らずのうちに、自分にとって都合のいいように、その記憶を改竄《かいざん》してしまいます」

阿久津の言わんとしていることは分かる。

人間の記憶は、事実をそのまま完全に保管するものではない。感情に左右され、無意識のうちに、自分の都合がいいようにねじ曲げられていってしまう。

友人などと、昔の思い出話を語った時、内容に齟齬《そご》が生まれるのはその為だ。

自分が現実だと信じている世界と、客観的な事実との間には、主観というフィルターが存在している。

犯罪を犯す者の多くは、記憶と現実とが、他の人より乖離《かいり》している傾向がある。

ただ、さっきの阿久津の言《い》い様《よう》だと、まるで天海がその傾向にあるように聞こえてしまう。実際、そういう意味合いを持って発したのかもしれない。

「何が言いたいんですか？」

天海は、嫌悪感とともに口にした。

阿久津は、何も答えずに、じっと信号を見つめていた。やがて、ふっと口許を緩めると、天海の方を真っ直ぐに見た。

「本当は、その憎悪の矛先は、自分自身なのではないですか？」

「ど、どうして、自分自身を憎悪するんですか？」

確かに、友人を救えなかったという後悔はあるが、犯人に対する憎悪に勝《まさ》る感情ではない。言い訳のように聞こえるかもしれないが、当時、小学生だった天海には、どうすることもできなかったのだ。

「だって、あなた、あの時笑っていたでしょ」

阿久津がさらりと言った。

まるで見て来たような言い様だ。

「友だちが死んだんですよ。笑うわけありません」

爆発しそうになる怒りの感情を深く呑み込みながら答えた。ここで感情的になれば、阿久津の思惑に踊らされる気がした。

「本当にそうですか？」

「え？」

「あなたは、その友だちに劣等感を持っていましたよね？」

　鋭利なナイフを突きつけられたような、ひんやりとした感触が、つうっと背筋を伝っていくのが分かった。

「否定はしません」

　確かに、天海は殺された友人の亜美に対して引け目を感じていた。

　彼女はくりっとした目が印象に残る、まるで人形のように美しい容姿をしていた。それだけでなく、運動もできたし、人懐《ひとなつ》こい性格で、友人も多かった。

　天海は常に、彼女の引き立て役だったような気がする。

　彼女は、幼いながらも自分の見せ方をよく分かっていた。もしかしたら、引き立て役として適任だと思ったからこそ、天海と仲良くしていたのかもしれない。

　——卑《いや》しい。

　何より、友人のことを、そんな風に見てしまう自分自身が卑しい。

「だからといって友人が死ぬ姿を見て、笑うようなことはしません」

　天海はきっぱりと言った。

　たとえ、劣等感を抱いていたとしても、彼女が友人であったことに変わりはない。それが目の前で、無残に殺されたのだ。

　笑う道理など一つもない。

「まあ、そうかもしれませんね」

阿久津が苦笑いを浮かべるのと同時に、信号が青に変わった。車が、再びスタートする。

それ以降、阿久津は何も言わなかった。

ただ、天海の心には、阿久津の放った言葉が、棘《とげ》のように突き刺さっていた。抜こうと試みたが、深く入り込んだそれは、足掻《あが》くほどに、奥へ奥へと入り込んで行くように思えた。

4

菅野《すがの》一成《かずなり》は、冷めた目で前に座る男を見ていた——。

名前は、岩村武雄《いわむらたけお》。三十八歳で階級は警部補。警務部に所属し、一元管理が進む証拠保管庫の現場責任者だった男だ。

落《お》ち窪《くぼ》んだ眼窩《がんか》を下に向け、充血した目で、安物の靴の先をじっと見つめている。

「もう一度訊《き》きます」

菅野が口にすると、岩村がはっと顔を上げる。

——もう止めてくれ。

顔にそう書いてある。だが、菅野にも職務がある。ここで、追及の手を緩めるわけにはいかない。

「保管庫は、確かに施錠したのですね」

「はい。間違いありません」

「その鍵は、何処《どこ》に置きましたか？」

「引き継ぎの警察官に渡しました」

判で押したように、これまでと同じ返答だ。岩村の目は充血してはいるが、信じて欲しいという切実な願いが込められていた。

菅野は、思わずため息を吐いた。

狭い会議室に、その音が反響して、より一層空気を重くした。

「あなたの話が本当だとしたら、どうして保管庫から重要な証拠品が紛失したのですか？」

菅野が問うと、岩村の顔が強張《こわば》った。

何か考えるように視線を漂わせたが、何も思いつかなかったらしく、自らの唇を噛《か》んだ。

岩村は、屈辱に塗れているのだろう。

何を言っても、誰も信じてくれない。そのことに対する、苛立ちもあるはずだ。

しかし、菅野はそれを見ても、同情する気持ちは微塵《みじん》も湧かなかった。むしろ、苦痛に歪《ゆが》む岩村の顔を見ているのは、心地よくもあった。

「分かりません……」

しばらくの沈黙のあと、岩村が絞り出すように答えた。

「私には、あなたが自分のミスを隠そうとしているだけのように思えます」

菅野は努めて、冷静な口調で言う。

「ち、違います。私は……」

「いつまで、そうやって否定を続けるつもりですか？　あなたは自分のミスで、何が起きたのか、分かっているのですか？」

「分かっています」

岩村は、そう答えると、再び靴の爪先に視線を落とす。

「本当に分かっていますか？　私には、理解しているようには見えません」

「そんな……」

岩村は、がっくりと頭《こうべ》を垂れた。

菅野は再びため息を吐き、窓の外に目をやる。低い雲に覆われ、寒々とした街並みを見渡すことができた。

岩村の心中も、こんな感じなのかもしれない。憐《あわ》れだとは思うが、情けをかけるつもりは一切ない。

菅野は、改めて岩村に向き直る。

「いいですか。今回、紛失した証拠品は、被害者のものと思われる血痕が付着した、凶器とみられるナイフです。科捜研に鑑定を依頼する為に、一時保管していたものです」

「はい」

「凶器の紛失により、鑑定ができなくなったばかりか、警察は容疑者の男を逮捕する為の、決定的な物的証拠を失ったのです」

「…………」

岩村は口を開いたものの、苦しそうに喘《あえ》ぐだけで、言葉にはならなかった。

事件の発端は、二週間前——。

荒川《あらかわ》の河川敷《かせんじき》で、少女の死体が発見されたことだった。

犬の散歩をしていた六十代の男性からの通報だった。犬が、河川敷を掘ったら、人が埋まっていた——と。

被害者の身許《みもと》は、すぐに割れた。

近くのマンションに住む女の子で、母親から捜索願いが出されていた。

目撃証言などから、容疑者の男が浮上した。証拠不十分で不起訴処分になったものの、過去に、強制わいせつの容疑で、逮捕歴のある男だった。

死体発見現場の近くから、凶器とみられるナイフも発見された。

このナイフに、容疑者の指紋なり、DNAなりが付着していれば、決定的な証拠になるはずだった。

ところが、その証拠品は、一時保管している間に、忽然《こつぜん》と姿を消してしまった。

「この意味が分かりますか？」

「はい」

「本当に、分かっているのですか？」

「本当です」

岩村が顔を上げた。

充血した目に、涙が溜《た》まっていた。さっきまでより、呼吸が荒くなっている。

元来、この男は真面目で几帳面《きちょうめん》な性質のようだ。そのことを、己も自覚している。だからこそ、こうもはっきりとミスはなかったと断言できるのだろう。

しかし、残念ながら菅野は、岩村の言葉を信じるわけにはいかない。

「疑わしいですね」

「そんな……」

「あなたは、娘さんがいましたよね」

どうして今、そんな話を——という疑いの表情を浮かべながらも、岩村は「はい」と答える。

「お幾つですか？」

「七歳です」

「そうですか。殺された娘さんも、七歳だったんですよ」

「…………」

岩村の顔が、みるみる青ざめていく。

もし、自分の娘が殺されたとしたら——と考えを巡らせているのだろう。

滅多刺しの状態で発見された少女の死体は、岩村も見ているはずだ。そのむごたらしい姿と、自分の娘を重ね合わせているかもしれない。

「胸と腹に、計十三ヵ所の刺し傷がありました。怖かったでしょうね。刺される痛みの中で、少女は、何を考えたと思いますか？」

菅野が訊ねる。

岩村の顔が歪んだ。もう、止めてくれ——と目が訴えている。

だが、いや、だからこそ、菅野は止めなかった。

「失われた命は、もう二度と戻ってきませんが、その敵《かたき》を討つことはできた。犯人を逮捕して、投獄することが、唯一の手向けだったんです」

「…………」

「その機会は、永遠に失われました。あなたのミスのせいです」

「ぐっ」

岩村が、腰を折って頭を抱えた。身体が小刻みに震えている。

「それだけではありません。容疑をかけられた男は、弁護士を立て、訴訟を起こすと言っています」

「そ、訴訟？」

岩村が、はっと身体を起こし、驚きの表情を浮かべる。

「ええ。警察に犯人扱いされて名誉を傷付けられた——というのが、向こうの言い分です」

「そんな……」

「警察は、最有力の容疑者を取り逃がしただけでなく、その容疑者に訴えられる羽目になりました」

「…………」

岩村は、もはや言葉を返せない。

額から冷たい汗が噴き出している。脇も、制服の色が変わるほどに濡れている。

訴訟の話は、真っ赤な嘘だ。

岩村の心を痛めつける為の凶器の一つに過ぎない。

「マスコミは、こぞって警察批判を始めるでしょうね。警察そのものに対する信頼が失墜するのは明らかです」

口に出しはしなかったが「あなたのせいで——」という意図は、充分に伝わったはずだ。

「…………」

「処分されるのは、あなただけではないでしょうね。上層部の何人かが、責任を問われることになります。私も、管理責任を問われることになるでしょう」

「…………」

岩村は、生気のない目で、菅野を見ている。

もはやこの男の精神は、崩壊寸前だろう。あと一押しすれば、簡単に瓦解するに違いない。

菅野は腹の底から、嗜虐《しぎゃく》の衝動が沸き上がってくるのが分かった。

「娘さんは、充分に注意した方がいい」

菅野が言うと、岩村の顔に困惑が浮かんだ。

どうして、娘に注意を促すのか、分からないのだろう。

菅野は、そっと岩村の震える肩に手をかける。

「ネット上では、今回の件が、かなり騒ぎになっています。そのほとんどが、証拠を紛失したことにより、殺人犯が野放しになっていることを、批難するものです」

「ネット……」

岩村は、まだ分からないという風に顔を顰《しか》めている。

「ネットは悪意を増幅させる装置でもあります。もし、あなたの責任だということが知れれば、悪意に満ちたネットの住人たちの矛先は、あなただけでなく、あなたの家族にも向けられるでしょうね」

菅野が告げると、岩村の顔が恐怖に引き攣った。

このまま、卒倒してしまうのではないかと思うほどだ。

「そんな……娘は関係ありません」

「私も、そう思います。しかし、その主張が通るかどうか……」

「違うんです。私は、本当に……」

岩村がすがりつく。

菅野は、それを振《ふ》り解《ほど》いて立ち上がった。

「あなたに対する処分は、追って通達します」

菅野は、それだけ言って部屋を出る。

ドアを閉めるなり、わあぁ――と岩村が叫ぶ声がした。

菅野は、悲痛に満ちた心地よい響きを、笑みを浮かべて堪能《たんのう》したあと、ゆっくりと歩き出す。

ちょうどやって来たエレベーターに乗ろうとした菅野だったが、中に既に人が乗っているのを見て動きを止めた。

乗っているのは一人だけだ。

普通なら、そのまま乗り込んだとしても、何ら問題はない。だが、運悪くエレベーターの中にいたのは、菅野の天敵ともいえる男だった。

忘れものをしたふりをして、先に行かせることも考えたが、それだと菅野が逃げ出したように受け取られるかもしれない。それは、プライドが許さなかった。

——黒蛇め。

菅野は、内心で毒づきながらも、エレベーターに乗り込んだ。

黒蛇とは、エレベーターの中の男に付けられた渾名《あだな》だ。陰湿で、腹黒く、弱者には牙を剝《む》き、長いものには巻かれる。

黒蛇は、そういう類いの男だ。

「岩村の調べですか？」

黒蛇が、前を見たまま訊ねてきた。

「ええ」

「どうでした？」

黒蛇はこちらを向き、表情の読み取れない目で、菅野を見据える。

「そちらでも、調べる予定なのでしょう？　私が、ここで感想を言えば、先入観となりかねませんよ」

菅野が答えると、黒蛇は「そうですね」と頷いた。

黒蛇は、内務部内部監査室の室長というポジションにある。菅野と同期だが、階級は黒蛇の方が上だ。

三年前までは同格だった。

黒蛇の出世が早かったのではない。菅野が降格の処分を受けたのだ。その原因を作ったのは、他でもないこの黒蛇だ。

当時、菅野は捜査一課課長という役職にあった。

その秘書官をやっていた女と不倫の関係にあった。不倫といっても、世間が想像するようなどろどろとしたものではない。

お互いの性欲を満たすだけの、割り切った関係だ。誰だって、そういう相手の一人や二人はいるはずだ。

黒蛇は、菅野とその女との不倫の証拠を摑《つか》み、それを上に報告した。

ただ報告しただけでなく、セクハラの疑いがある——との意見が添えられていた。

警察は、そうした不祥事に厳格だ。結果として、菅野は出世街道から外されることになり、妻とは離婚という憂《う》き目《め》にあった。

現在は、総務部で備品管理をやらされている。

かつての部下に、顎で使われる屈辱を受ける羽目になったのは、全てこの男のせいだ。

もちろん、このまま退き下がるつもりはない。

いつか必ず返り咲く。その為の布石も打ってある。そして、黒蛇に対しても、相応の報《むく》いを受けさせる。

ただ、それは今ではない。今は耐える時だ。

「内部監査室では、この案件、どう扱うつもりですか？」

菅野の方から問いかけた。

「まだ、岩村から話を聞いていないので、何とも言えません。しかし、明らかに第三者の意図を感じます」

黒蛇が、訳知り顔で菅野を見た。

心がざわっと揺れる。常々思っていたが、全てを見透かしたようなこの男の視線は、他人を不安にさせる。

「第三者の意図とは、どういうことです？」

菅野の問いかけと同時に、エレベーターの扉が開いた。

質問が聞こえていたはずなのに、黒蛇は返事をすることなく、そのままエレベーターを降りて行った。

——どこまで知っている？

菅野は、その背中に問いかけてみた。だが、内なる声が届くはずもなく、答えを得ることはできなかった。

5

「予言者のお出ましか——」

被害者の解剖に立ち会う為、病院の廊下を歩いていると、急に声をかけられた。

天海ではなく、阿久津の方だ。

声をかけてきたのは、手術衣を纏《まと》った監察医と思《おぼ》しき男だった。

小柄な上に、猫背気味なせいか、天海より身長が低く見える。黒縁メガネの奥で、糸のように目を細めている。

「佐野《さの》さん。ご無沙汰してます」

阿久津が丁寧に頭を下げた。

「お前と顔を合わせるのは、殺人事件の時だけだ。ご無沙汰じゃなきゃ困るんだよ」

佐野と呼ばれた監察医は、皮肉めいた笑みを浮かべながら答える。

どうやら、阿久津と佐野は旧知の仲らしい。

阿久津は元々捜査一課の刑事なのだから、監察医と面識があるのは当然だ。しかし、佐野が阿久津のことを〈予言者〉と呼んでいるのが引っかかった。

渾名なのだろうが、いったい何をもって〈予言者〉と呼んでいるのだろう。

「まあそうですね」

「大黒さんに引っ張られたんだろ。どうだ。そっちの様子は？」

「今回のが、最初に扱う事件です。どうと言われても、まだ分かりませんよ。それに、どこにいても、やることは同じです」

「まあ、そうだな。で、見て行くんだろ」

「そのつもりです」

阿久津が答えたところで、佐野が先に立って歩き出した。天海は、阿久津と並んでそのあとに続く。

「そっちは、新入りか？」

佐野の視界には入っていたはずだが、今気付いたみたいな口ぶりだ。

「ええ。天海警部補です。アメリカで犯罪心理学を学んだ才女ですよ」

阿久津が、紹介をする。

車の中でのやり取りがあったせいか、紹介の仕方に、天海を見下すような響きがある気がしたが、やりすごした。

した。


「天海です」

天海が一礼すると、佐野は「監察医の佐野だ」と短く答えたものの、すぐに興味を無くしたらしく、そのまま歩みを進めた。

解剖室の前に辿り着いたところで、佐野が素早く準備に取りかかる。

「さっき阿久津さんのことを、〈予言者〉と呼んでいたようですが……」

天海も、身支度をしながら訊ねてみた。

阿久津は、準備する手を一瞬止めたが、苦い顔をしただけで、答えようとはしなかった。

「こいつの通り名だ」

佐野が、阿久津の代わりに答えた。

「由来はあるんですか？」

「ああ。阿久津の検挙率は、強者揃《つわものぞろ》いの捜査一課の中でも、飛び抜けていた」

そう言えば、大黒も同じようなことを言っていた。

「言い過ぎですよ」

阿久津は頭を振ったが、佐野は止めなかった。

「言い過ぎじゃない。こいつの検挙率は異常だ。他の連中とは、明らかに違う視点を持っている」

「違う視点――ですか？」

天海は聞き返す。

単に観点が違うというだけなら阿久津に限ったことではないし、〈予言者〉と異名をとるほどでもないと思う。

「普通は、捜査の過程で、新たな証拠やら証言やらを得て、犯人を絞り込んで行く。だが、阿久津は最初から見ている方向が違う」

「はあ」

その違いを訊いているのだが、今のでは説明になっていない。

「まあ、口で説明しても分からんだろうな。一緒に捜査していけば、そのうち分かるさ。阿久津が〈予言者〉と呼ばれる所以《ゆえん》が――」

「そうですか……」

佐野は、自分のことのように得意気だが、天海は釈然としなかった。

「何せ、阿久津の読み筋は、これまでに一度も外れたことがないんだからな」

佐野がそう締《し》め括《くく》った。

「一度も……」

そんなことがあるだろうか？

事件は人が起こすものだ。どんなに詳細に情報を集め、分析し、推理したとしても、思いも寄らないことが起きる。

天海は、犯罪心理学を学んだからこそ、そのことを痛いほどに実感している。

「佐野さんは、大げさなんですよ。この前だって、少女殺害事件の犯人を追い詰められませんでした」

「何を言ってやがる。あれは、保管庫担当のバカが、証拠品を紛失したのが原因だろう」

佐野は、苦い顔で言うと解剖室の中に入って行った。

証拠品の紛失というのは、少し前にニュースで騒がれていた一件のことだろう。

「捕まえられなければ意味がない……」

天海の思考を遮るように、阿久津がポツリと言った。

聞き返そうとした天海だったが、阿久津は解剖室に入って行ってしまう。天海は、遅れを取るまいと、そのあとに続く。

解剖室は、腐臭に満ちていた。

ステンレス製の解剖台の上に、女性の死体が寝かされているが、そこから漂っているものではない。

これまで運ばれてきた、幾つもの死体の臭《にお》いがこびりついているのだろう。

「気分が悪くなったら、吐く前に外に出ろよ」

佐野が、天海を一瞥《いちべつ》しながら言う。

新入りに対する気遣いというよりは、天海のことを蔑《さげす》んでいるような響きがあった。

「そうさせて頂きます」

天海が素直に応じると、佐野は不服そうに苦笑いを浮かべたが、それ以上は何も言わなかった。

「被害者の性別は女。年齢は、十代後半から、二十代半ば――」

佐野が、死体を観察しながら所見を口にしていく。

「手首に裂傷……打撲痕なし……」

佐野の所見を聞きながら、天海はじっと女性の顔を見ていた。

何とも言えない違和感があった。だが、それが何なのか判然としない。摑み取ろうとするそばから、するっとすり抜けていくような感じだ。

〈予言者〉と噂される阿久津には、何が見えているのだろう？

視線を向けると、阿久津は微動だにすることなく、虚空を見つめている。天海には、何も考えていないように感じられた。

本当に、阿久津が優秀な刑事なのか、疑いたくなる。

「性的な暴行を受けた形跡もないな……」

入念に観察していた佐野だったが、途中で手を止め、マスクをしていても分かるほど、長いため息を吐いた。

「綺麗なもんだ」

佐野が投げ遣《なや》りに言う。

「綺麗とは?」

天海が聞き返すと、佐野はメガネの奥で目を細めた。

「天井からぶら下がってたって聞いたから、もっと酷い状態かと思ったが、この死体は、あまりに綺麗過ぎる」

佐野の言う通りだ。

被害者の女性の両手首には、鉄の輪で固定されていたことによってできたと思われる裂傷があるが、それ以外は、傷らしい傷が見あたらない。

死体を宙吊《ちゆうづ》りにするという、猟奇的な行動に出た割には、生前に暴行を加えた形跡がないのも妙だ。

「身体も、綺麗に洗ってあるようですね」

阿久津が、ゴム手袋をした指先で、そっと女性の肩に触れながら言った。

確かに、阿久津の指摘の通りだ。殺害された女性の身体は、とても綺麗だった。落下させてしまったときのものと思われる汚れが付着しているが、それ以外は何もない。

手首に裂傷があるにもかかわらず、そこから流れ出たであろう血痕も見当たらないのもおかしい。

死体を放置する前に、全身を洗っていたことは間違いないだろう。

——いったいなぜ？

疑問を抱きながら、天海は改めて女性の顔を注視する。

そこで、さっきまで朧気《おぼろげ》だった不自然な何か——の正体に気がついた。

「彼女、化粧していますね」

天海は、違和感の正体を口にした。

「そのようだ。別に女が化粧していても、おかしくはないだろ」

佐野の返答は、男性ならではの反応だ。

「おそらく、この化粧は、死後に施されたものです」

天海が答えると、佐野が「どういうことだ？」と眉を吊り上げる。

「仮に、死ぬ前から化粧をしていたのなら、もう少し崩れているものです」

「そういうものか？」

懐疑的な佐野に、天海は大きく頷いてみせた。

男性が思っている以上に、女性の化粧は崩れ易《やす》い。丸一日保《も》つことなど稀《まれ》だ。

「ええ。この女性の化粧の具合からみて、おそらく、死後施されたものではないかと——」

ファンデーションに斑《まだら》もないし、口紅はまだ艶《つや》がある。生前に施した化粧だったとしたら、こうも綺麗に残っているものではない。

「もし、そうだとすると、かなり奇妙ですね」

阿久津が顎に手を当てる。

「確かに。詳しく調べてみよう」

佐野が同意の返事をした。

と、ここで天海はもう一つ引っかかりを覚えた。

それを確かめる為に、ゴム手袋をした手で、女性の髪に触れる。感触が、いまいち分かり難い。

仕方なく、マスクを外し、顔を近づけて女の髪の臭いを嗅《か》ぐ。

「どうした？」

佐野が訊ねてくる。

「髪も洗ってあるようです。まだ、残り香があります」

「なるほど」

「奇妙な点がもう一つ――」

「何だ？」

「ピアスです」

「ピアス？」

「はい。彼女は、ピアスの穴を空けています」

天海は、女性の耳たぶを指し示しながら言う。

「そのようだな」

「ただ、肝心のピアスがありません」

「偶々《たまたま》殺された日に、ピアスをしていなかったか、或いは、偶然外れたんじゃないのか」

佐野の答えに賛同することはできなかった。

「この年頃の女性が、ピアスの穴を空けておいて、そこに何も付けずに出かけることは、考え難いです」

「そうなのか？」

「ええ」

「だったら、どこかで外れたんだろうな。殺害された時とか、死体の運搬中とかに……」

「もし、そうだとすると、やっぱり妙だと思いませんか？」

「何が──だ？」

「犯人は、死体に化粧を施し、髪を洗っているんです。ピアスが外れていれば、間違いなく気付くはずです」

「つまり、意図的にピアスを外したってことか？」

佐野が怪訝《けげん》な顔で訊ねてくる。

「理由については不明ですが、そう考える方が妥当だと思います」

天海が言うと、佐野は、ははっと声を漏らして笑った。

今、そんなにおかしいことを言っただろうか？　困惑の視線を向けると、佐野は咳払いをして表情を引き締めた。

「すまない。あんたのことを、見誤っていた」

佐野が真っ直ぐな視線を天海に向けた。

「え？」

「あんたのような若いお嬢さんが、解剖室で死体を見たら、気持ち悪がって、何も考えられないと思っていた」

女性蔑視とも受け取れる発言だ。そういう見方をされていたことに、少なからずプライドを傷つけられたが、そんなことは日常茶飯事だし、気に留めることではない。

むしろ、佐野の言葉に好感を持った。

言わなければ、天海をどう思っていたかなど、分からないことだ。

自分の認識の誤りを認めるだけでなく、素直に謝罪できる人間は、そうそういない。

「ありがとうございます」

「あんたでは、〈予言者〉の相棒は務まらないと思っていたが、なかなか優秀なようだ」

「そんな……」

こうもはっきりと、優秀だと持ち上げられると、逆に照れ臭い。無駄な力が入ってしまいそうだ。

「ただし、気を付けろよ。これまで〈予言者〉とコンビを組んだ奴は、全員精神を病んじまった」

佐野が、天海に耳打ちした。

精神を病むとは、いささか大げさな言い回しだと思ったが、再び車の中でのやり取りが脳裏を過《よ》ぎる。

あのやり取りは、天海の精神を揺さぶるものだった。

もしかしたら、阿久津は、意図的にそうしたやり取りをして、相棒を追い込んでいるのかもしれない。

そう思うと、阿久津の存在が得体の知れないものに思えてきた。

「何にしても、まずは死因を明らかにしないとな」

佐野が、改まった口調で言った。

「そうですね。外傷がないのだとすると、薬物などを使用した可能性もあります」

天海が意見を述べると、即座に阿久津が「違いますよ」と否定した。

「え？」

「死因は、おそらく失血死です」

阿久津は、自信に満ちた、はっきりとした口調だった。

「その根拠は?」

佐野が訊ねると、阿久津は裂傷のある手首を指差した。

「傷口はここだけです。鎮痛剤を飲ませ、意識が朦朧《もうろう》とした女性を、お湯を張った浴槽に連れて行き、手首の頸動脈《けいどうみゃく》を切断して浴槽につけたんです。お湯で血液は凝固することなく流れ続け、死に至ったのでしょう」

「なるほど」

阿久津の説明は、相当な説得力があった。と同時に、まるで、その場にいたかのような言い様が、どうにも天海には引っかかった。

6

次第に赤みを増した空が、血の色に見えた——。

そんな感慨を抱くのと同時に、とくんっと男の脈が大きく跳ねた。

だが、この赤みは長くは保たない。

すぐに闇に呑まれ、藍色から黒へと変貌していく。それは、自然の理《ことわり》ではある。故に、人はその瞬間を美しいと感じる。

もっとも鮮やかな瞬間を網膜に焼き付ける。

ところが、幾らそうしたところで、記憶は永遠ではない。次第に薄れ、やがては消えていく。

何とも儚《はかな》い。

が、儚いからこそ、そこに美を感じるのかもしれない。

男は、ゆっくりとベンチから立ち上がり、池に沿って伸びる小道を歩き始めた。

鬼ごっこをしているのだろうか。小学生くらいの子どもたちが、歓喜の声を撒《ま》き散《ち》らしながら駆け巡っている。

男は、腹の底でふつっと何かが沸き上がるのを感じた。

それは、衝動と呼ぶべきものだった。

明日が当たり前のようにやってくる——そう思っている無邪気な表情を、一変させてやりたいという衝動。

歪んでいると自分でも思う。

しかし、そうだと分かっていても、止められないのが衝動というものだ。

男はそうしたものを抑え込むように、左手の親指を強く噛んだ。痛みとともに、親指の皮膚が破れ、そこからじわっと血が染み出た。

口の中に広がる血の味は、昂《たか》ぶった心を静めてくれるような気がした。

欲望に流されてはいけない——。

自分に言い聞かせる。

もし、単純な欲望に流されるようであれば、それは獣と同じだ。男には為《な》すべきことがある。あの方が示してくれた道がある。

この世界は、あの方によって変わる。

その手助けをすることこそが、男の目的であり、あの方の為に、礎《いしずえ》になるのが、自分の人生の到達点に他ならない。

考えを巡らせながら、黙々と歩みを進めた男は、やがて駅に辿り着いた。

喧噪《けんそう》に塗れたその空間は、男にとって不快だった。

己の存在意義も知らず、無為に日常を過ごし、快楽を貪るだけが取《と》り柄《え》の愚か者たちが、そこら中に溢れている。

男はふと夢想した。

ナイフを振《ふ》り翳《かざ》し、ここにいる連中を、次々と刺していったら、どうなるだろう?

悲鳴を上げて逃げ惑う人々を、追い回す光景はさぞ愉快だろう。

掌《てのひら》に、あの時の感触が蘇《よみがえ》る。

ナイフで、人間の肉を貫いた時の感触だ。あの独特の感触は、何ものにも代え難い。他人の命を吸い取っている実感が、ナイフを通して伝わってくる。

また、あの感触を味わいたい。

だが——。

今は駄目だ。まずは、目的を果たさなければならない。

男は、駅の改札口が見える電柱の前まで移動し、そこに寄りかかるようにして立つと、スマートフォンを取り出し、じっとそれを見つめる。

実際に何かを見ているわけではない。

それとなく、視線は駅の改札から出て来る人々の顔に向けられている。

男は、そのまま微動だにせず、ただ待った。

どれくらい時間が経過しただろう。辺りはすっかり闇に沈む中、目当ての人物が、駅の改札を抜け出て来た。

軽くウェーブのかかった栗毛《くりげ》を揺らしながら、歩みを進めるその女は、整った顔立ちをしていたが、いかにも俗物的な感じがした。

男は、少し間を置いてから、女のあとを追って歩き出した——。

7

真莉愛が、妙な気配を感じたのは、大学からの帰り道だった——。

駅の改札を抜けてからずっと、誰かに見られているという感覚はあったが、単なる勘違いだとたかを括っていた。

ところが、人通りが少なくなるにつれ、その気配ははっきりしたものに変わった。

公園の前に差し掛かったところで、それとなく振り返ってみた。

十メートルほど離れたところを、歩いている男がいた。顔を伏せていたのと、辺りが暗かったせいで、その人相は分からないが、男のようだ。

真莉愛が足を止めると、その男も足を止めた。

――間違いない。

自分は、あの男につけられている。

そう感じると、怖ろしくなり、バッグの中からスマホを取り出し、すぐ通報できるように準備しつつ、歩調を速めて歩いた。

あと、三百メートルもいけば、自宅のマンションに辿り着くことができる。

心臓が激しく脈動し、呼吸は荒くなる。

頭がくらくらする。

自分の住むマンションが見えて来た。

一気にエントランスの中に駆け込もうとした真莉愛だったが、それを阻むように、もの凄《すご》い力で腕を摑まれた。

咄嗟《とっさ》に悲鳴を上げようとしたが、それを遮るように口を塞《ふさ》がれた。

暴れて引っ掻こうとしたが、その腕も掴まれてしまった。

暗闇の中、男の冷たい瞳が真莉愛を見据えている。間近でその顔を見て、真莉愛は驚愕《きょうがく》した。

真莉愛の知っている人物だったからだ――。

男は、真莉愛の両腕を押さえたまま、強引に引《ひ》き摺《ず》るようにして移動すると、近くに停《と》めてあったワンボックスカーの後部座席に、どんっと突き飛ばすようにして押し込んだ。

すぐに逃げ出そうとしたが、男はそれを阻むようにスライドドアを閉めてしまった。

叫ぼうとしたが、恐怖の為か、思うように声が出ない。

「騒がないでくれ。ぼくは、君を傷付けたくないんだ」

男が、囁《ささや》くように言った。

以前は、この男の甘ったるい口調が、素敵だと思っていた。しかし、今は耳障りでしかない。

この男は、かつて真莉愛の恋人だった男――三村航《みむらわたる》だ。

「こんなことされたら、騒ぐに決まってるじゃない」

ようやく、真莉愛は声を発することができた。

それと同時に、恐怖は薄らぎ、逆に熱を帯びた怒りが、ふつふつと沸き上がってくるのを感じた。

「それは、すまなかった。でも、ぼくは君と話をしたいだけなんだ」

航が目を潤《うる》ませながら訴えてくる。

「だったら、こんなことしないで、電話でいいでしょ」

「君は、電話に出なかった」

一瞬言葉に詰まる。

航が主張した通り、何度となく電話の着信があったが、その全てを無視した。

最初は、一日一回程度だったが、次第に回数が増えていった。気付けば、十五分おきに携帯に着信するようになり、真莉愛は航の番号を着信拒否にした。

「だからって、こんなことするなんて……」

「こうでもしないと、君はぼくの話を聞いてくれないだろ」

航がすがるような視線を向けてくる。

「話すことは、何もないわ。もう、終わったのよ」

「あまりに一方的じゃないか。ぼくは納得していない。悪いところがあるなら、直すから。ぼくは、君を愛しているんだ——」

航の言葉に虫酸《むしず》が走った。

この男が愛しているのは、真莉愛ではない。自分自身なのだ。

プライドが高く、自意識ばかりが肥大化した航は、別れに納得していないのではなく、自分がふられたことが許せないのだ。

恋愛を勝ち負けで判断して、自分が負けるはずがないという、誤った認識によって暴走している。

「冗談じゃないわ。もういい加減にしてよ」

「落ち着いて話そう。そして、やり直そう――」

航が、真莉愛の頬に触れた。

その途端、ぞわっと全身が粟《あわ》だった。気付いた時には、「触らないで！」と叫びながら、航の頬を引っぱたいていた。

航が、呆気《あっけ》にとられたように目を見開いている。

その顔がまた、真莉愛には我慢ならなかった。本当に、この男は何一つ分かっていないらしい。

「どうして、私があなたとやり直さなきゃならないのよ。話すことは自慢ばかりで退屈なの。何かといえば、ママに――ってマザコン丸出しなのよ。おまけに、SEXは自己中だし、早漏過ぎて全然楽しくないの」

不満を一気にぶちまける。

だが、次の瞬間、真莉愛は自分の過ちに気付いた。

真莉愛が、航との別れ話の時に、その理由を曖昧にしたのは、この男が異常にプライドが高いからだ。

本音を言えば、逆上しかねないと思ったからこそ、はっきりと伝えることを避けたのだ。

航の顔が豹変《ひょうへん》した。

これまで航は、自分の感情を制御できる理知的な男を演じていたが、真莉愛の言葉をきっかけに、その仮面が剝《は》がれてしまった。

子どもっぽく、自分の思い通りにならないことがあると、我を忘れて癇癪《かんしゃく》を起こす。

それが航の本性だ。

「このクソ女が！」

航の張り手が、真莉愛の顔の左側を捕らえた。

強烈な痛みが走り、耳の奥でキーンという高周波の音が響く。

「誰が早漏だって？　思い知らせてやる！　この淫乱女が！」

どうやら、航をもっとも刺激したのは、その部分らしい。男という生物としてのプライドを傷付けられたと感じたのだろう。

航が、左手で真莉愛の肩を押さえ付け、右手でスカートの中に手を突っ込んでくる。

「止めて！　何すんの！」

両手を振り回して必死に暴れたが、航は動きを止めることはなかった。

まるで獣のような目で、真莉愛を見据えている。

もう、航の理性は完全に飛んでしまっている。今は、真莉愛を犯すというただその一点にのみ全神経を集中させているようだ。

「いやぁ！」

真莉愛は、必死に抵抗を続ける。

勘違いも甚《はなは》だしい。男は、快楽を追求して、誰とでも関係を持てるのかもしれない。だが、女は違う。

女は、感情の生き物だ。かつての恋人であろうと、好きでもない男に身体を開くなど、耐え難い屈辱だ。

「止めてぇ！」

真莉愛が、渾身《こんしん》の力で叫んだところで、バリンッとけたたましい音がして、何かが飛び散った。

見ると、車のサイドガラスが割られていた。

これには、さすがに航も我に返る。

「警察に通報してあります。このままだと、性的暴行の現行犯として逮捕されますが、どうしますか？」

爽《さわ》やかで、張りのある声がした。

割れたガラスの向こうから、一人の男が車内を覗いていた。

知っている顔――編入してきたという、あの美しい青年だった。

「もう一度言います。彼女を解放して、ここから立ち去らないと、警察が来ますよ」

青年が、状況に不釣り合いな穏やかな口調で促す。

航は、返事をすることも、動くこともできずにいた。おそらく、あまりに想定外の状況に、気持ちが整理できていないのだろう。

「離して！」

真莉愛は、声を上げながら航を振り払った。

混乱していることもあって、航の手から簡単に逃れることができた。

真莉愛は、そのまま航を押しのけるようにして、車から降りた。

「大丈夫ですか？」

青年が、優しく声をかけてくる。

真莉愛はすぐに返事ができずに、視線を逸らして俯《うつむ》いた。

本来なら、助けて貰ったことに対する感謝を口にすべきなのだろうが、恥ずかしさがこみ上げてきて、思うように言葉が出ない。

「違う。ぼくは暴行なんてしていない。ただ、彼女と話をしたかっただけだ」

航が、車から身を乗り出すようにして訴える。

この期《ご》に及んで、何と往生際の悪い。真莉愛の中で、さらに嫌悪感が広がる。

「その言い訳が警察に通用すると思いますか？」

青年の言葉に、航が口を噤《つぐ》んだ。

しばらく、青年を睨《にら》み付《つ》けていた航だったが、結局、何も言わずに運転席に移動して、車を発進させた。

「警察に通報したというのは嘘です。必要であれば、今からでも遅くありませんが、どうしますか？」

遠ざかる車のテールランプを見つめながら青年が訊ねてきた。

「いえ。だ、大丈夫です……」

「分かりました。では、この件はなかったことに——」

青年が小さく頷く。

「あの……」

「大丈夫ですか？　もし怪我《けが》をしているなら、病院に行った方がいいと思いますが」

「あっ、いえ大丈夫です」

真莉愛は、早口に答えると、逃げるようにマンションのエントランスに飛び込んだ。

自分の部屋に入り、ドアにロックをかけたところで、ぷつりと緊張の糸が切れ、玄関に座り込んでしまった。

足ががくがくと震えている。いや、足だけではない。全身が震え、まともに動くことができない。

もしあの時、あの青年が来てくれなかったら、自分はどうなっていただろう?

改めてそのことを考え、ぞっとした。

あそこまで暴走した航が、ただ強姦《ごうかん》するだけで終わるとは思えない。下手をしたら、殺されていたかもしれないのだ。

——良かった。

生きていることを実感するとともに、あの青年に礼の一つも言わずに逃げて来てしまったことを、今さらのように後悔した。

だが、今から戻って追いかけるほどの気力も残っていなかった。

8

天海は、阿久津とともに、再び現場を訪れていた——。

鑑識の作業は一通り終了し、今は閑散とした空間が広がっている。

屋外灯が設置されているので、一応明かりはあるが、それが無ければ、ここは闇に包まれるだろう。

阿久津は、僅かに足を広げて立ち、死体がぶら下がっていた箇所にじっと視線を送っている。

その目には、何か特別なものが見えているような気がした。

そんな風に感じるのは、おそらく佐野の阿久津に対する評価が引っかかっているからだ。

「阿久津さんは、今回の事件をどう見ています？」

天海が訊ねると、阿久津はゆっくりとこちらに顔を向けた。

その目には表情がない。呆《ぼ》けているようにさえ見えるが、それは見せかけだろう。阿久津は既に、事件に関する何かを摑んでいる——そう感じた。

「あなたはどう考えていますか？」

阿久津が聞き返してきた。

先に質問したのは、こちらだと主張しようとしたが、止めておいた。車の中のやり取りでも分かる通り、阿久津は煙《けむ》に巻《ま》くのが上手い。

上手く乗せなければ、自分の意見を口にすることはないだろう。

「犯人は、体格のいい男だと思います」

「なぜ、そう思うんです？」

「これまでの犯行でも分かる通り、被害者の死体の状況を考えると、体力のある男性でなければ、実行不可能です」

今回の被害者においてもそうだ。

女性の死体を、天井から吊すなど、そう簡単にできることではない。滑車などの器具を使えば力がなくてもできないことはないが、そうするにしても、死体をこの場所まで運んでこなければならない。

やはり、女性には難しいと言わざるを得ない。

「それについては、同意見です。しかし、そうなると、死体に化粧をしたのは、なぜなんでしょうね？」

阿久津は、そう訊ねながら、何かを探すように、ゆっくりと壁に沿って歩き始める。

「その理由については、幾つか考えられる可能性があります」

天海は、阿久津の背中を追いかけるようにして歩きながら答える。

「何です？」

「一つは、変身願望。犯人は、性同一性障害を抱えていて、女性になりたいという願望を叶《かな》える為に、死体に化粧を施した」

「今回の犯行が悪魔と称される人物によるものだとすると、女性が殺されたのは初めてです」

阿久津が、ちらりと天海を振り返りながら言った。

この反応からして、どうやら阿久津は天海のことを試しているらしい。それは今だけではない。出会ってからずっと、そういう目で天海を見ているのだろう。

不思議と、そのことに腹は立たなかった。なぜなら天海もまた、阿久津を試しているからだ。

「分かっています。ですから、可能性の一つ——ということです」

「では、別の可能性は？」

「犯人は、殺すことを目的とした、快楽殺人者であったという可能性です」

「それは安易ですね。そもそも、殺すことが目的だったとしたら、どうして死体を吊したりしたんですか？」

阿久津が足を止め、天井を指差した。

「自己顕示欲の現れです。自分の力を誇示したいのではないでしょうか？　死体に逆さ五芒星を刻んでいるのが、その証拠です」

「そういった快楽殺人者は、殺害するターゲットに、ある一定の傾向が見られると思いますが……」

どうやら阿久津は犯罪心理学の知識を、少なからず持っているようだ。

彼が言う通り、快楽殺人犯の場合、年齢であったり、性別であったり、或いは外見であったりと、ある程度、被害者の中に共通点が見られる。

だが、一連の〈悪魔〉の犯行については、その傾向が一切ない。

容姿はもちろん、年齢や性別もバラバラ。殺害方法についても、一貫性がない。唯一、共通しているのは、被害者の死体に、悪魔の印である逆さ五芒星が刻まれていることだけだ。

「そこは、私たちが見落としているだけで、実際は被害者に何かしらの共通項があるということも考えられます」

「ずいぶん、都合のいい推理に聞こえますね」

阿久津は冷淡に言うと、半開きになったシャッターを潜って、工場の外へ出て行った。

落第を言い渡された学生のような気分になるが、まだ全ての可能性を提示したわけではない。

天海は、すぐに阿久津のあとを追いかけて外に出た。

雨はもう止んでいた。

辺りはすっかり闇に包まれている。

多摩川の水面が、墨汁を流したように黒く見えた。

「現段階では、被害者の間に直接の接点はない——ということになっています」

「そうですね」

阿久津は、返事をしたものの、どこか虚《うつ》ろな目をしていた。

「ですが、もしかしたら、被害者の間に何かしらの接点があったかもしれません。つまり、一連の事件は、猟奇連続殺人事件に見せかけてはいますが、実際は、何かしらの目的を達成する為に行われている殺人事件であるかもしれません」

天海が、一気にまくし立てるように言うと、阿久津はぴたりと足を止めた。

もし、被害者同士に何かしらの接点があったのだとしたら、一連の殺人事件の見方が大きく変わってくる。

それに、殺害方法が毎回異なることや、被害者に外見上の共通点がないことについても辻褄《つじつま》が合う。

阿久津は何も答えなかった。

そもそも、天海の声が聞こえていないのでは——と思うほどだ。

「ただし、この場合、単独犯ではなく、複数犯である可能性も視野に入れなければなりません」

天海が、補足として口にすると、阿久津はその場に屈《かが》み込《こ》んだ。

泥濘《ぬかる》んだ地面には、野次馬たちの足跡が無数に残っている。阿久津は、その痕跡を確かめるように、すうっと指先で地面をなぞる。

——何をしているの？

天海が考えているうちに、阿久津は地面から何かを拾い上げた。

泥に塗れているが、それはスマートフォンのストラップのようなものだった。

阿久津は、それを指で摘《つ》まみ、感触を確かめるように指で擦《さす》りながら、黙禱を捧げるように目を閉じた。

不意に、初めて阿久津を見た時の光景が脳裏に呼び起こされた。

あの時の阿久津は、まるで何かに祈っているようだった。そして、今も——。

やがて、阿久津がゆっくりと立ち上がった。

「それは何ですか？」

天海は、阿久津が持っているものを指さしながら訊ねる。

「何でしょうね」

阿久津は、はぐらかすように言うと、それを自分のジャケットのポケットに押し込んだ。

「ちゃんと答えて下さい。今、拾った物は何ですか？」

「ただの落とし物ですよ。あとで交番に届けようと思ったまでです」

——バカにして！

天海の中に、混乱を纏った苛立ちが押し寄せてくる。

阿久津は、他人には意見を求めるくせに、自分では何一つ喋ろうとしない。仮に答えたとしても、その言葉は、本気とも嘘とも取れない曖昧なものばかりだ。

過去に阿久津とコンビを組んだ人間が、精神を病んだというのは、あまりに大げさな言い様だが、こんな対応をされ続ければ、腹も立つし、コンビを解消したくもなる。

「そうやって、はぐらかし続けるのなら、一緒に捜査をすることはできません」

天海が強い口調で言うと、阿久津は苦笑いを浮かべた。

「それは残念です」

言葉に反して、まったく残念そうではない。

「私は……」

「一応、私の見解も話しておきますね」

阿久津が、天海の抗議を遮るように言った。

「え？」

「約束だったでしょ。質問は交互に行う。だから、今度は私の番です」

どこまでもマイペースな男だ。いや、自分勝手と言った方がいいだろう。ここまでくると、呆れてものが言えない。

話を聞かず立ち去っても良かったのだが、〈予言者〉と噂されるほどの阿久津が、どんな犯人像を描いているのか興味があった。

「阿久津さんは、どう考えているんですか？」

「今回の殺人の犯人は、若い男です」

阿久津はきっぱりと断言すると、そのまま歩き出した。

「若い男だと思う理由は何ですか？」

天海が問いかけると、阿久津は小さく笑みを浮かべた。

「質問は交互です。私は、もう答えました。次はあなたの番です」

一連の質問のはずなのに、別々のものだとカウントするとは――卑怯《ひきょう》なやり口ではあるが、そこを追及したところで、阿久津が応じるとも思えない。

こちらに不利ではあるが、阿久津の定めたルールに従うしかない。

「分かりました。では、阿久津さんの質問に答えます」

阿久津は、天海を一瞥したあと「特にありません」と答えると、そのまま歩いて行ってしまった。

どうあっても、自分の考えを口にする気はないようだ。

あとを追いかけようと、足を踏み出したものの、最初の一歩で止まってしまった。阿久津のあとを追いかけるほどに、迷路に迷い込んで行く気がした。

ため息を吐き、空を見上げる。

空に、星が瞬《またた》き始めていた。

雨が、大気の汚れを洗い流したのだろう。だが、それに反して、天海の心はずっと雲に覆われている。

本当に、厄介な男と組まされたものだ——。

内心でぼやきつつ、天海は泥濘んだ地面を蹴って歩みを進めた。

ふと、誰かに見られているような気がして振り返ったが、音を立てて流れる黒い川面《かわも》が見えるだけだった。

9

普段は、人通りの少ない線路沿いの細い道が、騒然としていた——。

赤色灯を明滅させたパトカーが何台も並んでいる。

制服警官たちは、何事かと集まってきた野次馬を押しのけるのに四苦八苦していた。

菅野は、規制線の内側——踏切《ふみきり》の柵に軽く腰かけながら、煙草《たばこ》に火を点《つ》けた。

口から吐き出された紫煙は、冷たい空気の間を漂ったあとに、すうっと闇に溶けて消えていった。

救急車が、サイレンを鳴らすことなく、走り去って行く。おそらくは、何も搬送していないはずだ。

十五分ほど前に、一人の男が電車に撥《は》ねられた。肉が四散していて、既に生きていないことは明らかだ。

「菅野さん――」

捜査一課の刑事の一人が、菅野の姿を見つけて駆け寄ってきた。

確か、佐久間《さくま》という名の男で、階級は警部だ。菅野が、捜査一課にいた頃の部下だ。従順だが、どこか抜けた印象がある。

「自殺ですか？」

菅野が問うと、佐久間は「間違いないでしょう」と頷いた。

「一時間ほど前まで、駅の近くにある白井屋って居酒屋で呑んでいたという証言が取れています。一人でかなり酔っていたようですね」

佐久間が、メモを取り出し、それを確認しながら言う。

「そうですか」

「ここには監視カメラもありませんし、目撃情報も今のところ皆無ですが、まあ、自分から飛び込んだんだと思います」

佐久間がパタンと手帳を閉じる。

「そうですか。あんなことがありましたからね」

菅野が、しみじみと頷くと、佐久間は「まったくです」と応じた。

「でも、こっちとしては、とんだ迷惑ですよ。自分は、自殺してそれでいいかもしれませんが、また警察が叩《たた》かれることになります」

佐久間の口調は、怒っているというより、呆れているといった感じだった。

「他に道が無かったんでしょうね」

菅野は、ふと線路に目をやりながら言う。

まだ、線路には、生々しく岩村のものと思われる血痕が残っていた。

「もしかして、岩村さんは、やっぱり議員から何か貰っていたんですか？」

佐久間が、興味津々《しんしん》に訊ねてくる。

「どうでしょうね。私が訊ねた時には、何も語りませんでした。ただ、清廉潔白《せいれんけっぱく》であったなら、自分から電車に飛び込むことはなかったはずです」

菅野は吸いさしの煙草を、携帯灰皿に放り込み、ふうっと長い息を吐いた。

「警察官として、許せません」

「同感です。しかし、死んでしまった以上、追及のしようがありません」

「どうにかならないものですか？」

佐久間が、苛立たし気に問いかけてくる。

見かけは軽薄そうな佐久間だが、意外と正義感が強いらしい。

「残念ながら、打つ手無しですね」

「ですが……」

「上層部も、これで幕引きを図ると思いますよ」

「どうしてです？」

「もし、岩村が議員から賄賂《わいろ》を受け取り、意図的に保管されていた物的証拠を紛失したのだとしたら、これはもう一大スキャンダルになります」

菅野の言葉に、佐久間が驚いたような顔をした。

「菅野さんは、その事実を突きとめる為に動いていると思っていたんですが……」

「もちろん、そのつもりでした。でも、それは処分する相手がいるからこそ成立することです」

「つまり、岩村が死んだ以上、責任の所在は本人ではなく、組織そのものに向けられる──と」

「それが、世論というものです」

「まあ、分からんでもないですね」

「何にしても、岩村が死んでしまったのですから、紛失した証拠品は、永久に見つからないでしょう」

「そうですね……」

佐久間が、感慨深げに頷いた。

菅野は、「では」と軽く手を上げてから、佐久間に背を向けて歩き出した。しかし、すぐに佐久間が何かを思い出したらしく、菅野を呼び止めた。

「何ですか？」

菅野が問うと、佐久間は険しい表情を浮かべる。

「実は、さっき内部監査室から問い合わせがありまして――」

「内部監査室から？」

「ええ。この一件に関する詳細な捜査資料を提出しろと……」

――黒蛇め。

菅野は、内心で罵《のの》りつつも、それを表情に出すことはなかった。

「向こうも、岩村の件を調べていましたからね。協力してあげて下さい」

別に菅野が指示するようなことではないが、敢えてそう告げると、再び歩き出した。

黒蛇が資料を幾ら調べたところで、何が出てくるというものでもない。意固地になって、余計な軋轢《あつれき》を生じさせるまでもない。

何も証拠は残っていないのだ。

歩みを進めながら、菅野はズボンで掌を何度も拭った。だが、そんなことをしたところで、掌に残った岩村の背中の感触を消すことはできない。

五分ほど歩みを進めていると、黒塗りの車が、すうっと走って来て、菅野の横で停車した。

ガラスにはスモークが貼られていて、中を確認することはできなかったが、菅野は、誰が乗っているのかを知っていた。

菅野が、後部のドアを開けて、乗り込むのと同時に、車はゆっくりとスタートした。

「ご苦労だったな」

後部座席に予《あらかじ》め座っていた男が、鷹揚《おうよう》に口を開いた。

刑事部長の宮國雅志《みやぐにまさし》だ。

「いえ」

菅野は、そう答えながら運転している男に目を向けた。

それを察したのか、宮國は小さく笑みを漏らす。

「慎重なのは相変わらずだな。相馬《そうま》は、聞いたことは全て忘れるようになっている」

運転手は、相馬という男らしい。

ルームミラー越しの顔を見る限り、信頼がおける人物であるように見える。宮國自身が、そう言っているのだから、間違いないのだろう。

だが――。

忠誠心ほど裏表のある感情はないと菅野は思っている。

相馬という男が、宮國に従っているのは、彼の立場があればこそだ。宮國が失墜するようなことがあれば、簡単に裏切るだろう。

戦国の武将たちがそうだった。

主君に忠誠を誓うと綺麗事を並べながら、立場が悪くなると、平然と敵に寝返る。つまりは、己が生き残る為に、強い者に服従しているに過ぎない。

この相馬という男も、宮國に力がなくなれば、容易に裏切るはずだ。

もちろん、菅野自身がそういう思考の持ち主でもある。

そんな菅野の心情を察してか、宮國が手許にあるスイッチを操作した。モーター音とともに、運転席と後部座席の間が、防音のガラスで遮断される。

「殺す必要はなかったのではないか？」

宮國が訊ねてきた。

「いえ。岩村は、真面目で実直な男です。最後まで、自分の主張を変えませんでした。どう転ぶか分からない状態のまま、放置しておくのは危険です」

菅野が答えると、何がおかしいのか、宮國がふっと吹き出すように笑った。

「冷酷な男だな」

――よく言う。

菅野は、内心で宮國を罵った。

「それで、例の物はどこにある？」

宮國が咳払いをしてから訊ねてくる。

例の物とは、岩村が紛失したとされる証拠品のナイフのことだ。

結局、鑑定されることはなかったが、あのナイフには、被害者の血痕と、事件の加害者である官房長官の息子のＤＮＡが、べったりと付着している。

宮國と件《くだん》の官房長官は、同じ大学の出身で、以前から親交があった。

この先、総理大臣になるとも噂される官房長官だったが、一つだけネックがあった。それが息子の存在だ。

息子といっても嫡出子ではない。どこぞのクラブの女に生ませた隠し子だ。

その息子が少女を殺害した。

警察の捜査が、息子に及んでいることを知った件の官房長官が、宮國に相談を持ちかけたのだ。

もし、殺人罪で逮捕されるようなことになれば、大変な事態に陥ることは明白である。隠し子の存在が明らかになり、しかも、その男が少女を殺したのだ。辞職どころでは済まない。現政権を揺るがす一大スキャンダルに発展するだろう。

宮國は将来、国会議員選挙にうって出ようという野心があった。次期総理になろうという男に、一生かかっても返せない恩を売るチャンスだと考えたのだ。

人が死んでいるにもかかわらず、それを己の野心を達成する為の道具にしたのだから、恐ろしいというより他にない。

だが、かくいう菅野も、宮國のことは批判できない。

金と自らの昇格を条件に、宮國からの依頼を引き受け、証拠品である凶器を盗み、その責任を岩村になすりつけただけでなく、その背中を押して轢死《れきし》させたのだ。

「私の方で、処分しました」

菅野が答えると、宮國が眉を顰《ひそ》めた。

「処分？」

「はい。先日、実家の墓参りに行った時に、海に捨てました」

「君の実家はどこだ？」

「山口県の海辺の町です」

「なら、見つかる心配もないか」

「ええ。仮に見つかったとしても、その頃には、血痕の採取などできなくなっているでしょうね」

「分かった。これが報酬だ」

宮國が、足許に無造作に置いてあるバッグを軽く蹴る。

「ありがとうございます」

「中身は確認しないのか？」

「まさか。約束を守る方だと信じていますから」

菅野が応じると、宮國がふんっと鼻を鳴らして笑った。

その後、宮國と言葉を交わすことはなく、菅野の住む官舎近くの道路まで来たところで、車が停車した。

何も言われずとも、降りろということは分かる。

菅野は、黙って車を降りると、そのまま官舎に向かって歩き出した。

官舎のエントランスを潜ろうとしたところで、ちょうど出て来た長身の男とぶつかった。

よけようとしたのだが、相手も同じことを考えたらしく、運悪く同じ方向に身体をかわしてしまったようだ。

菅野は、思わず尻餅を突く恰好になった。

「すみません。失礼しました」

謝罪の言葉を口にしながら、手を差し伸べる男の顔に、菅野は見覚えがあった。確か、捜査一課の刑事だった男だ。

別に一人で起き上がることもできたが、菅野は男の手を借りて立ち上がった。男のクセに、やけにしっとりとした手の感触だった。

菅野は、そのまま歩き去ろうとしたが、男が声をかけて来た。

「重そうなバッグですね」

男は、笑みを浮かべながら言う。

菅野は、何も答えずに、男に背を向けて歩みを進めた。

三階にある自分の部屋に戻る。

電気の点いていない真っ暗な部屋――。

結婚してからは、帰宅時に電気が点いているのが当たり前だった。

菅野は誰かが待っている家を、あまり幸せだとは感じられなかった。こちらの状況をわきまえず浴びせられる妻の小言や、娘の我儘《わがまま》に辟易《へきえき》としていた。

離婚した当初は、そうした煩わしさから解放されたことを喜んでいる部分もあった。

それなのに、時が経つにつれて、そうした息苦しくも窮屈な生活を、心のどこかで再び求める気持ちが芽生えることが意外だった。

そんな感慨を打ち消すように、壁際のスイッチを押して電気を点けた。

引っ越した当初は、１ＬＤＫの部屋が狭く感じたが、今はこの空間を持て余している。

ふうっとため息を吐き、寝室に入った。

クローゼットを開けて、着ていたジャケットをハンガーにかけたあと、その奥にある耐火金庫に目を向ける。

菅野は、耐火金庫の前に屈み込むと、テンキーで九桁《けた》の暗証番号を入力し、シリンダーキーを差し込んで金庫を開けた。

中には、菅野が副収入で稼いだ現金が積まれている。

副収入は、そのほとんど全てが、宮國から依頼された案件だ。今回の官房長官の一件のように——。

不倫の一件で、降格処分を受けたあと、菅野はかなり憔悴《しょうすい》していた。

家族を失ったことよりも、菅野にとって苦痛だったのは、出世街道から外れたことだった。

菅野の父も警察官だった。

父は、大学卒業後任官し、所轄《しょかつ》の強行犯係の刑事として激務に追われていた。

正義感に満ちた父のことを尊敬もしていたし、自分もいつか警察官になるのだ——と漠然と感じてもいた。

だが、その父は菅野が中学生の時に死んだ。

心筋梗塞《しんきんこうそく》だった。母は、働き過ぎによるものだと主張したが、認められなかった。

そこからの生活は惨めなものだった。官舎を追い出され、公営の団地に入り、母は働き詰めの生活を送ることになった。

散々《さんざん》奉仕してきたにもかかわらず、見捨てられたようなものだ。

どんなに高い理想を掲げようと、現場の刑事など所詮は消耗品に過ぎないことを、菅野は痛感させられた。

その時菅野は、自分は絶対に消耗品にはならないと誓った。使う側になり、警察という組織の中で上り詰めるのだ——と。

ある意味、それが菅野の復讐《ふくしゅう》だったのかもしれない。

だが、その願いは黒蛇によって無残に絶たれた。このまま、飼い殺しのような状態が続き、やがては父と同じように、消耗品として死んでいくのかと思うと、自分でも制御できないほどの黒い情念がわき上がってきた。

そんな時、宮國に声をかけられた。

宮國は、菅野に火消し屋にならないか——と持ちかけてきた。

金銭的な報酬はもちろん、宮國は将来は警視総監になり、政治家への転身を目論《もくろ》む男だ。恩を売っておいて損はない。

何より、ほとぼりが冷めるのを待って、菅野を再び出世コースに乗せることを約束したのが大きかった。

閉ざされたと思われた道が、再び開けたのだ。

収入が増えたのは、もちろん喜ばしいことだが、何よりそのことが菅野の心を突き動かした。

菅野はほくそ笑みながら、バッグの中の金を金庫に移す。

その時、金庫の中に入っている金以外のものが目に入った。

ビニールでくるまれていて、一見すると中身が何だか分からないが、菅野はそれが何であるかを知っている。

岩村が、紛失したとされる物的証拠だ。

宮國には、海に捨てたと言ったが、実際は菅野がこうして保管している。

自分がこれまで築いてきた関係が諸刃《もろは》の剣であることは、菅野自身、重々承知している。だからこそ、こういう切り札が必要になる。

金庫の扉を閉めた菅野は、椅子に腰掛け、スマートフォンを取り出した。

アプリを開くと、幾つかのメッセージが届いていた。

全て、一人の女からのものだ。

銀座の会員制のラウンジで知り合った女で、まだ大学生だという。

若い女の肉体は、性的な快楽だけでなく、疲弊した菅野の精神を癒《い》やしてくれる。それが、金銭によって成立している関係だということは分かっている。

それでも――。

菅野は、口許を緩めながらメッセージに返信をした。

10

天海は、自席のデスクに資料を広げ、それを丹念に読《よ》み耽《ふけ》っていた――。

〈悪魔〉と呼ばれる連続殺人犯が、これまでに起こした事件の資料だ。

思えば、着任早々に事件発生で呼び出されたので、自らが配属された〈特殊犯罪捜査室〉の部屋に入るのは初めてのことだった。

実験的に創設したばかりということもあって、メンバーは天海と阿久津、そして、管理者である大黒の三人だけだ。

今は、大黒と阿久津の姿はなく、天海一人きりだ。

電気は点いているが、圧倒的に光量が足りず、仄暗《ほのぐら》く、じとっとした雰囲気が漂っている。

そう感じるのは、天海の気分によるところが大きいかもしれない。

目頭を押さえ、大きく息を吐き、気持ちを切り替えて、改めて資料に挑む。

これまで、〈悪魔〉と称される男によって起きた事件は全部で五件――。

最初の被害者は、現職の警察官だった。

長谷部《はせべ》亮一《りよういち》。五十三歳で、階級は警部。捜査一課に所属していた刑事だった。

舌を引き抜かれ、両目を糸で縫い付けられた上に、腹を横一文字に裂かれた状態で発見された。

その異常性から、犯人は快楽殺人者だと推察された。

警察の威信をかけた捜査が行われたが、犯人に繋《つな》がる証拠が見つかることなく、時間だけが流れていった。

二件目の被害者は、安藤弘《あんどうひろし》。五十六歳。大学病院の外科部長だった人物だ。

腹部を切り裂かれていて、体内から内臓の全てが取り出されていた。体内から取り出された内臓は、クーラーボックスに臓器ごとに綺麗に分割され、死体の周りに置かれていた。

一件目に引けを取らない凄惨さだった。

それだけでなく、その殺害方法には、何かしらの意図が隠されているように思えてならない。

三件目は、暴力団組織の幹部の、武井《たけい》という男だった。

両手足はもちろん、あばら、骨盤、顎に至るまで、ありとあらゆる骨が粉砕された状態で発見された。

四件目の犯行は、守野《もりの》という男で、首を切断され、自らの頭部を膝の上で抱えた状態で発見された。

そして、五件目が天井から吊されていた今回の若い女性だ。

年齢、性別、職業に至るまで、被害者に共通項が何一つない。首の裏に刻まれた、逆さ五芒星だけが〈悪魔〉の存在を証明している。

犯行は、三年間にわたって行われ、犯行場所も東京都内ということだけで、地域はバラバラだ。

死体の発見現場においても、今回のような廃工場であったり、電車の操車場、被害者の自宅――と、まったく一貫性がない。

無差別にターゲットを選び、実験的に色々な方法で殺害を試みる、快楽殺人者――。

「違う」

天海は、自らの考えを振り払った。

阿久津にも指摘されたが、都合のいい解釈をしただけの安直なものだ。

快楽殺人者と断じてしまうのは簡単だ。自分たちには理解できない嗜好《しこう》の持ち主だから、多少不可解な点があったとしても、それはそういうものだ――と考えてしまったのでは、犯人の思考を理解することはできない。

もし、それがまかり通るなら、人は生まれた瞬間から、犯罪者とそうでない者とに分けられることになるだろう。

もちろん、そういう説を提唱した学者もいる。

性犯罪者の家系を調査した結果、近しい親族に同様の性犯罪者が多数いることが判明している。その数は、そうでない家系と比べると五倍にも相当する。

統計的に見て、確かに否定できない数字ではある。それでも、生まれながらの犯罪者などいないと天海は信じたかった。

万が一、生まれながらの殺人者というのが存在するなら、殺された天海の友人は、生まれた瞬間から、殺されることが決まっていた——ということになる。

そんなのはあり得ない。

やはり、凶悪犯罪に手を染めるには、そこに何かしらの理由があるはずだ。

たとえ、それが理解できない思考であったとしても、彼らなりのルールというか、法則があるに違いない。

過去に〈悪魔〉が起こした犯罪を見返すことで、天海はその法則を見つけ出そうとしていた。

それが、やがては犯人の逮捕に繋がると信じて——。

一通り資料を読み込んでいた天海は、ふと引っかかりを覚えた。被害者全ての名前ではないが、何人かに覚えがある気がしたからだ。

なぜ、そう思ったのかはっきりしない。だが、一度芽生えたその考えは、白い布に付着した血痕のように、じわっと広がり、頭の中に定着した。

頼りない引っかかりの正体を、何とか探り出そうとしたところで、ドアが開いた。

大黒だった。

「お疲れ様です」

天海が声をかけると、大黒は鷹揚に頷いた。

「捜査の状況はどうだ？」

大黒が訊ねてくる。

おそらく、大黒は実際に捜査状況を気にしているわけではないだろう。もっと別のことを知りたがっている。

「順調とは言い難いです」

天海は、率直に口にした。

大黒はすぐに何のことか察したらしく、苦笑いを浮かべた。

「阿久津のことか？」

そう問われて、素直に「はい」と頷くようなことはしなかった。代わりに、気に掛かっていた質問をすることにした。

「〈特殊犯罪捜査室〉を設立した理由は何ですか？」

近年、科学捜査が発達したこともあり、捜査はチームによる分業制が徹底され、効率化が図られている。

もちろん、背景には警察官の減少という深刻な問題もある。

そうした状況の中、〈特殊犯罪捜査室〉の実質的な捜査員は、天海と阿久津の二人だけだ。これは、時代に逆行しているともいえる。

おまけに、警視正である大黒の直轄というのも異例だ。

「組織での捜査というのは、効率的ではあるが、そこに個人の考えが反映され難いというデメリットがある」

「そうかもしれません」

大黒の言う通り、組織で動くとなると、そう簡単に方向転換ができるわけもなく、小回りが利かず、柔軟な対応に欠ける部分はある。

「もし、捜査本部の方針に誤りがあった場合、犯人は永久に逮捕されることはない」

「はい」

「そういう事態に備え、独自の観点から、柔軟に事件を捜査する独立部隊が必要だと考えたからだ」

「おっしゃっていることは、分かります……」

だが、それにしては、人数があまりに少な過ぎる気がする。

たった二人では、捜査できる範囲が限定的になり、逆に行動が遅くなることは明白だ。

「納得いかないという顔をしているな」

大黒が、険しい表情で言った。

天海は「はい」と頷いた。

正直、大黒の行動にも、納得できない部分がある。警視正である大黒が、なぜ少数精鋭の部隊の陣頭指揮を、直々《じきじき》に執っているのか？

天海と阿久津の二人を管理監督するだけなら、適切な人材をあてがい、自分がその上に立てばいいだけだ。

それなのに、率先して現場にまで出張《でば》って来ているのは不自然だ。

天海が、そのことを主張すると、大黒は怪訝な表情を浮かべたあと、小さくため息を吐いた。

「それを言うなら、君も同じだろ」

「私が？」

天海は、虚を突かれて首を傾げた。

「そうだ。臨床心理士の資格を保有し、アメリカに犯罪心理学の研修にまで行ったのだから、科捜研の犯罪心理分析官が順当なところだ。ところが、君は現場での捜査を希望した――」

「それは……」

言葉に詰まる。

大黒の言う通り、天海は現場での捜査を強く希望していた。

どうして現場にこだわったのか――その答えは、既に頭の中に浮かんでいる。しかし、それを口にすることは憚《はばか》られた。

その理由は、個人的な感情に由来しているからだ。

「それに、私がこの部署を設立した理由は、もう一つある」

沈黙を破るように大黒が言った。

「もう一つ?」

「阿久津がいたからだ」

「阿久津さんが理由?」

「あの男の異名は知っているか?」

「はい。確か〈予言者〉——と」

「君は、懐疑的なようだな」

「はい」

「これまで、阿久津が担当して来た事件を調べてみれば分かる。彼の読みが外れたことは一度もない」

「どうして……」

阿久津とかかわったのは、まだ僅か一日だが、大黒がここまで評価するほど、彼が優秀であるとは思えない。

そう感じる一番の理由は、阿久津が自らの考えを、煙に巻くからだ。

結果として、何を考えているのか、さっぱり分からない。

「阿久津は、類い稀な洞察力と、異常なまでの頭の回転の速さで、事件の真相を見抜く。だが、巨大な組織の中では、阿久津のスキルを最大限に活かすことができない」

今の言い方だと、この部署は、阿久津ありきで創設された――ということになる。

「しかし、一個人の能力に依存した組織は、あまりに不健全であるように思いますが……」

「分かっている。だから、君を引き抜いたんだ」

「私を？」

天海は、首を傾げる他なかった。

どうして、そこで自分が出て来るのかが理解できない。

「そうだ。君たちは、間違いなくこれからの警察を変えていく。私は、そう信じている」

大黒が力強く言った。

天海を持ち上げるにしても、警察を変えていく――というのは、あまりに大げさと言わざるを得ない。個人の力量によって、できることなどたかが知れている。

そんなことが分からない大黒でもないはずだ。

今の言葉の真意を問い質そうとしたが、その前に大黒の携帯電話の着信音が鳴った。

「大黒だ」

電話に出た大黒は、しばらく相手の言葉に耳を傾けていたが、やがて小さく息を吐きながら電話を切った。

その空気から察して、事件に何か進展があったのだろう。

「何かあったんですか？」

天海が訊ねると、大黒はこくりと頷く。

「被害者の身許が判明した――」

天海は、喉を鳴らして息を呑み込み、大黒の言葉を待った。

11

大きな不安を抱えたまま、真莉愛は教室のドアを開けた――。

今日は、裸婦のデッサンの続きだ。

あの青年と顔を合わせるかもしれない。そう思うと、心臓がいつもより激しく胸を打つ。

あの日から、一週間、彼の姿を見ていない。

会って、礼を言わなければと思う反面、実際どんな顔で彼を見ればいいのか分からないし、どう言葉をかけたらいいかも判然としない。

そのクセ、どこかで彼とのその先を期待する想いもあった。

彼は、これまで真莉愛が出会ったどの男とも違う。

顔立ちは美しいが、外側だけ取り繕った、空っぽのハリボテではない。彼の魅力は、内側にこそあるような気がした。

もちろん、彼と多くの言葉を交わしたわけではないので、真莉愛の想像に過ぎない。アイドルの性格を理想に当て嵌める少女のような考えだということは分かっている。

それでも――。

彼の内側には、真莉愛がこれまで感じたことのない何か――があるように思えてならなかった。

そっとドアを開けて中に入る。

高鳴る胸を押さえながら、それとなく部屋の中を見回してみたが、彼の姿はどこにも見当たらなかった。

落胆と、どこかほっとした気持ちを抱きながら、真莉愛は席に着く。イーゼルにキャンバスを置き、デッサンの準備を始めた。

開始時間になっても、彼は姿を現さなかった。

誰も座っていない椅子が、ぽつんと置かれている。

どうやら、今日は来ないらしい。

気持ちが萎《な》えたせいか、デッサンは遅々として進まなかった。モデルに対しても、これまで以上に興味が湧かない。

隣の席の真穂と幾つか言葉を交わした。

何でも、彼氏に暴力を振るわれたとかで、真穂は左の頬を腫《は》らしていた。かなり怒りが溜まっているらしく、真穂は興奮気味に文句を並べていたが、その内容はほとんど頭に入ってこなかった。

幸か不幸が、あの青年と顔を合わせないままデッサンの授業を終えた。

真穂は、あの彼について、色々と情報を持っていそうだった。せめて名前くらいは訊いておけば良かった——と思いはしたが、あとの祭りだ。

いや、今からでも遅くない。真穂にメッセージを送って、確認すればいい。

スマホを取り出したものの、結局、真莉愛はメッセージを送信することはなかった。

そんなメッセージを送信したら、それこそアプローチをかけていると思われ、余計な詮索や冷やかしを受けるのが目に見えている。

お礼を言いたいという真っ当な理由があるのだから、そんな外野の言うことなど、無視すればいいと考えてみたが、心にモヤッとしたものが残った。

おそらく、真莉愛が無意識のうちに、お礼以上の何かを期待していたからだろう。

まるで、中学生のように、大して知りもしない男のことを妄想し、周囲の反応を恐れ、
結局、何もできないまま、真莉愛は大学の門を出た。

歩きながら、バッグから防犯ブザーを取り出し、それを握り締める。

あの一件以来、航が再びマンションの前まで押しかけてくるようなことは、今のところないが、これからもないとは言い切れない。

あの時は、偶々、彼が来てくれたから良かったようなものの、そうでなければ大変なことになっていた。

また、同様のことがあった際、すぐに対応できるようにしているのだ。

電車に十五分ほど揺られ、自宅マンションがある、吉祥寺《きちじょうじ》の駅に辿り着いた。

住みたい町ランキングの常連で、交通の利便性が高く、古さと新しさの同居した街並みが気に入った。

しかし、さすがに人気の町だけあって、家賃も高額だった。

美大に通っていると、何かと道具が増える。それらの収納スペースなどを考えると、必然的に駅から離れた場所に居を構えるしかなかった。

その結果として、あんなことがあったのだから、真剣に引っ越しを検討した方がいいかもしれない。

などと考えながら歩いていると、急にぽんっと肩を叩かれた。

「きゃっ！」

声を上げながら、防犯ブザーを押そうとした真莉愛だったが、辛《かろ》うじてそれを押し留《とど》めた。

真莉愛の肩を叩いてきたのは、知っている顔だった。

あの青年だ——。

「驚かせてしまったみたいですね。すみません」

彼は、穏やかな笑みを浮かべながら、丁寧に詫びた。

「いいえ。そんな、とんでもないです……。あの、私、その……ちゃんと、お礼もしてなくて……」

どうして、彼がここにいるのか？　なぜ、自分に声をかけて来たのか？　本当は、色々と訊きたいことがあるのだが、それより礼をしなければという思いの方が先に立った。

だが、あまりに慌て過ぎて、自分でも笑ってしまうくらいに、しどろもどろになっている。

それだけではない。抑えが利かないほどに顔が火照《ほて》る。

これではまるで、男に免疫のない少女のようだ。

「お礼だなんて。ぼくは、ただ偶然に通りかかっただけですよ。その後、あの彼からは、何か言ってきたりしました？」

「いいえ」

真莉愛は、首を左右に振った。

「そう。それは良かったです。ただ、用心はして下さいね」

「はい。ありがとうございます」

真莉愛は、腰を折って頭を下げた。

「気にしないで下さい。では――」

彼は、軽く手を挙げると、そのまま歩き去ろうとした。

真莉愛は、半ば反射的にそれを呼び止めた。

彼が「ん？」と、僅かに戸惑いを浮かべた視線を向けてくる。

――何でもないです。

そう言えば良かった。だが、もしそうすれば、二度と彼に会えなくなる気がした。

そんなものは、ただの思い込みに過ぎない。現に、彼は同じ授業を受けている。デッサンで顔を合わせることは、次もあるはずだ。

焦る必要はないはずなのに、真莉愛は焦燥感を拭い去ることができなかった。

「あの――やっぱり何か、お礼をさせて貰えませんか？」

意を決して、そう切り出した。

実際は、ほんの一秒か二秒だったのだろうが、返答を待つ間が異様に長く感じられた。

「本当に、気になさらないで下さい」

彼は爽やかな笑みを浮かべた。

恰好をつけて言っているのではなく、彼は本当に当然のことだと捉えているようだった。

「そんな……それでは、私の気が収まりません」

真莉愛は食い下がった。

きっと、ここでうやむやにしてしまったら、彼は助けたことなど、まるで無かったことのように、何もかも忘れて日々を過ごすのだろう。

そして、真莉愛のことも、同じ授業を受けている学生というくらいにしか認識しない。

彼にとって、特別な何かになりたい。そうした感情が沸き上がり、自分でも抑えが利かなくなっていた。

しばらく押し問答を続けたが、やがて彼が諦めたように、ふっと息を漏らした。

「分かりました。では、一つだけぼくのお願いを聞いて頂けますか？」

「もちろんです」

本当は、飛び上がりたいほどに嬉《うれ》しかったが、その気持ちをぐっと腹の底に押し留めた。

「ぼくの作品のモデルになってくれませんか？」

彼がずいっと真莉愛に顔を近づけ、耳許で囁くように言った。

柑橘《かんきつ》系だろうか。爽やかな香りが鼻腔《びこう》をくすぐる。

「モデルですか？」

「ええ」

「私が？」

「そうです」

にこやかに彼が頷いた。

彼の願いは、真莉愛が想定していたどの答えとも違っていた為に、言っていることを理解するのに時間を要した。

「もちろん、無理にとは言いません。嫌なら、断って頂いて構いませんよ」

彼は笑みを崩すことなく言う。

どう答えていいか分からなかった。

真莉愛の脳裏に真っ先に浮かんだのは、今、デッサンをしているあの裸婦のモデルだ。あのモデルのことを、散々にけなしていたが、いざ、自分がモデルとして立った時どうだろう？

自分の裸体を、彼はどんな風に見るのだろうか？

それを知るのは、とてつもなく、恐ろしいことのように思えた。

好きな男に、ベッドの上で裸を見られることと、台の上に乗り、ポーズを取った姿を客観的に見られることとでは、まるで違うものだ。

今さらのように、それが凄《すさ》まじいまでの羞恥心《しゅうちしん》とともにあることを知った。

いや、そもそも彼は、ヌードモデルなどとはひと言も言っていない。服を着たまま、椅子に座っているだけかもしれない。

それでも、真莉愛の中にある恥ずかしさは消えることがなかった。

「あの……」

何か言わなければと思い、口を開いたが、出たのはそんな意味のない言葉だけだった。

「もし、迷っているなら、一度、ぼくの絵を見てみませんか？　その上で判断して頂ければ、それでいいです」

彼が言った。

喉に何か詰まったような気がして、思うように言葉が出てこない。

そこから、どんな会話をしたのか正直、あまり覚えていなかった。夢の中で話をしている自分を、ぼんやりと見ているという感じだった。

気付いた時には、彼の部屋のドアの前に立っていた。

「絵を描く為に借りている部屋なんです。まあ、アトリエのようなものですね」

彼は、そう言いながら部屋のドアを開けた。

絵を描く為だけに部屋を借りているとは、金銭的に相当に恵まれているのだろう。真穂が、彼は高級官僚の息子だと噂していたが、あながち嘘ではないかもしれない。

招き入れられて、部屋の中に入る。

十畳ほどの広さのある、フローリングのワンルームだった。

油絵の具の独特の臭いが充満している。

家具や電化製品のような調度品は一切ない。暗幕のような遮光カーテンが引かれていて、外の光が完全に遮断されていた。

壁際には、幾つものキャンバスが無造作に置かれ、床は絵の具の汚れが斑模様のように付着している。

そして、部屋の中央にキャンバスの載ったイーゼルがぽつんと置かれ、上から目隠しのように白い布が被《かぶ》せられていた。

おそらく、あれは制作中の絵なのだろう。

彼はさっき、ここはアトリエのようなものです——といったが、寝るスペースすらないこの空間は、まさに絵を描く為だけに存在するアトリエだった。

今時、ここまでストイックに絵に取り組んでいる人間は、そうそう見かけない。

彼が放つ独特の雰囲気は、こうした環境に由来しているのかもしれない。

「見ていいんですか？」

真莉愛が問うと、彼は「どうぞ」と促した。

部屋の中央に置かれた絵を避け、まずは壁際に置かれた絵に手を伸ばす。

最初に取った絵を見た瞬間、真莉愛は息を呑んだ。

そこには、一人の男が描かれていた。いや、身体の骨格は人のようであるが、実際はそうではない。

背中からは、黒い羽根を生やし、顔は人のそれではなく、湾曲した角を額から生やした獣の顔が乗っていた。

仄暗く、冷酷な目を真っ直ぐにこちらに向けている。それでいて、魅惑的ともいえる色を宿している。

前に、これと似た絵を見たことがある。

「悪魔……」

真莉愛が口にすると、彼はそっとその絵を手でなぞりながら、囁くように「自画像です」と言った。

——これが自画像。

驚きを覚えるのと同時に、彼の感性の鋭敏さに触れた気がした。

別の絵を手に取ってみる。

あまりに凄惨な光景に、真莉愛は思わずたじろぐ。

そこに描かれていたのは、一人の男だった。ただ、この男には首がなかった。切断されているのだ。

その断面からは骨が覗き、血が滴《したた》り落ちている。

そして、絵の中の男は、切断された頭部を自らの膝の上に載せ、抱えるようにしていた。

この上ないくらい、グロテスクな絵だ。

だが、単にグロテスクさを強調したのとは違う。そこには、確かに美が存在していた。人間の真実を切り取ったかのような、圧倒的な美だ。

真莉愛は、彼の絵に魅せられ、貪るように彼の作品を見ていった。

どれもこれも、素晴らしい作品だった。

彼の作品を、構図とか、色彩とか、そういう理論的なもので評価してはいけない。そういったものを超越した闇と美に満ちている。

子宮が疼《うず》く。理屈などどうでもいい。生物として、身体が、本能が、彼を求めているのが分かった。

「君に、モデルになって欲しいのは、この作品なんだ」

彼はそう言うと、部屋の中央に置かれたイーゼルの脇に立った。

真莉愛は、その絵の正面に回る。

もうとっくに迷いは消え去っていた。自分が、彼の作品のモデルになれると思うだけで、身体の芯が、じんじんと熱くなる。

彼は、たっぷりと間を置いてから、ゆるりとキャンバスにかかっていた布を引いた。

はらっと布が外れ、一枚の絵が真莉愛の目に飛び込んできた。

言葉も出なかった――。

グロテスクで、身ぶるいするほどの恐ろしさを纏っているにもかかわらず、官能的で、疲弊した心を癒やすような優しさがある。

相反《あい》するものが、相互に溶け合い、一つの作品としてそこに存在している。

「どうですか？」

彼が訊ねてきたが、真莉愛は何も答えられなかった。

ただ、そこに描かれた絵に魅せられたまま、心臓の高鳴りを聞いていた。

そこに描かれていたのは、天使の絵だった。

両手を大きく広げ、光の降り注ぐ空に向かって飛び立つ、美しい天使の絵――。

被害者の名前は、金森《かなもり》真莉愛。二十一歳の大学生だった——。

第二章　黒蛇

1

窓から柔らかい日差しが差し込んでいる――。

天海は、ゆっくりとベッドの上で身体を起こして部屋の中を見回す。

テレビとベッドが置かれているだけの、殺風景な部屋だ。帰国して、すぐに〈特殊犯罪捜査室〉への配属が決まったので、住環境を整える暇がなかった。

ノートパソコンと資料となる本は、床に直に積んだ状態で、寛《くつろ》げるスペースは皆無と言っていい。

衣類はクローゼットに押し込んであり、キッチンには調理器具の類いがほとんどなく、お湯を沸かすくらいしかできない。

とはいえ、官舎であるこの部屋は、どうせ寝に帰ってくるだけだ。色々と揃《そろ》えたところで、それを使用する機会があるとは思えない。

時計に目を向ける。五時少し前だった。スマートフォンを操作して、インターネットのニュースに目を通す。

〈悪魔〉の事件は、トップニュースの扱いだった。

全裸の女性が、廃工場の天井からぶら下げられていたという、猟奇的ともいえる状況は、かなり注目度が高い。

被害者の女性——真莉愛が、大学のミスコンで、準優勝したことがあるという経歴が、一般の興味をよりそそったのだろう。

日本人は、外見で人を判断する傾向が強い。それは、被害者であっても同じだ。

ミスコン準優勝の美人大学生に、何があったのか——という書き出しになっていることが、それを象徴している。

幸か不幸か、注目が被害者の容姿に向けられているので、首の裏に逆さ五芒星が刻まれていたという情報は、まだ漏れていないようだ。

これが、連続殺人事件の一つであると感付いている報道機関もない。

一通りネットの記事に目を通したあと、天海はベッドに腰掛けると、無造作に床に置かれた事件の資料を手に取った。

何度も読み込んでいるので、その内容はほぼ完璧に記憶している。

それでも、繰り返し資料に目を向けている。そうすることで、これまでに気付かなかった何かが得られるかもしれない。

〈悪魔〉によって行われた犯行は、首の裏に刻まれた逆さ五芒星以外、一切の共通点がない。

だが――。

本当に、共通点は何もないのだろうか？

天海はずっとそのことが引っかかっていた。

犯人は、無作為に被害者を選別しているのではなく、そこに何かしらの共通点があり、それが犯行動機に繋がっているのではないか――天海は、そう考えている。

しかしそれは朧気で、目を凝らすほどに見えなくなっていくようだ。幻を追いかけているように。

おそらく鍵となるのは、一件目の被害者――長谷部亮一だ。

長谷部は現職の警察官だった。単純に、彼の経歴を洗うだけでなく、彼が、警察官の時に関わった事件を、全て洗い直す必要があるかもしれない。

気の遠くなるような量の資料に、目を通すことになるだろうが、地道な捜査を継続することが、事件解決の為の一番の近道である気がする。

時間を見つけて、資料を集めておこう。

ふと時計に目をやると、既に六時を過ぎていた。天海は資料をベッドの上に置き、ユニットバスに向かう。

気持ちをリセットしようとして、シャワーを浴びたはずなのに、頭の中では延々と事件のことが回っていた。

——なぜ、犯人は死体を廃工場の天井から吊したのか？

しかも、殺害後に髪を洗い、化粧を施した。それはとてつもなく、時間と労力がかかる作業だったはずだ。

死体を隠す為に時間と労力をかけるのならまだ分かる。しかし、まるで見せつけるように死体を放置した理由は何か？

毎回、殺害の手口が異なるのも気にかかる。

考えられる理由は、警察に同一犯であると気取られない為だが、それだと、マーキングのように、死体に逆さ五芒星を刻んでいるのが不可解だ。

考えれば考えるほどに、思考の迷路に迷い込んで行く。それは、天海に限ったことではない。捜査本部もまた、捜査方針を絞り込めないでいる。

だが——。

阿久津は違う。

根拠があるわけではない。それでも、阿久津は既に事件の真相を摑んでいるように思えてならない。

少なくとも事件について、何かを隠していることは明らかだ。

阿久津が何を摑んでいるのか、聞きだそうと試みてはいるものの、彼は嘘を織り交ぜながら巧みに話を変えてしまう。

単純な虚言癖ということであれば、対処のしようもあるが、阿久津はそうではない。冷静に、かつ慎重に言葉を選びながら、自らの考えを覆い隠してしまっている。

なぜ、阿久津はそうまでして隠すのか？

天海のことを信頼していないというのもあるだろう。ただ、それだけではない気もする。彼は、意図的に自らの存在を煙に巻こうとしているように思える。

自分のテリトリーに入る者を、単に拒絶するのではなく、別の道に誘導し、真実に辿り着かせないようにしている。

——どうして、自らを隠す必要があるのか？

そこには、阿久津が抱えている闇——があるのかもしれない。底知れない、深い闇。

天海は、思わず苦笑いを漏らす。

事件について考えを巡らせていたはずが、気付けば阿久津のことにすり替わっている。

少し、彼のことを意識し過ぎているのかもしれない。

シャワーを止め、身体をタオルで拭いながら、鏡に映る自分の姿に目を留めた。

左右が逆転した世界。だが、幾何学的には、逆転しているのは左右ではなく、奥行きなのだそうだ。

心理学の中に、鏡の法則というのがある。

自分の周りの人たちの出来事は、自己の投影だという考え方だ。

鏡の中に映る自分の姿を変えるのに、幾ら鏡を触ったところで、変化は訪れない。自分自身を変えて、初めて鏡の中が変わるという考え方だ。

今回の事件においても、一向に犯人像が見えて来ないのは、鏡の中の世界に触れようとしているからなのかもしれない。

こちらが、何かを変えなければ、鏡の中の像は変化することはない。

だが――。

どう変えたらいいのかが分からない。

しばらく、鏡を見つめていた天海だったが、新たな考えが浮かぶことはなかった。やがて、諦めるようにため息を吐いてユニットバスを出た。

身支度をしている時に、スマートフォンが着信した。無料通話アプリからのメッセージだった。

すぐに確認しようかと思ったが、表示された名前を見て躊躇《ためら》う。幼なじみの名前だった。この時期に、連絡してくるということは、その内容は確認するまでもなく分かっている。

天海は、迷った末にメッセージを開いた。

〈久しぶりに、みんなで集まろうと思ってます。忙しいとは思うけど、時間があったら志津香も参加してね〉

昔を懐かしんで、思い出話に花を咲かせようといった、気軽なメッセージに受け取れるが、実際はそうではない。

毎年決まった時期に顔を合わせる儀式のようなものだ。

それが証拠に、メッセージには、幾度となく推敲《すいこう》したあとが見て取れる。

天海は、この会合に参加するつもりはない。今回に限らず、これまでただの一度も参加したことはない。

彼女も、志津香が参加しないことは分かっている。それでも、声をかけ続ける。それが義務であるかのように――。

そうしなければ、自分たちが呪われると思っているのかもしれない。

亜美が無残に殺害された、あの忌《い》まわしい事件に、未だに縛られ続けている。生涯逃れることができない呪縛。それは、天海も同じだ。

脳裏に、あの日の光景がフラッシュバックする。

顔に自らの血飛沫を浴び、仰向《あおむ》けに倒れている亜美の顔――。

眼球が飛び出そうなくらいに、大きく目を見開き、口を半開きにしたその顔は、自らが死んだことが、信じられないと言っているようだった。

友人の身体から流れ出る血が、天海の靴を湿らせた。買ったばかりの靴だった。

天海は、思わず足をどけた。

流れ出る血の海の中で、一匹の蟻《あり》が溺れていた。

膝の力が抜け、その場に倒れそうになったのを、辛うじて堪えた。

十五年前のあの日——。

天海は、小学校からの帰り道、亜美と一緒に廃墟《はいきょ》となった教会に足を運んだ。そこで、一人の男と遭遇した。

その男は、いきなりナイフを振り翳し、天海の目の前で亜美を滅多刺しにした。

男は、すぐにその場を立ち去ったが、偶々近くを通りかかった母子の目撃証言から、二十三歳で無職の葛城文彦《かつらぎふみひこ》という男が捜査線上に浮上し、逮捕された。

精神鑑定の末、葛城は解離性同一性障害を患っていたという診断が下され、責任能力無しということで、無罪判決が下った。

当時の天海には、それがどういうことなのか理解できなかった。

精神を患うことと、罪が赦《ゆる》されることの因果関係をどうしても受け容れることができず、ただ困惑した。

あの事件が、天海が犯罪心理学を学ぶきっかけになっているのは間違いない。

呪縛から逃れる為には、一人で墓石に花を手向けるのではなく、当時を知っているみんなと顔を合わせ、亜美を悼むことが必要なのかもしれない。

天海は、小さく頭を振って記憶を追い払うと、スマートフォンに向き直った。

〈久しぶりだね。行きたいところだけど、仕事が忙しくて、都合がつくか分かりません。一応、詳細を送っておいて下さい。顔くらい出せるように調整してみます〉

天海は、メッセージを送信してから苦笑いを浮かべた。

昨年、一言一句違わない文章を送っていたことに気付いたからだ。

行くつもりはない――とはっきり言ってしまえばいいのに、毎年、僅かに可能性を残すようなメッセージを送っているのが滑稽《こっけい》だった。

再び、阿久津の顔が脳裏に浮かんだ。

もしかしたら、阿久津が嘘を吐くのは、こういう心境なのかもしれない。

完全に拒絶してしまえばいいのに、そうすることはせず、適当な嘘を並べて話を繋ぐ。

そこには、知られたくはないが、知って欲しいという、相反する感情の揺れ動きがある。

――いったい何を？

天海は、答えを見出せないまま部屋を出た――。

2

男はニュースの映像を見て、ほくそ笑んだ――。

女子大生が廃工場で、遺体となって発見されたという事件が、センセーショナルに伝えられていた。

現場の廃工場で、警察官たちが右往左往している姿が映し出されている。

マイクを持ったリポーターが、神妙な面持ちで、現在分かっている情報を興奮気味に読み上げている。

男は、女物のピアスを指で弄《もてあそ》びながら、じっとその内容に耳を傾けた。

〈被害者の女性の名前は、金森真莉愛さん。二十一歳。都内の美術大学に通う学生でした。ミスコンテストで準優勝したこともある、美人女子大生が、なぜ事件に巻き込まれたのか？　警察は怨恨と行《ゆ》きずりの両面から、捜査を続けています――〉

リポーターが、中身のないコメントを言い終えると、画面は犯行現場の中継から、スタジオに切り替わった。

〈犯人は、いったいどういう人物なのでしょう？〉

ＭＣを務めるフリーのアナウンサーが、犯罪心理の専門家という肩書きを持った、五十代くらいの男性に意見を求める。

〈まだ、はっきりとしたことは分かっていませんが、今回の犯行は、おそらく劇場型の犯罪であると考えられます〉

犯罪心理の専門家が、的外れなコメントを口にする。

彼曰《いわ》く、死体を天井から吊すというのは、自己顕示欲の現れであり、自らの行いに陶酔しているのだという。

自らの犯行を誇示することで、普段の生活では得られない己の欲求を満たしているらしい。

さらには、今後、警察やマスコミに、犯行声明を送ってくる可能性があると——。

犯行の目的については、人を殺すという行為そのものが目的である快楽殺人者で、かねてから、被害者をターゲットにしていた可能性がある——と論じていた。

「バカバカしい」

男は、思わず吐き出した。

何をもって犯罪心理の専門家を名乗っているのかは不明だが、安っぽい本に書いてあることをそのまま読み上げるようなコメントに、心の底から腹が立つ。

誰が好《す》き好《この》んで犯行声明など送るものか——。

犯行声明を送るなど、わざわざ自分で捕まりに行くようなものだ。そんなことをすると、本気で思っているのだろうか？

この男は、何も分かっていない。

自己陶酔型、劇場型、快楽殺人者——どの言葉も、事件の本質をまるで捉えていない。

唾棄すべき推察だ。

そもそも、今回の犯行は、明確な意図をもって実行された計画の一部に過ぎない。

死体の状況にだけ目を奪われているから、本質が何も見えないのだ。

結果として、女は死んだ。

だが、それは当然の報いを受けたからに他ならないのである。

彼女は裁かれたのだ。

〈悪魔〉の手——。

いや、〈神〉の手によって——。

警察も、民衆も、殺人事件だと捉えているうちは、今回の事件の真相に辿り着くことはないだろう。

男は、ピアスを口の中に放り込み、飴玉《あめだま》のように舌で転がす。

ピンの部分が舌に刺さり、僅かな痛みとともに、じわっと口の中に血の味が広がった。

塩分と鉄分を含んだ血液は、男の心に安らぎをもたらした。

テレビでは、まだ事件について、ああだこうだと論争が繰り広げられている。

言っていることは、実に陳腐だ。「卑劣だ」、「許せない」などといった学生が並べるような幼稚な批難を繰り返している。

分かり易さだけを求め、真《しん》に伝えるべきことが何なのかすら分かっていない。これでは、マスメディアは衰退の一途を辿るだろう。

だが、単にマスメディアだけを責めることはできない。彼らは、社会を映す鏡だ。民衆が望んでいることを、そこに映しているに過ぎない。つまり、真に堕落しているのは、民衆だ。

だからこそ、やり遂げなければならない。この腐敗した世の中に変革をもたらす為に、男は敢えて犠牲になる道を選んだのだ。

今回の事件は、改革の一歩に他ならない。

愚民どもは、やがて気付くはずだ。大いなる〈神〉の意図に——。

そうなった時、短絡的な批判はなりを潜め、全ての民《たみ》が、〈神〉の思想に賛同し、歓喜の声を上げるに違いない。

そうなるまでの辛抱だ——。

その為の準備は、もう始まっている。

男は、ノートパソコンに目を向けた。インターネットの掲示板が表示されている。暇な連中が、事件についてあれこれ書き込んでいた。

男は、キーボードを叩いて、そこに書き込みをする。

ハンドルネームは、悩んだ末に〈神の下僕〉とした。

書き込んだのは短い文章だった。

〈あの女は、悪魔に憑依《ひょうい》されていた。よって、神の名の下に裁かれたのだ〉

男は、書き終えたあと、満足気な笑みを浮かべ、口の中から血に濡れたピアスを取りだした。

3

その部屋は、天海の住居とは雲泥の差だった――。

白い。それが、天海の第一印象だ。

壁や天井はもちろんのこと、ベッドやテーブル、それにチェストやラックなども、全て白で統一されていて、眩《まぶ》しいとまで感じる。

几帳面な性格だったようで、よく整理されていて、汚れもほとんどない。

ただ、家事は一切やっていなかったらしく、調理器具は揃っているが、使用した痕跡がない。

グラスやクッションの類いは一つしかなく、あまり家に人を招き入れていなかったことが分かる。

真莉愛は、どこにでもいる、ごく平均的な女子大生といった印象を受けた。

唯一、他の学生と違うところといえば、部屋の隅にあるラックに収納された画材類と、書棚にずらりと並ぶ美術書くらいだ。

「綺麗なものですね」

天海は、部屋の中を丹念に見て回っている阿久津に声をかけた。

「そうですね」

阿久津は、相槌《あいづち》を打ちながら、書棚の背表紙を指ですうっと追っていたが、やがてある一冊を手に取った。画集だった。

ページを開き、中を確認する。

画集を覗き込んだ天海は、掲載されている絵を見て、思わず顔をしかめた。

清楚《せいそ》であることをアピールするような、白い部屋の中にあって、その画集は、あまりに異質なものだった。

絞首刑台に首を載せられた女――。

腹にナイフを突き立てられ、悶絶《もんぜつ》する男――。

顔の皮膚が崩れ、その奥から頭蓋骨《ずがいこつ》が露出している女――。

どれもグロテスクで、思わず目を背けたくなるような凄惨な絵ばかりだ。

「これは、彼女のお気に入りだったようですね――」

阿久津が呟くように言った。

真莉愛が、この画集を気に入っていたという点は、天海も同感だった。その証拠に、この画集は、表紙に擦れたような痕がたくさん付いていた。

何度も、画集を書棚から出し入れしたのだろう。

「イメージとかなり違いますね」

天海が口にすると、阿久津は画集を書棚に戻した。

「人とは、元来そういうものです」

阿久津の言う通りだ。

人は、様々な側面を持っている。ある一点だけ見ても、その人の本質を摑んだことにはならない。

この画集だけみると、グロテスクなものが好きな女性という印象を受けるだろう。事実、そうだったのだと思う。

ただ、そうした嗜好を持つことは、さほど特別なことではない。

絵に限らず、こうしたグロテスクなものに興味を抱く人は、相当数存在する。

自分とは無関係な誰かが、無残な姿に変えられるのを目にすることで、自分の日常が平穏であることを実感するのだ。

さらには、いけないものを見ているということに対する背徳感を覚え、スリルを感じてのめり込んで行く人も多い。

また、グロテスクなものを見ることで、自らの中にある嗜虐性を目覚めさせてしまう者たちもいる。

「犯人はこの部屋に入ったことはありませんね」

部屋の中を、一通り見て回ったあと、阿久津が一人納得したように頷いた。

「どうして、そうだと断言できるんですか？」

天海は、即座に訊ねる。

鑑識による指紋などの採取が終わったばかりで、まだその結果が出ていない。この部屋に、犯人が入ったことがないと断言するには、あまりに材料が少な過ぎる。

仮に、指紋や毛髪などの痕跡が発見されなかったとしても、即《すなわ》ち、犯人がこの部屋に入らなかったと断定できるものではない。

かなり綺麗な部屋だ。犯人が自らの痕跡を残さない為に、徹底的に掃除をした可能性もある。

だからこそ、防犯カメラの映像解析も行われているはずだ。

「理由はありません。ただ、そんな気がするだけです」

阿久津はおどけたように答えた。

──まただ。

「嘘ですね」

天海はすぐに口にした。

「どうして嘘だと思うんですか？」

阿久津は、心外だという風に苦い表情を浮かべている。

「私には、何かしらの根拠があっての発言のように思えたからです」

阿久津は、のらりくらりと質問をかわす傾向があるが、適当な男ではない。徹底的に理詰めで自らの言動を律するタイプだ。

そんな気がする──などという曖昧な理由で、ものごとを判断したりはしない。

「天海さんは、いつもそうなんですか？」

阿久津が、苦笑いを浮かべながら聞き返してきた。

「どういう意味です？」

「ですから、いつもこんな風に、他人の言動全てに理由を求めているんですか？」

「人間の言動には、全て理由があります。その理由の中にこそ、その人の本心が隠れているものだと思いますが……」

「恋人に、息苦しいと言われるわけです」

──は？

一瞬の困惑ののち、恥ずかしさで顔が熱くなる。

今、阿久津が言った台詞《せりふ》は、天海が大学時代の恋人に言われた言葉そのままだった。

恋い焦がれた相手ではなく、流れによって始まった交際だったが、それでも天海は彼との波長が合っていると思っていた。

だが、長くは続かず三ヵ月と経たずに破局することになった。

その時に言われた。

君といると息苦しい——と。

「今は、私の私生活は関係ないはずです」

天海が強く主張すると、阿久津は小さく首を振った。

「関係ありますよ。誰だって、何となく頭に浮かんだ言葉を、さしたる根拠もなく発することはあります」

「それは、分かっています」

「本当にそうですか？　あなたはさっき、人の言動には、全て理由があると言いましたよ」

「それは……」

指摘され、自らの言葉の矛盾に行き当たり、反論ができなくなる。

「心理学を学んだ人には、よくある傾向ですね」

阿久津の言葉が、重くのしかかった。

彼の言わんとしていることは、天海の中に実感としてある。

心理学は、些細《ささい》な言動の中から、他人の深層心理を解析していこうという学問だ。その結果、知らず知らずのうちに、全ての言動に意味を求めてしまう。

今になって思えば、かつての恋人にも、同じことをしていたかもしれない。

彼の一挙手一投足に意味を求めていたように思う。些細な言葉、何気ない仕草、行動パターンの微妙な変化。

そうしたもの全てに理由があると考え、先読みして、対応していたところがあった。

そんな女と一緒にいたら、息苦しく感じるのも当然のことだろう。

今になって、相棒である阿久津に、しかも被害者の部屋で、過去の失恋の理由を突きつけられることになるとは、思ってもみなかった。

「まあ、それだけ、あなたが警察官として優秀な証拠でもあります。全ての言動に注意を払う洞察力と、それを分析する頭脳は、戦力になります。ただ、恋愛には向いていないようですが——」

阿久津が淡々と言った。

フォローをしているつもりなのかもしれないが、最後のひと言が余計だ。

言い返したいところだが、阿久津が指摘している通り、恋愛に向いていないことは、天海自身が自覚している。そういう関係に発展する前に、男の方から去って行くのが常で、大学の時の恋人が最後になっている。

元の恋人が言ったように、息苦しさを感じてのことだろう。

強がりではなく、恋愛が全てというわけではないし、独りでいることも苦にならないので、それはそれでいいと思っている。

むしろ、誰かと一緒にいると、僅かな言動にも理由を追い求めてしまうので、天海の方が息苦しさを覚えているところもある。

天海は、考えながら思わず苦笑いを漏らした。

阿久津の言葉のせいで、これまで見ないようにしていた自分の一面を、改めて目にすることになってしまった。

かくいう阿久津自身はどうなのだろう？

ふと、そんなことが気になった。

相手のことは、沈着冷静に見ているが、阿久津自身がどういう人間なのかは、一向に見えてこない。

よく言えば、ミステリアスなのだが、ここまで摑《つか》み所《どころ》がないと、それは不気味さに変わってしまうだろう。

そもそも、彼は愛する誰かの前でも、こんな風に嘘を並べて自分の考えを煙に巻いてしまうのだろうか？

「阿久津さんは……」

問いかけようとした天海を遮るように、阿久津はくるりと背を向けた。

「何にしても、これ以上ここにいても意味がありません。彼女の通っていた大学に行ってみませんか？」

阿久津の意見には賛同するが、何だかこちらの質問を先読みされ、体《てい》よく躱《かわ》されたような気がする。

いや、そういう考え方をすることこそが、恋愛に不向きな理由なのかもしれない。

天海は自らの考えを振り払って、阿久津と一緒に部屋を出た。

4

菅野は、携帯電話の呼び出し音で目を覚ました——。

ベッドからもぞもぞと起き出し、携帯電話を手に取る。モニターに表示されていたのは、宮國の名前だった。

宮國が、自らの携帯電話を使って連絡をしてくるなど、ごく稀なことだ。

しかもこれだけ朝早くとなると、それだけ緊急の用件であることに加え、厄介なものであることは明白だ。

出たくない気持ちはあるが、そういう訳にはいかない。

「菅野です――」

咳払いをして、声を整えてから電話に出る。

ぼんやりとした視界が、やがてはっきりしたものになってきた。自分の部屋かと思っていたが、どうやら違うらしい。

寂れたラブホテルの一室だった。

そういえば、昨晩、女と一緒にこの部屋に泊まったのだと、今さらのように思い出す。

〈守野が死んだ――〉

宮國が低い声で放ったひと言で、急速に脳が覚醒した。

――どういうことだ？

疑問を抱えながら、菅野はちらりと隣に目をやる。

全裸の女が、枕を抱えるようにして、横向きに眠っていた。目を覚ましている気配はないが、ここで話をしていれば、やがては目を覚ますだろう。

「守野とは、あの守野ですか？」

菅野は、ベッドから起き出し、バスルームに移動して、ドアに鍵をかけてから訊ねた。

〈そうだ〉

宮國が、短く答える。

「事故か何かですか？」

訊ねながら、自分でもバカバカしいことを言っていると自覚する。

守野が事故で死んだのであれば、わざわざ宮國自ら、こんな朝早くに電話してくることはない。

〈もし、そうなら、お前に電話などしない〉

案の定の返答があった。

いつになく、殺気立った宮國の声に、菅野も緊張を余儀なくされた。

「殺された——ということですね」

〈そうだ〉

宮國の返答を聞き、菅野は目を閉じ、大きく息を吸い込んだ。

守野が何者かによって殺害されたのだとすると、例の一件がどうしても想起される。だが、ここで結論を急《せ》いては真実を見失う。

殺人であったとしても、酔った勢いのいざこざや、居直り強盗のようなケースかもしれない。

或いは、女に刺された——ということだってあり得る。

「どういった状況ですか？」

菅野が訊ねると、電話の向こうで宮國が長いため息を吐いた。

〈自宅のマンションで、死んでいるのを、守野の友人が発見した〉

「友人が……」

その友人が何者かは分からないが、自宅マンションに訪れるくらいだから、相当に親しい人物だったのだろう。

守野は高校を中退して、都内のマンションで一人暮らしをしていた。仕事はしていない。いわゆるニートというやつだ。

それでも、守野の生活が成り立っていたのは、官房長官の援助があったからに他ならない。

そういう生活を送っていれば、擦り寄ってくる輩は、掃いて捨てるほどいる。そうした連中と、金銭面によるトラブルが発生した。それが、菅野が最初に考えた筋だった。

つまり、死体を発見した友人が、最有力の容疑者だ。

だが、そんな菅野の推理を、宮國の次の言葉が吹き飛ばした。

〈守野は、首を切断されていたそうだ〉

「え？」

自分でも、間抜けだと思うほど素《す》っ頓狂《とんきょう》な声が出た。

〈しかも、守野は切断された頭部を、自ら抱えた状態で座っていたらしい……〉

らない。

　宮國の言葉に、菅野は戦慄した。

　鏡に映る自分の顔が、幽鬼のように青白くなっているのが分かる。

　金銭のトラブルなどで殺人に発展する場合、発作的に殺害するケースがほとんどだ。死体をバラバラにするような事案もないことはないが、それは、死体を隠す為の作業に他ならない。

　今、宮國が告げた死体の状況は、そうしたものとは異なる。

　明らかに猟奇殺人事件だ。

　守野が、偶々その被害者になった——などと楽観的に考えることはできない。そこには、何者かの意図を感じる。

　そして、誰かが何らかの意図をもって守野を殺害したのだとすると、あの一件についての真相を知っている可能性がある——。

「他に分かっていることは、ありますか？」

　菅野が訊ねると、宮國はしばらく黙った。

　一瞬、電話が切れたのかと思ったが、微《かす》かにではあるが、宮國の息遣いが聞こえた。

〈被害者の首の裏には、逆さ五芒星の傷が刻まれていたそうだ。ご丁寧に、逆さ五芒星の傷が残るように、首を切断したようだ——〉

　宮國の言葉に、菅野は驚愕を禁じ得なかった。

逆さ五芒星の傷が何を意味するのかは、考えるまでもなく分かる。

「悪魔ですか？」

菅野が訊ねると、宮國は〈その可能性が高い〉と答えた。

額にじわっと汗が滲《にじ》む。

これまで、何件もの殺害を繰り返してきた連続殺人犯。首の裏に、逆さ五芒星を刻むことから〈悪魔〉と呼称される人物。

――なぜ悪魔が？

猟奇殺人犯が、偶々守野を殺害したなどという楽観的な考えは捨てなければならない。刑事は偶然を信じない。

だが、もし何かしらの意図があるのだとしたら、それはいったい何なのか？

菅野は、疑問の答えを探して思考を巡らせる。ニコチンが欲しくなったが、生憎《あいにく》煙草は部屋に置いたままだ。

苛立ちを抱えながら、菅野はバスルームにある鏡に目を向けた。

疲れの滲んだ自分の顔が映っている。

しばらく、呆然と鏡を見ていた菅野の脳裏に、ふっと閃《ひらめ》きがあった。

まだ、手は届かないし、朧気ではあるが、菅野は、鏡の中の自分の姿に、真実の影を見た気がした。

「分かりました。調べてみます」

菅野は、そう言って電話を切った。

改めて鏡に目を向けた菅野は、自らの顔に驚いた。

鏡の中の自分が、笑っていたからだ。

どうして笑っているのか判然としなかったが、青白い顔で、額に脂汗《あぶらあせ》を浮かべながら笑っている様は、我ながら不気味だった。

まるで、菅野自身が悪魔であるかのように思える。

蛇口を捻《ひね》り、冷たい水で顔を洗う。

皮膚の毛穴が収縮したことで、いくらか冷静さを取り戻したような気がした。タオルで顔を拭ってから、バスルームを出た。

「誰と話してたの？」

ベッドに腰掛けた全裸の女が、甘ったるい声で訊ねてきた。

昨晩までは、その甘さに興奮もしたが、今の菅野にとっては苛立ちを増幅させる不快な響きに過ぎなかった。

「何でもない」

菅野は、短く答えると身支度を始めた。

「何？　気になるじゃん。悪魔がどうたら言ってたでしょ」

――聞こえていたのか。

菅野は内心で舌打ちをする。

よく見ると、バスルームと部屋とは、壁ではなくスモークガラスで仕切られている。これでは、聞こえて当然だ。

しかし、仮に聞こえていたとしても、この女には、何のことかは分からないだろう。〈悪魔〉の呼称は、警察関係者の一部で用いられているもので、一般には知られていない。

この女が、真実を知ることはないはずだ。

「何でもないと言ってるだろ」

菅野は、冷淡に言い放ち、身支度を済ませると、財布から一万円札三枚を取り出し、テーブルの上に置いた。

そのまま、部屋を出て行こうとしたところで、女に呼び止められた。

「実はね。私、今度、友だちとオーストラリアに行くことになったんだ」

女が、猫なで声で言う。

この先、何を言おうとしているのか察しがついた。

じりっと腹の底が熱を持つ。

「そうか」

短く応じて、会話を終わりにしようとしたが、女が食い下がった。

ベッドから降りて、菅野の前に回り込むと、すうっと腰に手を回し、上目遣いの視線を向けてくる。

「それでね。ちょっと、お金が必要なの」

――やっぱりか。

想像通りの展開に、うんざりしながら女を見下ろす。

最初から分かりきっていたことだ。この女は、金が目当てで菅野に抱かれている。だが、心のどこかで、それだけではない感情があると期待している部分もあった。

菅野自身に惹《ひ》かれているでもいいし、セックスに他の男以上の快楽を覚えているでもいい。金以外の何か――があって欲しかった。

しかし、そんなものは幻想に過ぎない。

いい歳《とし》をして、二十歳以上も年下の女に、いいように振り回されている自分が、無性に腹立たしかった。

今までは、それを楽しんでいるところがあったのも事実だ。

とはいえ、それは心にある程度のゆとりがあるから成立することだ。この切迫した状況においては、そんなものは存在しない。

こんな風に、神経が逆撫《さかな》でされるのは、守野の一件が引っかかっているからだけではない気がした。

もっと、別の何かが、菅野の苛立ちを増幅させているようだった。

「だからどうした？」

菅野は、蔑んだ視線で女を見た。

「どうしたって……少し、上乗せしてくれると嬉しいなぁって思って。ダメ？」

女が腰に回していた手を移動させ、菅野の股間をまさぐる。

性器に触れれば、金が出てくると思っているその浅はかさが、菅野の苛立ちを余計に煽る。

「ダメだ」

菅野は、女の身体を押しのけるようにして、ドアに向かった。

「何よ。ケチ。あんたみたいなおっさんに、我慢して抱かれてやってるんだから、もうちょっとサービスしてくれてもいいじゃない」

女が喚《わめ》いた。

本当は、言うつもりではなかったのだろうし、本気でそんなことを考えていたわけでもないのだろう。

だが、願望が叶えられない苛立ちから、思わず言ってしまった――。

分かっている。分かっているが、気付いた時には、菅野は女の頬に平手打ちをお見舞いしていた。

あまりの衝撃に、女がその場に崩れるように座り込む。

昨晩まで、貪りつくように抱いていた女の身体が、今は醜《みにく》い肉塊に見えた。

「調子に乗るなよ」

菅野は、それだけ言い残して女に背中を向けた。

5

真穂は、ハンカチで何度も目から零れ落ちる涙を拭っていた――。

頭を垂れ、肩をすぼめているせいで、元々小柄な真穂が、より一層、小さくなったように見える。

「大丈夫ですか？」

天海が声をかけると、真穂は俯いたまま小さく顎を引いて頷いた。

真穂は、殺害された真莉愛の友人だった。この憔悴ぶりからして、相当に親しい間柄だったのだろう。

ただ、友人関係というのは、双方が同じ熱量で接しているとは限らない。

天海がそんな風に感じてしまうのは、真穂の哀しみ方が、あまりに芝居がかっているように思えたからだ。

言い方は悪いが、友人の死を本当に哀しんでいるというより、そういう自分に陶酔しているような感じがする。

だが、今は、そこを追及する時ではない。天海は、気持ちを切り替えて質問をすることにした。

「真莉愛さんのことについて、幾つか聞かせて貰ってもいいですか？」

天海が語りかけると、また真穂はこくりと頷いた。

視線を隣に座る阿久津に向けてみた。彼は、静かにそこに佇《たたず》んでいた。同じ空間にいるというのに、その存在感が希薄だ。

――この男は、いったい何を考えているのだろう？

これまで幾度となく抱いてきた疑問が首をもたげる。が、今はそんなことに気を取られている場合ではない。

天海は、咳払いをして気持ちを切り替えてから、質問を続ける。

「真莉愛さんとは、親しかったんですか？」

「はい。親友でした」

真穂は、唇をわなわなと震わせながら言う。

親友という響きに、天海は若さを感じた。学生の時などは、とかく親友という言葉を使いたがる。穿《うが》った見方かもしれないが、そうすることで、相手が自分にとって特別な存在であるとアピールすると同時に、相手にとっても、自分が特別だと主張しているのだ。

そうやってカテゴライズをすることで、自分の存在価値を確かめているのだ。自分は必要とされている――と。

ただ、そこに真実はない。

言い方は悪いが、天海には浮《うわ》ついた自己保身に見えてしまう。

「そうでしたか……。最近、真莉愛さんに変わった様子はありませんでしたか？」

「変わった様子――ですか？」

「はい。たとえば、事件の前後に、誰かに会うとか、そうしたことを言ったりしていませんでしたか？」

「言ってなかったように思います」

「何かに怯《おび》えていたとか、そういうことは？」

天海のこの質問に、真穂が敏感に反応した。何か思い出したらしく、はっと顔を上げる。

涙に濡れてはいるが、力強い目が天海を搦め捕る。

「きっと、あいつです……」

真穂は絞り出すように言ったあと、大きく洟《はな》をすすった。

かなり断定的な言い方だ。

「あいつとは、誰のことですか？」

天海は、真穂を感情的にさせない為に、口調を緩めて訊ねた。

「あの男です。あいつが、真莉愛を……絶対そうです」

真穂が声を荒らげる。

「私たちにも分かるように、説明して頂けますか？」

興奮した真穂を宥《なだ》めるように訊ねる。

真穂も、ようやく自分が感情的になっていることを察したのか、ハンカチで目を拭ってから、改めて天海に目を向けた。

「真莉愛は、ストーカーに遭っていたんです」

「ストーカーですか」

天海が反芻《はんすう》すると、真穂が「はい」と大きく頷いた。

「私、相談を受けていたんです。他の人には、言ってなかったと思います」

真穂は、他の人には言ってなかった——の部分を殊更強調した。まるでそれが、真莉愛との友情の証《あかし》であると主張しているようだ。

無意識にやっていることだろうが、真穂のプライドの高さが窺《うかが》えた。

「具体的に、どんな被害を受けていたんですか？」

「学校の帰りに、誰かにつけられているみたいだって言ってました。部屋の中も、見られている気がするって……」

「警察には、行かなかったんですか？」

天海の問いに、真穂は首を左右に振った。

「ああいうのって、実質的な被害がないと、受け付けて貰えないんですよね？」

真穂の言葉には、明らかに批難の響きがあった。

難しい問題だ。昨今、ストーカーによる犯罪が多数発生しているせいで、急ピッチな法整備が行われ始めた。

だが、どんなに法整備を行おうと、相談窓口を作ろうと、実質的な被害がなければ、警察が動けないという状況に変わりはない。

今の話のように、誰かにつけられている気がする、或いは見られている気がする――というだけでは、対処のしようがないのが実態だ。

天海が、返答に詰まっていると、阿久津が僅かに身を乗り出し、真穂に目を向けた。

「あなたは、ストーカーが誰なのか、心当たりがあるのですね？」

阿久津の問いかけに、真穂はぐっと表情を硬くして「はい」と答えた。

「それは誰ですか？」

阿久津が質問を重ねる。

「航君です。真莉愛の元カレの――」

そう告げた真穂の目は、この上ないくらいの敵意に満ちていた。

彼女の中では、既に犯人が真莉愛の元恋人である航だと断定してしまっているようだ。

しかし、こうした思い込みは、何も真穂にだけ起こることではない。

何かが起きた時、人は客観的な事実により、誰かに疑いをかけるのではなく、それまでの人間関係の延長線上で疑いの目を向けてしまうものだ。

おそらく、真穂は航という男のことをかねてから嫌悪していたのだろう。そのせいで、強い先入観が生まれている。

「その航という人が、真莉愛さんにストーカー行為を働いていたという証拠は、何かありますか？」

天海が訊ねると、真穂は言葉を詰まらせ、ゴテゴテに装飾したネイルに視線を落とした。

やはり、根拠があっての発言ではなかったようだ。

「やっぱり、警察は動いてくれないんですね」

しばらく沈黙したあと、真穂が睨み付けるようにして言った。

「そういうわけではありません。当然、調べます。ただ、その為にはある程度の根拠が……」

「嘘ばっかり。どうせ、調べる気なんてないんでしょ」

「そうではありません。ただ……」

「あなたが心配するまでもなく、被害者の元恋人は捜査対象です」

阿久津が、会話に割って入った。真穂は返す言葉を失ったらしく押し黙った。

「色々と参考になりました。ご協力感謝します」

阿久津は、会話の終了を宣言するように言うと、真穂に手を差し出した。

あまりに唐突に握手を求められ、真穂は戸惑いをみせたが、結局、阿久津の手を握り返した。

阿久津は、満足気に頷いたあと、改めて真穂の顔を見た。

「余計なお世話ではありますが、つまらない考えは捨てた方がいいですよ」

満面の笑みを浮かべ、阿久津はそう告げた。

真穂は、何のことか分からないという風に、首を傾げる。それは、天海も同じだった。

阿久津が、何を言わんとしているのか理解できない。

「つまらない考えって、何のことですか？」

真穂がそう返すと、阿久津の顔に、ぞっとするような暗い影が差した。

「それについては、わざわざ私が言うまでもなく、あなた自身が分かっているはずですよ」

口調こそ丁寧だが、そこには有無を言わさぬ響きがあった。

「何を言っているんですか？」

「世の中は、あなたが思っているほど単純ではないということです」

「…………」

「それに、あなたのやっていることは、いわゆる売春です。言っている意味は、分かりますね」

阿久津が言うなり、真穂の表情がみるみる強張って行く。

もしかしたら、真穂を動揺させることで、何かを引き出そうとしているのかもしれないが、売春婦呼ばわりするなど、あまりに唐突で脈絡がない。そればかりか、セクハラで訴えられても仕方がない。

「何を言ってるんですか！　私、売春なんてしてません！」

真穂は、阿久津の手を振り払いながら立ち上がる。

その表情は鬼気迫るもので、さっきまで、親友を失ったことで悲嘆に暮れていたのと同一人物だとは思えなかった。

「だったら、いいんです。とにかく、余計なことはしないことです。分かりましたね」

阿久津は念押しするように言うと、唖然《あぜん》とした状態の真穂をそのままに、さっさと歩いて行ってしまった。

しばらく絶句して、阿久津と真穂を交互に見ていた天海だったが、はっと我に返った。こんなところで呆《ほう》けている場合ではない。

真穂に、一応の謝罪と礼の言葉を述べたあと、すぐに阿久津のあとを追いかけた。

「どうして、真穂さんにあんなことを言ったんですか？」

阿久津に追いすがりながら訊ねた。

「あんなこと？」

「彼女が売春をしているって――」

「ああ。良からぬことを考えていそうだったので、釘《くぎ》を刺しておいたまでです」

阿久津は、しれっと口にする。

「どうして彼女が、売春をやっていると思ったんですか？」

「勘です」

阿久津が平然と言う。

「また嘘ですね」

即座に天海はそう返した。

「参ったな……。少しくらい、聞き流して貰えませんか？　こういちいち追及されては、私も遣《や》りづらいです」

平然と嘘を吐いておいて、まるで天海が悪いかのような言い様だ。

同時に、自分のこういうところが、男を窒息させるのだと自覚もしていた。私生活では改善すべきかもしれないが、警察官としては別だ。

「だったら、最初から言わないで下さい。一度、耳にしたからには、気になるのは当然です」

天海の主張に、阿久津は「まあ、そうですね」と観念したような笑みを浮かべた。

「でも、本当はあなたも、同じ推測をしていたんじゃないんですか？」

――図星だった。

阿久津のように明言しなかっただけで、真穂の身なりを見て、分不相応なものを感じていたのは確かだ。

持っているバッグも、身につけているアクセサリーも、どれもかなり高額のものだ。

事前情報で、真穂の両親の職業は分かっている。仕送りでどうこうなるレベルのものでないのは確かだ。

通常のアルバイトでも手は届かないだろう。

そうなると、考えられるのは、夜の仕事をしているか、パトロンがいるかのどちらかだ。

「それは、そうですが……わざわざ、あの場で言う必要があったんですか？」

「事件には、直接関係ないかもしれませんが、どうも、彼女は危うい感じがしてしまったんです。余計なお世話だったかもしれませんね」

「…………」

それは、天海も感じていた。

「まあ、何にしても、今回の事件と無関係なことです」

阿久津はそう締め括った。

彼の説明に納得したわけではない。釈然としない思いが、燻《くすぶ》っていたが、追及すれば、また恋愛に不向きな女だと指摘される気がして、天海もそれ以上は何も言わなかった。

ただ現段階で、真穂が事件に無関係であると言い切ることに、引っかかりを覚えていた。

真穂が事件に関与していることも、充分に考えられる。

その可能性を、早々に否定してしまったのはなぜなのか？　やはり、阿久津は何かを知っていて黙っている気がする。

とはいえ、真っ向から質問を投げつければ、真実と嘘を交えながら、のらりくらりと躱してしまうのが目に見えている。

別の方法で切り込んでいかなければ、その真意は引き出せないだろう。

――でも、どうやって？

考えを巡らせながら歩みを進めていた天海だったが、背中に何かを感じ、はっと振り返った。

誰かに見られている――そんな気がした。

辺りを見回してみる。学生の姿はあちこちにあるものの、誰も天海の方を見ている者はいなかった。

きっと何かの勘違いなのだろう。

そう思おうとしたが、どうにも心の底にある嫌な感覚を拭い去ることができなかった。

もしかしたら、真莉愛は今のように、得体の知れない何かを感じながら、生活を送っていたのかもしれない。

6

彼は、校舎の三階にある廊下に佇んでいた――。

穏やかな日差しを浴びながら、窓に寄りかかるようにして、視線を外に向けている。

このところ雨が続いていたので、日差しがいつもより眩しく感じられた。

通りすがりの人が彼の姿を見たら、ただ午後のひと時をまどろんでいるように見えるだろう。

だが、彼の視線は、真っ直ぐにある人物に向けられている。

彼女の姿を見かけたのは偶然だった――。

しかし、それほど驚きは感じなかった。再び巡り合うことになるという予感があったからだ。

真莉愛の死体発見現場である、廃工場で彼女とぶつかった時から、運命にも似た何かを感じていた。

そこで、彼女の経歴を色々と調べてみた。

それを見て、彼は心底驚いた。彼女と会ったのは、廃工場が初めてではなかった。もっと前に顔を合わせていたのだ。

運命を感じずにはいられなかった。

彼女と自分は、重力によってリンゴが地面に落下するように、自然の摂理によって、ごく当たり前に出会うことが運命付けられている。

逆らうことはできない。

彼女は、学食にあるテラス席で、真莉愛の友人だった真穂という女子学生と話をしていた。

おそらく、彼女がここに来た目的は、真莉愛の事件の捜査に相違ない。

真穂が警察に何を語るかは、だいたい想像がついている。だからこそ、彼に焦りはなかった。

真穂は、真莉愛と親しい間柄だったと思っているようだが、それは自己中心的で一方的な感情に過ぎない。

本人は、真莉愛のことを知っているつもりだが、それは表面的なものだ。仮面を着けた真莉愛を見て、知った気になっているだけだ。

だから真穂が何を喋ろうとも、それは彼の計算の中に収まっている。

彼は、ふっと笑みを漏らした。

こんなことを考えていると、まるで自分が警察を恐れているようだ。

警察など、恐れるような存在ではない。どんなに必死に捜査をしようと、自分に辿り着くことはできないだろう。

仮に、自分のことを容疑者だと疑う者が現れたとしても、問題ない。

なぜなら――。

彼には、とっておきの切り札があるからだ。

これまで周到に準備を進めてきた。何かあれば、その切り札を切るだけでいい。そうすれば、これまでの通りの生活が送れる。

やがて彼女は真穂との話を終え、連れの男が席を立った。そのあとを追って彼女も立ち上がる。

遠くからではあるが、その顔を見て、彼の口許に笑みが零《こぼ》れる。

彼女は美しい。

表面的な美――という意味では、真莉愛の方が均整が取れていたかもしれない。

だが、表層だけでは決して表現できないものがあるということを、真莉愛の一件で彼は知った。

真莉愛の心の底にある傲慢さや、怠惰、自尊心、欲望といった醜い感情が、作品に影響を及ぼした。

その結果、真莉愛は天使になることができなかった。

真莉愛は聖なる存在ではなく、男を惑わし、その精気を吸う悪魔の妻、リリスといったところだ。

内面も含めた上で、モチーフを選ばなければ、真のアートを創り出すことはできない。

そういう意味で、彼女は完璧だといえる。

彼女からは、純真無垢《じゅんしんむく》な美しさと、己の信念に裏打ちされた気高さが漂っている。何より、知性を伴った品位がある。

真莉愛のように、己の快楽の為に、男を誘惑するような女とは違う。

セックスによって得られるものなど、所詮は肉体の快楽に過ぎない。神経を伝播《でんぱ》する信号に、己の身を委ねているだけのことだ。

それは、己の魂《たましい》を肉体に繋ぎ留めているのと同じだ。

多くの者は、それでも満足するだろう。現に、真莉愛はそうだった。彼女が望んだのは、彼によって肉体的な快楽を得ることだったのだろう。

愚かだと思う。

だから、真莉愛は飛べなかったのだ。

しかし――彼女なら。

自然と、彼女に向ける視線に力がこもる。

ほんの一瞬だが、彼女が彼の視線に気付いたらしく、足を止めて振り返る。が、その視線は彼を捕らえてはいなかった。

見当違いの方向を見て、何かを探すように視線を走らせている。

きっと、彼女も彼との運命に気付いているはずだ。だからこそ、こうして彼の視線に気付き、その姿を追い求めている。

何と健気《けなげ》なことだろう。

彼は、心の奥をくすぐられたような気がした。

ならば――。

彼女の前に、敢えて姿を現すのも悪くない。

彼はポケットの中から、液体の入った小瓶を取りだし、それを眼前に翳《かざ》す。

ちょうど、彼女の姿が瓶の中にすっぽりと収まった。

きっと姿を見れば、彼女は運命を強く感じるはずだ。そして、彼に微笑《ほほえ》みかけるだろう。

きらきらと輝く白い笑みで、彼を迎え入れてくれるはずだ。

彼は、想像しながらそっと瞼《まぶた》を閉じた。

ゆるい風が、彼の頬を撫でて行く。

彼は、再び笑みを浮かべると、髪を揺らしながら、歩みを進めた――。

7

天海は、阿久津とともに、真莉愛のかつての恋人だった三村航に会いに行くことになった。

真穂から得た情報を元に、キャンパス内にいる学生たちから情報を聞き出し、航が中庭にいることを突きとめた。

足を運んでみると、ベンチに項垂《うなだ》れるようにして腰掛けている航の姿を見つけることができた。

わざわざ他人の目に晒される場所で悲嘆に暮れることで、恋人を失い、憔悴していることをアピールしているかのようだ。

「三村航さんですね」

阿久津が声をかける。

航は、驚いたように顔を上げ、警戒心を露わにした顔でこちらを見る。

阿久津は、そんなことはお構いなしに、警察手帳を提示し、身分を名乗ると、いつものように握手を求めた。

完全に、阿久津のペースに呑まれたのか、航が理解できないという表情を浮かべながらも、阿久津の握手に応じる。

次いで、天海も警察手帳を提示して名乗ったが、握手はしなかった。

どこか、落ち着いて話せるところに移動しようかと思ったが、航は「ここでいいです」とベンチに座り直した。

モデルのような美形だが、線が細く、どこか頼りない印象がある。

しきりに手を擦り合わせたり、視線を動かしている様子から、極度の緊張状態にあるのが分かった。

ただ、だからといって、航が事件に関与しているとみるのは早合点《はやがてん》だ。

警察に声をかけられれば、誰でも少なからず動揺する。しかも、ただ職質されたのではない。殺人事件の被害者の恋人として、声をかけられたのだから当然だろう。

阿久津の方から声をかけたのだから、てっきり彼が質問をするのかと思っていたが、いつまで経っても口を開こうとはしなかった。

航に対する興味が、完全に無くなってしまったように見える。

「金森真莉愛さんの事件は、知っていますね」

仕方なく、天海は航の隣に腰掛けながら訊ねた。

「はい」

航は、真っ青な顔で頷く。

「以前、真莉愛さんと交際していたということですが……」

「そうです」

「どれくらいの期間ですか？」

「付き合い始めたのは、三ヵ月くらい前です。別れたのは、ちょっとはっきりしなくて……」

「破局した理由は何ですか？」

「よく分かりません」

航が力なく首を左右に振った。

「分からない？」

「ある日、急に、もう好きじゃなくなったって……。おれは、結構、いい感じだと思ってたから、意味が分からなくて……」

航が両手で顔を覆った。

まるで自分が、悲劇の主人公であるかのような銷沈《しょうちん》の仕方だ。失恋して傷ついた自分を、慰《なぐさ》めて欲しいという思いが溢れている。

身勝手で、見ていて痛々しい。この期に及んで、死んだ真莉愛に対する哀しみが見えないところなど、まさに航の自分中心の考え方が窺える。

おそらく真莉愛は、航のこういうところに愛想を尽かしたのだろう。

しかし、それは航には理解できない。彼からしてみれば、真莉愛との別れは青天《せいてん》の霹靂《へきれき》だったに違いない。

自尊心が強く、他者に対する思いやりが希薄だ。常に、自分が世界の中心にいると信じて疑わない。この手のタイプは、ストーカー化するケースが非常に多い。

「別れたあと、あなたは、真莉愛さんに付きまとったりしませんでしたか?」

天海が訊ねると、航がビクッと肩を震わせ、顔を上げた。

だが、天海のことを直視することができず、視線がふらふらと左右に揺れる。

「べ、別に、付きまとったわけじゃないです……」

航が、再び足許に視線を落としながら答える。

嘘を吐くのが、下手なタイプでもあるようだ。しかし、考え方を変えれば、自らの行いに多少なりとも自覚症状があるということだ。

「具体的に、彼女に何かしましたか？」

「何かって……ただ、別れの理由を知りたくて、電話したり、声をかけたりはしましたけど、それくらいです」

それくらい――が、どれくらいかが問題だ。

人によって価値観は異なる。電話が、一日一回で迷惑だという人もいれば、十回くらい当たり前だという人もいる。

「彼女に、迷惑だと言われたことはありませんか？」

「そんな……おれたちは、付き合ってたんですよ。別れる時、ちゃんと理由を伝えるのは当たり前だし、彼女はそうする義務があった」

結婚していたならまだしも、恋愛に義務など存在するはずがない。あくまで、自分の価値観の中でしか物事を考えられていない。

この感じからして、航は相当にしつこく真莉愛に迫っていたのだろう。別れた理由が知りたかったとの主張だが、実際は復縁を迫る内容だったはずだ。

「あなたにとって当たり前であったとしても、真莉愛さんからしたら、そうではなかったかもしれません」

「ちょっと待って下さい。それだと、おれが真莉愛を殺したみたいになっちゃうじゃないですか」

航が声を荒らげた。

こんなにも過剰に反応するとは——被害妄想も甚だしい。思考がネガティブに走る傾向があるのだろう。或いは、何かを隠しているのかもしれない。

「そうは言っていません」

「おれには、そう聞こえます。おれは、ただ理由が知りたかっただけなんだ……」

航は、震える声で言ったあと、突っ伏すようにして泣き始めた。

その姿を見て、阿久津が長いため息を吐いた。

「理由が知りたかっただけなのに、どうして真莉愛さんを襲ったんですか?」

阿久津が冷ややかに言った。

さっきまで泣いていた航が、はっと顔を上げ、驚愕の表情を浮かべる。

「な、何を言ってるんですか。おれは……」

「襲ったでしょ。彼女を、車の中に引き摺り込んだ」

阿久津は、航の耳許に顔を持って行き、囁くように言った。

「違う! あれは、そういうんじゃないんだ!」

航が堪《たま》らずといった感じで立ち上がった。

興奮しているのか、顔が赤くなっている。額に汗が浮かんでいて、異常なまでに動揺しているのが分かる。

「では、どういうつもりだったんですか？　彼女を車に連れ込み、強姦したあとは、どうするつもりだったんですか？」

「………」

航は、引きつけを起こしたように、目を見開き、口をぱくぱくと動かしている。

「今回のことはいいです。しかし、あなたには危うい傾向がある。それをしっかりと見つめ直すことです。そうでなければ、取り返しのつかない過ちを犯すことになります」

阿久津の話の内容について行けなかった。車に連れ込んだとか、強姦がどうこうなど、初めて耳にする内容だ。

それに、危うい傾向とはいったい何のことなのか？

頭の中に、次々と疑問が浮かぶが、それを口に出すことができなかった。

「おれは、ただ……真莉愛に……」

航の目に、じわっと涙が浮かんだ。

「それが危険だと言っているんです。そんな思考を持ち続ければ、今度はストーカー殺人に発展しますよ」

阿久津が、ぽんっと航の肩に手を置いた。

さっき阿久津が言った危うい傾向とは、ストーカーの素質ということのようだ。

確かに、航がこのまま、自己中心的な思考を続けていけば、阿久津の言うように、やがては殺人に発展することも充分に考えられる。

ただ、意外ではあった。

わざわざ阿久津が、航にこうした忠告をするとは思ってもみなかった。

しばらく呆然としていた航だったが、やがてその手を振り払った。

「違う。おれは、ストーカーじゃない。真莉愛は、おれと付き合っている時から、ストーカーに悩まされていたんだ」

真穂が話した内容と相違がある。

航こそが、真莉愛に付きまとっていたストーカーだと思っていたが、他にもそうした存在がいるということだろうか？

或いは、自分に疑いの目が向けられることを避ける為に、航が話をでっち上げているということも考えられる。

「そのストーカーに心当たりは？」

阿久津の問いに、航は「いいえ」と首を振ったあと、強く下唇を嚙んだ。

「おれが、あの時ちゃんと話を聞いていれば、こんなことには……」

航の肩が小刻みに震えていた。

彼の中では、犯人はそのストーカーだと思い込んでいるようだ。真穂にしてもそうだが、恨む相手を見つけることで、人は安堵《あんど》するのかもしれない。

「そうですか。では、これで――」

阿久津は途端に興味を失ったのか、航に背を向けて歩き出した。

天海も、そのあとを追って歩き出す。

「彼が、真莉愛さんを襲ったってどういうことですか？」

航の姿が遠ざかったところで、天海は阿久津に問いかけた。

真穂から、航が真莉愛に付きまとっていたらしい――という話は聞いていた。だが、襲ったなどという話は初耳だ。

航はその言葉に過敏に反応した。

話の流れから、未遂に終わったが、そうした事実があったことは確かなようだ。問題は、なぜ阿久津がそのことを知っていたのか――だ。

阿久津は、何も聞こえていないかのように、返事をせず、歩き続けている。

「待って下さい」

天海は、駆け足で阿久津の前に回り込む。そうすることで、ようやく阿久津が足を止めた。

「どうして、彼が真莉愛さんを襲ったという事実を知っていたんですか？」

天海は、改めて阿久津に問いかけたが、彼は「何のことですか？」と惚《とぼ》けるばかりで、何も答えようとはしない。

そればかりか、強引に天海を押しのけるようにして歩いて行く。

「ちゃんと質問に答えて下さい」

阿久津に追いすがろうと、歩調を速めたところで、どんっと何かにぶつかった。

ちゃんと周囲に気を配っていなかったせいだ。

そのまま、バランスを崩して倒れそうになったが、前のめりになったところで止まった。天海が踏ん張ったのではない。誰かが、倒れそうになった天海を支えてくれたのだ。

はっと顔を上げると、一人の青年がそこに立ち、天海の腰の辺りを支えてくれていた。

思わず見とれてしまうほど、容姿の整った青年だった。

おそらくは、学生なのだろう。知的で品位があり、大人びた雰囲気を纏っている。

「ありがとうございます」

天海は、慌てて体勢を立て直し、青年に礼を言う。

「いえ。無事で何よりです」

青年は、目を細めて笑みを浮かべた。

真顔の時と違い、妙に子どもっぽさを感じる笑みだった。

すぐにその場を離れようとしたが、思うように動けなかった。涼やかで、魅惑的な光を宿す青年の瞳が、天海を搦め捕っているようだ。

「すみません。ここの学生の方ですか――」

沈黙を破るように、阿久津が声をかけてきた。

「ええ。そうです」

青年が、顔を阿久津の方に向けて答える。

阿久津は、航にやったのと同じ手順で、警察手帳を提示しながら名乗り、青年に握手を求めた。

「警察の方でしたか」

青年は、笑顔で答えながら阿久津の握手に応じた。

「では、金森さんの事件の捜査で？」

阿久津と握手したまま、青年がそう応じる。

「そうです。何かご存じのことはありますか？」

「こんなことを言うのも何ですが、金森さんの元恋人が、彼女を襲ったことがあったんです。その時、ぼくが偶然居合わせまして……」

「そうでしたか。あなたが助けたんですね」

「結果的に、そういうことになりました」

「なるほど。あなたは、今回の事件に、金森さんの元恋人が、関係していると思いますか？」

「どうして警察が、ぼくにそんなことを訊くんですか？」

「単なる興味です」

「面白い人ですね」

阿久津と青年のやり取りは、実に奇妙なものだった。

お互いに、淀みなく会話をしているが、そこに一切の感情がこもっていない。話をしながらも、まったく別のことを考えているように見える。

「そうですか。分かりました。ありがとうございました――」

阿久津は、そう告げるとようやく青年から手を離し、背中を向けた。そのまま歩き去ると思われたが、何かを思いだしたのか、急に向きを変え、再び青年に歩み寄る。

「そうだ。一つ、言い忘れていました――」

阿久津は、笑顔でそう言ったあと、ずいっと青年に顔を近づけ、耳許で何事かを囁いた。

耳をそばだてていたが、その声が天海の耳に届くことはなかった。

「あなたは、変わった人ですね」

青年は、穏やかな笑みを浮かべる。

「よく言われます」

阿久津は、笑顔で答えると、今度こそ、踵を返して歩いて行った。

どうすべきか迷った天海だったが、もう一度青年に礼を言ってから、阿久津のあとを追った。

8

菅野は、宮國の執務室にいた——。

いかにも高級な革張りのソファーではあるが、沈み込んだ身体が浮いているような感覚がして、どうにも居心地が悪かった。

いや、菅野がそう感じているのは、何もソファーの問題だけではない。

このところ、ずっと足が地面についていないような、落ち着かない時間を過ごし続けている。

その理由は、もちろんあの事件にある。

守野の部屋の光景が、脳裏にフラッシュバックして、びりっと眉間に痺《しび》れるような痛みが走った。

首を切断された守野は、自らの頭を膝の上で抱えるようにして椅子に座っていた。

着ていたシャツは、元の色が分からなくなるほど、赤黒く凝固した血で染まっていた。

膝の上に置かれた顔は、恐怖に歪んでいるようでもあった。

それだけではなく、守野の両手、両足の爪は全て剝がされていて、身体のあちこちに打撲痕があり、一部骨折している箇所もあった。

死ぬ前に熾烈《しれつ》な拷問を受けた証拠だ。

誰が見ても、目を背けたくなるような、凄惨な犯行現場だった。

だが――。

菅野は、少し異なる印象を抱いていた。

――美しい。

現場を見た時、思わずそう発しそうになったのを、慌てて引っ込めた。

アートに造詣《ぞうけい》が深いわけでもないし、特別な感性を持ち合わせているわけでもない。

それでも、自らの頭を抱え、椅子に座っている守野の死体には、息を呑むほどの美しさがあった。

まるで高尚な絵画を鑑賞しているような感覚に陥った。

もしかしたら、菅野の心の裏側に潜む嗜虐性が、首をもたげたからこそ、そういう感慨を抱いたのかもしれない。

現場を見た他の刑事の中にも、口にしなかっただけで、菅野と同じ感想を抱いた者は、少なからずいたはずだ。

グロテスクなものに目を背けつつも、実際は、それを見たいという願望――。

暴力を否定しながらも、それを行使したいという欲求――。

今になって思えば、あの現場は、人間のそうした影を浮き上がらせていたように思う。だからこそ、美しいと感じた——。

「で、どうだった？」

向かいに座る宮國が、訊ねてきた。

ソファーに寄りかかり、腕組みをしている。元々険しい顔立ちをしているが、今日は、より一層、その色合いが強い。

まあ、そうなるのは当然だろう。

「被害者の親族の線は、ないと思います」

菅野は慎重に言った。

守野は、少女殺人事件の容疑者だった男だ。宮國の指示を受け、菅野が証拠品であるナイフを処分したあの一件である。

宮國は、守野が殺害されたと聞き、件の事件の被害者遺族が、復讐の為に犯行を行ったのではないかと疑い、菅野に極秘裏に捜査を命じた。

だが、菅野はこれに対しては最初から懐疑的だった。

証拠品の紛失により、逮捕されることがなかった守野を、自らの手で葬ろうという発想は、いかにもシンプルで納得し易い。

だが——。

証拠品の紛失という失態は大いに騒がれたが、警察が守野を容疑者として考えていたことを、被害者遺族は知らないはずだ。

そもそも、守野の事件を単独で考えれば、被害者遺族の復讐という筋書きは成立する。しかし、守野の首の裏には逆さ五芒星の傷が刻まれていた。つまり、警察が〈悪魔〉と呼称する連続殺人犯の仕業ということになる。

そうなると、守野に対する復讐という犯行動機が成立しなくなる。

「間違いないのか?」

宮國が、目を細めながら訊ねてくる。

「ええ。全員に、アリバイがありました。犯行は不可能です」

菅野の答えを聞いても尚、宮國は疑念を払拭できていないようだったが、それ以上、追及してくることはなかった。

「では、いったい誰が守野を殺した?」

宮國は、しばらくの沈黙のあと、吐き捨てるように言った。

「分かりません」

菅野が首を左右に振ると、宮國が舌打ちを返してきた。

冷静沈着が代名詞のような男が、こうも苛立ちを表に出すのは珍しいことだ。

ここまで、彼が守野のことにこだわる理由は分かる。守野を殺害した犯人が、事件の真相を知っているのではないか——と考えているからだ。

菅野も、同じことを考えている。

もし、犯人が、宮國と菅野が、意図的に証拠品を消したことを知っていたのだとすると、何としても、その人物を見つけ出す必要がある。

しかも、通常の捜査より早く、自分たちの手で捜し出さなければならない。そうでなければ、あの一件の闇が、白日の下に晒されることになる。

「誰が犯人かは、未だに分かっていませんが、犯行動機について気になることがあります」

菅野は、間を置いてからそう切り出した。

「何だ？」

「〈悪魔〉が、これまで行った犯行を、全て調べ直してみました」

「それで——」

宮國が先を促す。

「被害者は、性別も年齢、職業もバラバラで、犯人は、無差別に被害者を選んでいるように思われています」

「それが、違った——ということか？」

宮國の問いに、菅野は、敢えてすぐに返答しなかった。

次の言葉を求めて渇望するのを待つ。

「早くしろ」

宮國が、声を荒らげたところで、菅野は口を開いた。

「被害者には、ある共通点がありました」

その共通点に気付いた時、菅野は心の底から戦慄した。自分たちが、追っているのは、文字通りの〈悪魔〉なのかもしれない。

「その共通点とは何かを訊いているんだ」

生殺しの状態の宮國が、答えを急かしてくる。

「キリスト教において、悪魔は、元々は大天使だったという話を、ご存じですか？」

菅野は、宮國に告げる。

突如として、無関係な宗教の話が持ち出されたことに、宮國は辟易としていたようだが、まずは話を聞くという選択をしたらしく、先を促した。

菅野は、宮國に頷き返してから話を続ける。

「その大天使は、ルシファーという名です。ラテン語で、ルシファーは明けの明星という意味です。つまり、光をもたらす者だったんです」

「いったい何の話をしているんだ？」

宮國が、ぼやくように言った。

そうなる気持ちは分かる。だが、ここを理解しなければ、〈悪魔〉が何者であるかを論じることはできない。

菅野が、事件に共通点を見出すことができたのは、悪魔に関連する書物を読んだからに他ならない。

「光をもたらすはずの大天使が、どうして魔王サタンとなったのか？　その理由はご存じですか？」

「知らん」

「神に謀反《むほん》を起こし、地獄に堕《お》とされたというのが通説です。しかし、なぜ謀反を起こしたのかについては、諸説あり、はっきりしたことは分かっていません」

「結局、お前は何が言いたいんだ？」

「ですから、我々は、死体に刻まれた逆さ五芒星から、悪魔を連想し、件の事件の犯人を〈悪魔〉と呼称しました。しかし、これが誤りだったんです」

「誤りとは、どういうことだ？」

「我々は、一連の事件の犯人に、〈悪魔〉という呼称を与えることで、知らず知らずのうちに、そのイメージに引っ張られ、事件の本質を見失っていたんです」

「だから、何が言いたい？」

宮國は顔を赤くしながら問う。

目先の答えだけを求めている——そんな顔だ。正直、少し前まで菅野も同じ思考だった。だから、警察は〈悪魔〉の正体に気付かなかった。

しかし、視点を変えたことで、世界が違って見えた。

〈悪魔〉は、猟奇的な連続殺人犯などではない。

守野の死体が示す通り、そこには、圧倒的な美がある。それは、犯行現場に限ったことではない。

バラバラであった殺害方法も、被害者の選別も、そこには明確な意図があり、強烈なメッセージが込められていたのだ。

「悪魔は、我々の方だったんです——」

菅野が言うと、宮國はきょとんとした表情を浮かべた。

おそらく、菅野の言葉の意味が分かっていないのだろうが、それを責めようとは思わない。

誰だって、こんな話をされれば、そういう反応にもなる。

菅野は、小さく笑みを浮かべた。

「何を言っているのかさっぱり分からん」

宮國が憮然《ぶぜん》と言う。

菅野は、過去〈悪魔〉によって殺害されたとされる被害者の資料を、一つ一つテーブルの上に並べてみせた。

「こちらを、ご覧になれば、その意図が分かるはずです――」

菅野の言葉を受け、宮國が顎に手をやりながら、覗き込むようにして資料に目を向ける。

その表情が、次第に強張っていく。

菅野が、何を言わんとしていたかを理解してきた結果だろう。

自分たちは、見る方向を間違えていたのだ。さっきも言ったように、この連続殺人犯に〈悪魔〉という呼称を与えたことが、そもそもの過ちだった。

「言いたいことは分かった。だが、問題は誰か――だ」

宮國が、射貫《いぬ》くような視線を菅野に向ける。

まさにそこが問題だ。犯行の意図が見えただけでは、事態が改善することはない。〈悪魔〉が何者なのかを突きとめなければ、自分たちの立場が危ういことに変わりはない。

ただ――。

「一つ心当たりがあります」

菅野が言うと、宮國が「ほう」と声を上げた。

「確証はありませんが、もし、〈悪魔〉の意図が、私の推測した通りだとすると、それを実行に移せる人間は、そう多くはありません」

菅野は、頭の中に一人の男の顔を思い浮かべながら言った。菅野の天敵でもある、あの男の顔だ——。

「面白い意見だが、捜査本部の見解とは、大きくかけ離れているな」

宮國は、腕組みをしてソファーにふんぞり返る。

「知っています」

菅野は短く答えた。

捜査本部は、精神疾患を抱えた人物による、通り魔的な犯行とみている。

精神疾患を抱えた人物による犯行というのは、一見、理に適《かな》っているように見えるが、菅野から言わせれば、それは事件の真相を捉えることを放棄した逃げでしかない。

「もし、捜査本部の考える通りなら、守野の事件は、偶然ということになります。守野が殺害した少女の遺族の犯行という線はありませんが、それとは別の意図が働いているのは確かです」

「分かった。継続して調べてくれ」

宮國は、端的な指示を出すと、話は終わりだという風に、手を払った。

菅野は「はい」と応じてから、立ち上がった。

一瞬、立《た》ち眩《くら》みがした。

ふらつく身体を立て直し、菅野は部屋をあとにした。

——復讐の時だ。

菅野の中で、鬱積していた黒い感情が、ざわざわと音を立てて騒ぎ出した。

宮國に明言はしていないが、菅野は既に犯人の目星をつけている。

〈悪魔〉の正体が、菅野が予想した通りの人物なら、これはとんでもない好機を迎えるということになる。

だが、焦ってはいけない。

立ち回り方を間違えれば、足を掬《すく》われることになる。

冷静になれ——菅野は廊下を歩きながら自らに言い聞かせたが、その意に反して、自然と頬が緩んだ。

9

天海は、歩みを進めながら、阿久津の横顔に目を向けた。

彫りが深いこともあって、目に暗い影ができている。阿久津が、何を考えているのか読めないのは、この目のせいもあるだろう。

光の加減かもしれないが、一瞬だけ、阿久津の目に哀しみの色が滲んだような気がした。

「何か言いたいことがあるようですね」

天海の視線に気付いていたらしい阿久津が、真っ直ぐ前を見たまま言う。歩調を緩めることはない。ただ、淡々と足を動かし続けている。自分は決して道を誤らない——といった自信に突き動かされているように見える。

「あります」

天海は、阿久津の姿を視界に捉えながら口にする。

「何です？」

一応、聞き返してはきたが、阿久津は天海の質問を望んでいないのが、ひしひしと伝わってくる。

だからといって、ここで「やっぱりいいです——」などと、自分を抑えるつもりは毛頭ない。

「阿久津さんは、何かを隠していますよね」

「隠す？」

阿久津の眉間に、僅かに皺《しわ》が寄った。

まるで、思い当たる節がないといった顔だ。この表情を見て、嘘を吐いていると思う者はいないだろう。

だが——。

阿久津は、今、確かに嘘を吐いている。

この男は呼吸をするように、ごく自然に嘘を吐く。ただ、虚言癖のように、無意識のうちに話を誇張し、自分でも嘘と現実が混同されてしまうようなものとは違う。

理論的に思考し、真実と嘘を織り交ぜ、巧妙に自分の考えを覆い隠しているのだ。ごく自然な演技力と、瞬時に虚言を創り上げる頭脳がなければなし得ないことだ。

問題は、なぜこうまでして、阿久津は自らの考えを隠そうとするのか？

そんな風に自分を隠せば、その先に待っているのは、言い様のない孤独だ。阿久津は、それを分かっているのだろうか？

「ええ。阿久津さんは何かを隠しているはずです」

天海は、阿久津の変化を見逃すまいと、彼の姿を凝視する。

「ずいぶんと断定的な言い方をするのですね」

「はい。私は、そう確信していますから」

「さすが臨床心理士の資格を持っているだけのことはありますね。これまで、あなたのような人には、出会ったことがありません」

「茶化さないで下さい」

天海は、きっぱりと言った。

こうやって話の腰を折るのが阿久津のやり方だ。話の論点をすり替え、大事な部分を覆い隠してしまう。

「別に、茶化しているわけではありませんよ。天海さんの洞察力とロジカルな思考に、感嘆しているだけです」

「それが、茶化していると言っているんです」

天海が強く言うと、阿久津は声を上げて笑った。

「何がおかしいんですか？」

「どうして、天海さんは、そんなに私の考えを知りたがるんですか？」

まさか、そんな質問をされるとは思わなかった。

「分からないことがあれば、知りたがるというのは、ごく自然なことだと思います」

「あなた自身、今、真実を隠しましたね」

阿久津が、横目で天海を見た。

「私が？」

「ええ。分からないから知りたい――本当にそれだけですか？　私には、もっと別の理由があるように思えます」

すぐに言葉を返すことができなかった。

確かに、分からないから知りたいという単純な好奇心だけではない。

「言い方を変えます。〈予言者〉と渾名された阿久津さんが、いったいどんな思考で事件を追いかけているのか――それを知りたいんです」

天海は、じっと阿久津の顔を見た。

彼の目を見つめていて、自分でも思わぬ感情があることに気付いた。刑事として阿久津の思考に興味があるが、同時に、一個人としても阿久津自身に興味を抱いている。

男女の恋愛とか、そういう短絡的なことではなく、もっと深い部分で、阿久津を理解したいという願望のようなものだ。

「確かに、私には幾つか隠し事があります」

長い沈黙のあと、阿久津がピタリと足を止めてから言った。

その返答は、天海の意表を突くものだった。まさか、阿久津がこうもあっさりと、隠し事があることを認めるとは、思ってもみなかった。

驚きはあったが、それを気取られないように、気持ちを引き締め直す。

「認めるんですね？」

天海が問うと、阿久津は「ええ」と頷いた。

悪びれた様子はない。嘘を吐いたり、隠し事をしたりすれば、多少なりとも罪悪感が芽生えるものだが、阿久津にはそうした反応が見られない。

やはり、何かしらの目的があって、意識的に隠蔽していた――ということだろう。

「教えて下さい。阿久津さんは、何を隠しているんですか？」

「二つ目の質問ですね」

阿久津が、にっと笑みを浮かべた。

「え？」

「質問は交互に——という決まりだったはずです」

天海の方が、かなり損をしている気がするが、そこを咎《とが》めていては、話が一向に進まない。

阿久津が、何を隠しているのかを知る為にも、話を続けた方が得策だと思えた。

「分かりました。阿久津さんは、何が訊きたいんですか？」

天海が問う。

「訊きたいことは、特にありません」

まただ。こうやって、会話を中断させ、真実を煙に巻いてしまう。

「そうやってはぐらかすのは卑怯です」

天海の抗議を無視して、阿久津は停めてあった車の運転席に乗り込んだ。

バタンと音を立ててドアを閉める。

「逃げないで下さい。阿久津さんが、私に質問する。私がそれに答えたら、今度は阿久津さんの答える番です」

天海は、助手席に乗り込みながら、早口に言う。

「しつこい人ですね」

阿久津は、車のエンジンを回すことなく、ハンドルにもたれるようにしながら言った。

「自分でもそう思います」

「だったら、止めたらどうです？」

「そうはいきません。私はどうしても、阿久津さんが何を隠しているのか知りたいんです」

「だいたいの人は、他人の考え方や価値観を理解しようとはしません。自分の価値観に当て嵌めて、評論するだけです。己と違えば間違っていて、同一であれば正しい——といった具合にね。善悪の価値基準も、そうしたものに過ぎません」

阿久津は笑みを浮かべてはいるが、その声はどこか哀し気だった。

おそらく阿久津は、圧倒的に他者を信頼していないのだろう。なぜ、そうなったのかは不明だが、そうならざるを得ない何か——があったはずだ。

「人が、他人を自分の価値基準に当て嵌めて評論してしまうという点については、私も同感です」

「天海さんは、やはりロジカルな人ですね」

「否定はしません。ただ、私が他人のことを知りたいと思うのは、誰に対しても——というわけではありません」

「どういう意味です？」

「知りたい人もいれば、そうでない人もいるということです」

「私には、手当たり次第にカウンセリングしているように見えます」

「酷い言われようですね。でも、私は阿久津さんをカウンセリングしているつもりはありません」

「本当に、そうだと言い切れますか？　私には、カウンセリングをして、相手を分析する

ことで、自分の価値観の範疇《はんちゅう》に納めておこうとしているとしか思えませんが？」

阿久津の問いは鋭かった。

痛いところを、ぐっと抉《えぐ》られた気がする。

「違います。そうした意図はありません」

否定の返事をしたものの、自分でも心許《こころもと》ないと感じてしまう。

「あなたは、他人の心を探る前に、自分の心を見つめ直した方がいいと思いますよ」

「どういう意味ですか？」

「あなたが本当に知りたいのは、あの日の自分の心境なのではありませんか？」

阿久津の問いかけは、天海を地の底に叩き落とした。

あの日——。

それが何を指すのか、わざわざ聞き返すまでもなく分かる。友人の亜美が殺された、あ

の事件のことを指している。

「そう言えば、この前の質問の答えがまだでしたね」

阿久津が、僅かに目を細めながら言った。

「え？」

「事件のあった日、あなたは、どうして笑っていたんですか？」

阿久津の放った毒に満ちた言葉は、天海の細胞の一つ一つを蝕《むしば》み、崩壊させていくようだった。

天海は、あくまで平静を保ちながら阿久津を見返した。

「前にも言いました。私は、笑ってなどいません」

そんなことあるはずがない。確信をもって否定したはずなのに、どういうわけか声が震えてしまっていた。

「降りて下さい」

阿久津が短く言う。

「え？」

「ここからは、別行動にしましょう」

「何を言っているんですか？」

まがりなりにも、コンビを組んでいるのだ。別々に行動するとは、いったいどういうことなのか？

「誰にでも、知られたくないことはあります。あなたと一緒だと、私は思うように捜査ができません」

ずいぶんと身勝手な言い分だ。

確かに、阿久津との間に不協和音が流れているのは事実だ。もちろん、天海の未熟さというのもあるだろう。

だが──。

「阿久津さんが情報を隠しているからです」

「隠しているのは、お互い様です」

「私は、何も隠していません」

「だったら教えて下さい。あなたは、なぜ、あの時笑ったんですか？」

阿久津の目が、真っ直ぐに天海を射貫いた。

言いたいことはたくさんある。しかし、そうしたものを全て拒絶し、撥《は》ね除《の》けてしまうような強い視線だった。

長い沈黙が流れた。

「答える気がないなら、降りて下さい」

阿久津はもう一度言うと、身を乗り出して助手席のドアを開けた。

重苦しい空気の中で、天海はこれ以上の会話が無意味であることを悟った。

阿久津は、どうあっても、自分の領域に他者を入れたくないらしい。相手が天海だからということではなく、誰であっても——。

だから、こうやって難癖をつけて、他人を排除するのだ。

天海は、黙ったまま車を降りた。ドアを閉めようとしたところで、阿久津に「待って下さい」と呼び止められた。

自分で追い出しておいて、今度は何？　苛立ちを感じながら、目を向けると、阿久津が警察手帳を差し出してきた。天海のものだった。

なぜ、落ちたのかは分からないが、紛失などということになれば、大変なことになる。

天海は礼を言いながら受け取った。

阿久津は、もう用はないとばかりに、さっさと車で走り去って行った。

10

菅野は、ぼんやりと天井を見つめながら、煙草の煙を吐き出した——。

ムーディーな照明の中を、紫煙がゆっくりと漂う。

〈悪魔〉の正体が、何者なのかを掴んだつもりでいた。自分の推理に、ある程度の自信も持っていた。

ところが――。

先日、〈悪魔〉の犯行とみられる、新たな被害者が発見された。それは、菅野の推理を根幹から覆すものだった。

やはり、捜査本部が睨んだ通り、精神疾患を抱えた人物による、通り魔的な犯行なのだろうか。

それを裏付けるように、インターネットの掲示板に、〈神の下僕〉と名乗る人物が、犯行を仄めかす書き込みをしているらしい。

どっと疲労感が全身を覆い、そのまま眠ってしまいたい衝動に駆られたが、隣に寝ている女がそれを許さなかった。

「ねぇ」

猫撫で声を上げながら、菅野の胸の上に覆《おお》い被《かぶ》さってくる。

想いを寄せた女なら、髪の一つも撫でるのだろうが、菅野にとって、この女は性欲を解消する為の捌《は》け口《ぐち》に過ぎない。

特に、この前の追加料金を請求してきた一件以来、その意味合いはより強くなった。

「どけ」

菅野は短く言うと身体を起こし、煙草を灰皿で揉《も》み消《け》した。そのまま身支度をして帰ろうとしたのだが、女が腕を掴んできた。

菅野は蔑みに満ちた視線を送ったが、女はまるで動じなかった。

「あのさ。面白い話があるんだけど……」

女が言う。

面白い話――などという枕詞《まくらことば》がついて、実際に面白かったことなど、ただの一度もない。まして、こんな小娘の話になど、少しも興味が湧かない。

「どけと言っている」

女の手を振り解こうとしたが、「待ってよ」と追いすがってくる。

「ニュースで話題の殺された美人女子大生、私の友だちなんだよね」

女が早口に言った。

これには、菅野の動きも自然と止まった。

「何だと？」

「倉庫みたいなところで、天井からぶら下げられていたっていうあれ――」

――間違いなく〈悪魔〉の事件だ。

まさか、この女が被害者の友人だとは、思いもしなかった。

菅野が直接、事件を担当していれば、知ってもいたのだろうが、あくまで宮國の指示で、水面下で動向を探っていたに過ぎない。気付かなかったとしても、無理はない。

いや、そもそも、この女についてのパーソナル情報は、ほとんどといっていいほど知らない。

女子大生というのも、名前も、本人が口にしたものに過ぎない。おそらくは、自分の存在を隠す為の嘘に塗れているだろう。

肉体だけの関係であれば、それで充分だ。

「何か知っているのか？」

菅野は、女に向き直った。

「うん」

「何を知ってる？」

「今日、うちの大学に警察が来たんだ」

「それで？」

「色々と訊かれたんだけど、何か感じ悪い奴でさ。あんまり喋らなかったんだ」

女は、肩を竦《すく》めるようにして言った。

つまり、捜査本部には、まだ知られていない情報を持っている可能性があるということだ。

胸の奥がざわついた。

もし、自分だけが知り得る情報を入手することができれば、菅野にとっては大きなアドバンテージになる。

「知っていることを話せ」

菅野が促すと、女は今度は無視を決め込み、ベッドから降りて下着を身につけ始めた。

もったいつけているのだろうが、そんなものに付き合ってやる気はない。

「おい」

菅野は、女の肩を摑んで強引に自分の方を向かせる。

女は、菅野の焦りを見透かしたように、薄い笑みを浮かべてみせた。

「乱暴にしないでよ」

女の言い様に、思わず舌打ちをしそうになった。

自分が優位に立っていると思っているのだろう。悔しいが、それは間違いない。

「分かった。何を知っているのか、教えてくれ」

菅野は、女から手を放した。

女は、それに満足したのか、ちょこんとベッドに座り直す。

「教えてあげてもいいんだけど……」

そこまで言って、女は上目遣いに菅野を見た。

物欲し気な女の顔に、苛立ちが募る。この女の魂胆《こんたん》が、透けて見えたからだ。

「何だ？」

菅野は、女の次の言葉が分かっていながら先を促す。

「前も言ったんだけど、旅行とか色々あって、結構、お金がかかるんだよね」

――やっぱりそれか。

懲《こ》りもせず、菅野にたかるつもりらしい。浅ましいと言わざるを得ない。

そもそも、この女は、被害者は友人だったと言っていた。友人の死すら、自分の小遣い稼ぎの道具にしようというのだから、その欲は深い。

この女は、自分を中心に世界が回っているとでも思っているのだろうか。

女の底の浅さを思い知らせてやろうかと思ったが、菅野は辛うじてそれを堪えた。この女が、どれほどの情報を握っているのかは知らないが、もしそれが事件解決への糸口になるのであれば、何としても聞き出す必要がある。

もしかしたら、女の情報は、菅野が抱いてきた〈悪魔〉のイメージを、より明確にするものかもしれない。

とはいえ、飢えたハイエナのように情報に飛びつけば、女の思うツボだ。

あくまで主導権は、自分で握っておかなければならない。

「金を払ってもいい。だが、それは情報の内容次第だ」

「疑ってるの？　結構、いい情報だと思うけどな」

「それを判断するのは、おれだ」

菅野はぴしゃりと言った。

女は、不満気に口を尖らせて押し黙った。

少ない知識と経験とで、色々と算段しているのだろうが、表情に出している段階で、この女は交渉に向いていない。

「嫌ならいい」

菅野は、そう告げて立ち上がると、そのまま身支度を始めた。

「本当にいいの？」

女が不安気な顔で訊ねてくる。

「有益かどうかも分からん情報に、ほいほいと金を出すのはバカだけだ」

菅野は、ズボンをはき、ワイシャツのボタンを素早く留めた。あとは、ネクタイを締め、ジャケットを羽織って部屋を出るだけだ。

「分かったよ。言うよ」

菅野がハンガーに手をかけたところで、女が言った。

どうやら、菅野の作戦は功を奏したようだ。これで、ペースは完全にこちらに戻った。

「何だ？」

菅野は、笑みを噛み殺してから、ゆっくりと振り返って女に問う。

「実は、殺された真莉愛は、ストーカーに悩まされてたんだ」

女が髪に手櫛《てぐし》を通しながら言う。

「ストーカー?」

「そう。元カレみたいなんだけど、結構、しつこかったみたい」

「それで?」

菅野が先を促すと、女は手を止めて「え?」という顔をした。

思わず舌打ちをした。

まさか、その程度の情報で、菅野から金をせびろうとしていたとは——愚かにも程がある。

わざわざ、この女が口にしなくても、被害者の周辺情報は徹底的に洗われる。元恋人など、真っ先に聴取されるはずだ。

ストーカー行為の有無はもちろん、それが犯行に繋がったか否かまで、既に調べはついているはずだ。

「そんな情報に、金は出せない」

菅野は、ぴしゃりと言うと、ネクタイを締め、ジャケットを羽織った。

女は、納得がいかないらしく、「何で? どうして?」と、菅野にすがりついて来た。

「邪魔だ」

菅野は、女を突き飛ばした。

女は、床に尻餅を突いた状態で、半ば呆然と菅野を見上げた。

「お前が得意気に語った情報など、とっくに警察が調べ尽くしている。その程度の内容で、金が手に入ると思うなよ」

菅野が吐き捨てるように浴びせた言葉に、女の顔が歪んだ。

「…………」

「友人が死んだってのに、それを金儲《かねもう》けに考えるようなクズが」

菅野が止《とど》めのひと言を放つと、女はわっと声を上げて泣き出した。

自尊心が、激しく傷付けられたのだろう。しかし、そんなものは知ったことではない。

菅野は、女に背を向け出口に向かった。

女は、そのまま泣いていれば良かった。

余計なことは考えず、ただ泣いていれば、それで終わりだった。

だが――。

女は、菅野が想像していたのより、子どもだった。自分の感情を抑える術《すべ》を知らなかったのだ。

「何よ！　自己満足なセックスしかできないクセに！」

女の叫びに釣られて、菅野は振り返った。

目が吊り上がり、頬の筋肉をぴくぴくと動かし、女は菅野を睨み付けていた。

「黙れ。薄汚い雌豚《めすぶた》が……」

菅野は、静かに告げた。

理性が崩壊する一歩手前だった。これ以上、つまらぬ罵声を浴びせられたら、自分を御《ぎょ》する自信がない。

「そんな口を利いていいと思ってるの？」

女が、優越感に満ちた笑みを浮かべた。

心の奥が、ざわざわと音を立てて揺れる。とてつもなく、嫌な予感がした。

しかし菅野は、自らの心情の変化を気取られないよう、目に力を込めて女を見据えた。

「お前こそ、偉そうな口を利くな。自分の立場をわきまえるんだな」

「本当にいいの？　あなた、大変なことになるわよ」

女は、菅野を脅しているつもりらしい。

どうせ、低能な女のことだ。不良崩れの友人を呼び寄せ、菅野を叩きのめすとか、その程度のことを考えているのだろう。

残念ながら、そんなものは、脅しにも何にもならない。

菅野は仮にも警察官だ。若さと勢いだけの連中に囲まれたくらいで、音を上げるほど柔《やわ》ではない。

それに、幾ら女が呼びかけようと、現職の警察官を痛い目に遭わせようなどという愚か者は存在しない。

「どう大変なんだ？　お前のような女にできることなど、たかが知れている。自分の立場をわきまえろ」

吐き捨てる菅野を見て、女が笑った。

「何か、勘違いしているようだけどさ、私だって、バカじゃないから」

女はそう言って、サイドボードの上に置いてあるスマートフォンを手に取り、そのディスプレーを菅野に掲げて見せた。

「この中には、あなたと私のやり取りが入っているの」

「なっ！」

「あなたは、私を抱く代わりにお金を渡した。今日、うちの大学に来た刑事が言ってたよ。こういうのって、売春になるんでしょ。元課長だか、何だか知らないけど、表に出ると拙《まず》いんじゃないの？」

女のしたり顔を見て、菅野の中に冷たい感情が広がっていった。

それは、みるみる体温を奪い、腹の奥底に眠っていた嗜虐性を目覚めさせる。

気付いた時には、菅野は女の顔面に、右の拳《こぶし》を叩き込んでいた。

女は、すとんっとその場に腰を落とす。

鼻骨が折れたらしく、すっと伸びた鼻が、ぐにゃりと曲がっていた。鼻の穴から、とくとくと血が流れ出し、女の顔を赤く染め上げる。

まさか、拳で殴られるとは思っていなかったのだろう。驚いたような表情を浮かべ、何か言おうと口をぱくぱくと動かしていた。

やがて、女は火が点いたように泣き出した。

痛みに襲われたというのもあるだろうが、自分が陥っている状況に、ショックを受けているのだろう。

「黙れ」

菅野は、泣き喚《わめ》く女に告げた。

しかし、女は泣き止まなかった。不快な泣き声が耳朶《じだ》を震わせ、菅野の中にある苛立ちをみるみる増幅させていく。

「黙れ！　黙れ！　黙れ！」

菅野は、女の泣き声をかき消すように叫んだ。

女は、それでも泣き止まなかった。

駄々を捏《こ》ねる子どものように、もはや自分が何で泣いているのかすら、分かっていないのかもしれない。

ただ、次々と沸き上がってくる感情に流され、泣いている。

菅野は、頭の奥でぷつり――と何かが切れる音を聞いた。

「うるさい！」

菅野が再び拳を振るった――。

肉が潰《つぶ》れる、嫌な音がした。拳に、べっとりと血が付着する。

「お前のような女に、おれの人生を壊されてたまるか。身の程をわきまえろ」

菅野は、女を罵りながら絶え間なく女の顔面を殴り続けた。思考では抑えきれない何かが、菅野を突き動かす。

やがて、菅野の拳は、女の命の火をかき消した――。

11

彼は、耳に挿《さ》したイヤホンを外し、そっと瞼を閉じた――。

しばらく、そのまま瞑想《めいそう》していた。

静寂が、彼の心を洗い、思考を研ぎ澄まして行くようだった。

「面白いことになった」

やがて彼は囁くように言った。

今、彼の脳裏には、悪魔的な閃きがあった。

正直、ついさっきまでは、計画が頓挫するかもしれないという危機感があった。いや、頓挫は言い過ぎだ。

そんな簡単に、崩れ去るような甘い計画は立てていない。

それでも、計画を先延ばしにしなければならないという思いが、頭の片隅にあったのは事実だ。

彼が、そう思った一番の要因は、あの男だ——。

大学で顔を合わせた、彼女の——天海のパートナーと思しき刑事の男。

「必ず報いを受けさせます」

男は、彼の耳許でそう囁いた。

何の脈絡もない脅し文句——などと楽観的に捉えるほど愚かではない。おそらく、あの刑事は何かを摑んでいる。

だから、ああした言葉を口にしたのだ。

それが何なのか問い質しそうになったが、彼は辛うじてそれを堪え、何も分からないという風に首を傾げてみせた。

その対応に、間違いはなかったと思う。

あの場で余計な詮索をすれば、思わぬ綻《ほころ》びを生むことになる。それだけではない。あの刑事の発言はブラフだろう。

何か摑んでいることに間違いはないが、それは真相とはほど遠いものに違いない。

だから、全てを掌握しているようなふりをして、ああいったブラフを投げかけ、こちらの反応を窺ったのだろう。

もし、真相を摑んでいるのだとしたら、あんな風に接近して来るのは、愚の骨頂ともいえる手法だ。

きっと、あの男は他の捜査対象にも、同じことをしているはずだ。

そうやって反応を確かめながら、犯人と思しき人間を絞り込んでいこうという魂胆に違いない。

指紋はもちろん、毛髪に至るまで、証拠を残さないように、細心の注意を払ってきた。

自分に繋がる何かを得ることができるはずがない。

浅はかと言わざるを得ない。

とはいえ、それを嘲《あざけ》り、油断するようでは、足を掬われることになる。

一瞬、顔を合わせただけだが、あの刑事は他の連中とは違う。油断のならない男であることは、肌を通して伝わってきた。

一見すると、飄々《ひょうひょう》としていて、何も考えていないようだが、それは見せかけに過ぎない。少しでも隙を見せれば、容赦なく喉元に嚙みついてくる。そういう類いの男だ。

ふと気付くと、彼は笑っていた。

――どうして？

顔に触れながら、自分の表情の変化に驚いた彼だったが、すぐにその理由を見つけることができた。

——楽しんでいるのだ。

おそらく、予定外の事態に発展しているこの状況を楽しんでいる。

これまでの人生、たいていのことが思い通りになった。全てが彼の計算の中にあり、不確定要素は存在しなかった。

類い稀な洞察力と、常に冷静な思考。それに、自然と他人を惹《ひ》き付《つ》けてしまうカリスマ性がその要因だった。

周囲の人間は、自分を引き立てる為の脇役に過ぎない。

これまで、そうした人生を送ってきた。

しかし——。

それは、退屈な日常の連続ともいえた。

何から何まで、自分の掌の上で展開されているこの状況は、安泰であるが、同時に刺激に欠けるものだった。

予定調和のドラマを見せられているように、耐え難いものだ。

そんな日常に、満足する人間などいるはずがない。危険や危機を孕《はら》み、苦難を乗り越えてこそ、目的を完遂した時に、喜びを覚えることができるのだ。

真莉愛の件にしてもそうだ。

言葉巧みに真莉愛に近付き、抵抗されることも証拠を残すこともなく、ごく自然にアトリエに呼び込み、誰にも見られることなく作品を完成させた。

天海にぶつかった時、携帯のストラップを落としてしまったが、その程度だ。

もしかしたら、あまりに完璧過ぎたことが、作品を失敗させた要因だったのかもしれない。

古今東西、後世に名を残すアーティストたちは、例外なく波瀾万丈《はらんばんじょう》の人生を歩んでいた。ピカソも、ゴッホも、モネやゴヤも、平穏な人生を歩んだアーティストなど一人もいない。

多くのものを犠牲にし、満たされない何か――を埋め合わせるように作品を創作してきたのだ。

報われない想いが、累々《るいるい》とした屍《しかばね》となり、やがては創作の糧《かて》になっていったのだ。

それに引き替え、自分はどうだろう？

才能があるのは疑いようのない事実だ。しかし、自らの人生が平穏であることもまた、否定できない事実だ。

金銭的な不自由を感じたことはないし、これといったコンプレックスもハンディキャップもない。孤独に苛《さいな》まれるようなことも経験していない。

家庭環境に多少の問題はあるが、それほど切羽詰《せっぱつ》まったものではない。そうした恵まれた環境の中に身を置いていては、時代を壊すような強烈なインパクトをもった作品は生まれない。

それが、彼の唯一の不満だった。

だが、あの刑事の存在は、彼の中に眠っている、才能の最後の一欠片《ひとかけら》を引き出してくれるかもしれない。

これまで感じたことのない危機感が、自分をより高いところに導いてくれるはずだ。

そう思ったからこそ、頰を緩めて笑ったのだ——。

かねてから準備してあったプランを、遂行するタイミングが来たのかもしれない。

警察の目を、大胆に逸らすことができる上に、計画をスムーズに進める為の助けにもなってくれるはずだ。

ただ——。

彼は、デスクの上に置いてある小瓶を、指先で摘まみポケットの中にしまうと、改めて目の前に置かれたノートパソコンに目を向けた。

一見すると、普通のパソコンだが、内部には、盗聴電波を受信する為のレシーバーが仕込まれている。

彼の計画の必需品と言ってもいい。

このレシーバーを通して、ターゲット及び、その周辺人物の情報を収集する。そして、生活パターンなどを分析し、綿密な計画を立ててきた。

以前の計画で仕掛けたままになっていた盗聴器から、非常に面白い音声を拾うことができた。

彼にとっては、まるで想定していなかった事態だが、上手く利用すれば、これからの計画の一助になるはずだ。

いや、それだけではない――。

これまで、見たこともないショーを見ることができるかもしれない。

何にしても、早々に行動に移した方が良さそうだ。

彼は、マウスを操作して、画像ファイルをダブルクリックしてモニターに表示させた。

そこには、一人の女が映し出されていた。

「君こそ天使だ――」

彼は、小さく笑みを浮かべた。

清廉で、知性に溢れ、気高く気品に満ちた美しい女――。

彼の作品のモデルとなるべき女――。

そう。彼の作品になることこそが、天海の存在価値に他ならない。

「君も、それを望んでいるはずだ――」

彼はモニターの中の女の顔を、そっと指で撫でた。

静止画であるはずなのに、どういうわけか、天海が微笑みかけてきたように見えた。

12

車を降りた菅野は、トランクを開けた。

そこには、青いビニールシートにくるまれた物体が入っていた。確認するまでもなく、菅野はその中身を知っていた。

このビニールシートの中には、女が入っている。

かつては、艶《なま》めかしくも、美しかった。

今は、ただの肉の塊だ。

一度服を着せ、酔っている風を装い、駐車場まで運び、トランクの中に押し込んだ。

微かに漂う死の臭いが、既に女が人ではなくなったことを強調しているようだった。

女を、肉の塊に変えたのは、他でもない菅野だ。

菅野は、自分の中に眠っている嗜虐性という悪魔が目を覚ますのを感じた。

最初の一発は、感情の昂《たか》ぶりによるものだったが、そのあとは、まったく違う感覚だった。

心は冷え切っていた。

雪国の湖の水面のように、ただ冷え冷えとして静かだった。

女の顔の肉が潰れ、骨が砕けるその感触を、拳を通して楽しむ余裕すらあった。

ぴくりとも動かなくなった女を、改めて見つめても、やはり心は動かなかった。洗面所で、顔に飛び散った血を洗い、拳を冷やしている時ですら、何も感じなかった。

自分が別の何か――になったことを実感した。

あれ以来、拳がうずく。

それは、後悔や懺悔《ざんげ》の念から、身体が反応しているのではない。

また、あの感触を――。

人の肉を潰し、骨を砕く、あの感触を味わいたいという、切なる願望によるものだった。

女を殺せば、大変なことになる。それは分かっていた。死体の始末をどうすべきか。もし、捕まった時は、どうなるのか――。

菅野は、殴りながらも、そうしたことを冷静に考えていた。

今、止めればまだ後戻りができる。分かっていたにもかかわらず、菅野は女の顔を殴り続けた。

菅野はあの瞬間に、女の顔を殴ったのではなく、常識という殻を内側から破壊したのだ。そのことで、これまで感じたことのない解放感を味わった。

「お前のせいだ」

菅野は、ビニールシートの中にある肉の塊に毒づくと、トランクを力いっぱい閉めた。

菅野は、一歩一歩踏みしめるように歩いた――。

夜の闇が、心の中まで浸透し、菅野自身を染め上げていくようだった。不思議とその感覚が、心地よいと感じた。

視線の先には、廃墟となった教会が見えた。

自分は、これから人としての道を踏み外す。いや、既に踏み外している。そんな人間が、教会に向かっているのが、滑稽に思えた。

重い扉を押し開け、教会の中に入る。

神は、いつでも迷える子羊を迎える準備があると言っておきながら、重い扉という障害を設けているのはなぜだろう。

本当に、受け容れの準備があるなら、もっと簡単に開けられる扉にすべきだ。そもそも、扉など設けずに、オープンスペースにすればいい。まあ、神を信じていない菅野が言うべきことでもないが――。

真っ直ぐに伸びた通路の先に、十字架に磔《はりつけ》にされたキリストの像が佇んでいた――。

両手両足に杭《くい》を打ち込まれ、茨《いばら》の冠《かんむり》をかぶり、首を傾げた姿は、こうやって改めて見ると、実にグロテスクなものだった。

キリストは、宣教師だった男だが、異端として処罰され、熾烈な拷問のあと、自らが磔にされる十字架を背負ってゴルゴタの丘を登ったのだという。

その時、民衆はキリストを罵りながら、石を投げつけたと言われている。

それが、時を経て神に昇格し、こうやって信仰の対象として崇《あが》められている。実に、奇妙だと言わざるを得ない。

だが、人とはそうしたものかもしれない。

時の流れとともに、善悪が目まぐるしく変わる。やがては〈悪魔〉と呼称される連続殺人犯も、神と崇められる日が来るのかもしれない。

その時、自分は何と記されるだろう？

キリストを裏切ったユダのような扱いを受けるのだろうか？

菅野は、自分の脳裏に浮かんだ妙な考えに、思わず笑ってしまった。実にバカバカしい考えをもったものだ。

あの男が――〈悪魔〉が、賞賛される日が来ることなど、断じてあり得ない。

英雄視する者は現れるだろうが、それは、〈悪魔〉の犯行動機を一般に伝えた場合のみだ。

〈悪魔〉には、精神に異常を来《きた》した猟奇的な殺人犯になって貰わなければならない。

これは、何も菅野だけの考えではない。

警察としても、その結末を強く望むに違いない。

菅野は、僅かに軋む床を踏みしめながら歩みを進め、教会の奥にある懺悔室の戸を開けて中に入った。

ふうっと息を吐いて、椅子に腰掛ける。

指先が微かに震えていた。

寒さや、怖さからではない。これから、自分がやろうとしている大仕事を考えると、どうしても気分が昂揚《こうよう》する。

菅野は、自分の意思でこの教会に足を運んだわけではない。

呼び出されたのだ――。

その人物は、非通知で菅野の携帯電話に連絡を入れてきた。

ボイスチェンジャーによって、声を変えていたが、口調からしておそらくは男だ。

その男は、自らを〈悪魔〉と名乗った。

〈悪魔〉は菅野が女を――真穂を殺害したことを知っていた。その上で、取引をしようと持ちかけてきたのだ。

どう考えても、罠《わな》に違いなかった。

それでも、菅野は誘いに乗り、こうして足を運んだ。

ボイスチェンジャーを使っているところからみても、〈悪魔〉は自らの正体が、知られていないと思っている。

だが、菅野には分かっていた。

〈悪魔〉が何者であるのか。そして、その目的が何なのか——。

捜査本部は、インターネットに犯行を仄めかす書き込みを行った〈神の下僕〉と名乗る人物を容疑者とみている。

捜査の結果、その人物の特定に至ったらしい。その男は、十五年前に、少女を殺害した犯人だった。

精神疾患を抱えていて、責任能力無しということで、罪に問われなかった男だ。

捜査本部は色めき立っているが、解決を焦っているとしか思えない。

これまでの〈悪魔〉の犯行方法を考えれば、精神疾患を抱えた人物による、場当たり的な犯行でないことは明らかだ。

〈悪魔〉の犯行は、明確な意図をもって実行されたものだ。

おそらく、〈悪魔〉の正体は、あの男だ。かつて、内部監査室の室長であり、陰湿で容赦のないやり口から、名前をもじって〈黒蛇〉と揶揄された男——。

あの男は、菅野を罠に嵌《は》めようとしているのだろうが、それを逆手に取る策がある。必ず上手くいく。いや、上手くやらなければならない。

腕時計に目をやる。

そろそろ約束の時間だ。

菅野は、ジャケットの内側にあるホルスターから、拳銃を取り出した。

リボルバーの弾倉をオープンにして、弾が込められていることを確認してから、再び拳銃をホルスターに戻した。

あの男――〈黒蛇〉がここに来たら、その頭に狙いを定め、トリガーを引けばそれで終わりだ。

〈悪魔〉の正体が、〈黒蛇〉であることが明らかになり、事件は解決だ。ついでに、菅野の罪も被って貰う。

その為に、わざわざあの女の死体を運んできたのだ。

ぎぃっと軋む音がして、教会の扉が開いた。

――どうやら、到着したようだ。

すぐに懺悔室を出て、その尊顔を拝んでやろうかと思ったが、辛うじて踏み留まった。

焦ってはならない。

菅野は、大きく息を吸い込み、じっと耳を傾ける。

床を鳴らす靴音が響く。

充分に、近付いて来たことを確認してから、菅野は拳銃を抜き、それを自らの身体の後ろに隠して懺悔室を出た。

キリストの像の前で佇む人影が見えた。

菅野は、問答無用で拳銃を抜き、その人影に狙いを定めた。

13

天海は、自席に座り、資料を見返していた――。

阿久津は、別々に捜査をする旨を天海に伝えたあと、姿を消してしまった。〈特殊犯罪捜査室〉の部屋にも姿を見せないし、携帯電話を鳴らしても無反応だった。

大黒には、こうなった経緯を電話で報告したが、「分かった」と応じただけで、これといった指示は出なかった。

各々《おのおの》、捜査を継続しろ――という意味に捉え、天海なりに、捜査をしようと試みたものの、一人でできることと言ったら、資料を見返すことくらいだ。

一件目の被害者である長谷部が、警察官時代に携わった事件の資料に、片っ端から目を通していく。

果たして、こんなことで、本当に事件の真相に近づけるのか？

今さらながら、疑問と焦燥感とが、ずしりと天海にのしかかってくる。

天海は、頭を抱えて長いため息を吐いた。

「もう一度、最初から」

天海は、言葉にすることで、挫《くじ》けそうになる気持ちを奮い立たせ、改めて資料を見返すことにした。

長谷部は、元々は交番勤務の警察官だった。

そんな彼が、捜査一課に引き抜かれたのは、ある事件がきっかけだった。

今から二十年ほど前、アパートで一人暮らしをしている女子大生が、自室で殺害された事件があった。

長谷部が、犯行に使用されたナイフを発見したことが、犯人逮捕の決め手となった。

犯人は、売れない画家で、自宅で絵画教室を開いていた笹川《ささがわ》という男だった。被害者となった女子大生と交際していたが、別れ話がもつれて殺害に至ったらしい。

その後、捜査一課に引き上げられた長谷部は、着実に実績を上げていた。

――ん？

長谷部の経歴を目にしながら、天海は引っかかりを覚えた。

しかし、それが何なのか、判然としない。喉に小骨が刺さっているような、違和感。

胸の奥で、眠っていた何かが、ざわざわと音を立てている。

目を閉じ、集中して頭の中を整理しようとしたが、瞼の裏側に浮かんだのは、あの日の光景だった。

血塗《ちまみ》れになって倒れている友人の亜美——。

そして、べったりと血が付着したナイフを持ち、佇んでいる男——。

その目が、普通でないことは明らかだった。焦点が定まっておらず、どこを見ているのか判然としない。

そのくせ、ギラギラとした光を放っていた。

あの男の精神が、真っ当な状態でないことは明らかだった。

だが——。

真っ当とは、そもそも、どういうことなのだろう。

あの男は、錯乱状態にあったわけではない。冷静にナイフを振り翳し、亜美を滅多刺しにしたのだ。

そうすることが、当然であるかのように、淡々と刺した——。

あの男——葛城は、あの時、どんな感情を抱いていたのだろう。それこそが、天海が探している疑問だ。

ガチャッと音を立ててドアが開く。

天海は、飛び跳ねるようにして振り返った。部屋に入って来たのは、大黒だった。

「何かあったのか？　顔色が悪い」

大黒が言った。

抑揚がないせいか、言葉に反して、天海を気遣っているようには感じられなかった。

「いえ。何でもありません」

天海は首を左右に振り、表情を引き締め直す。

大黒は「そうか」と短く応じると、そのまま自席に座る。

「あの――」

天海は席を立ち、大黒の許に歩み寄った。

「阿久津のことか？」

大黒に先手を打たれた。

内部監査室時代に、その抜け目の無さから〈黒蛇〉と渾名されていたという話を耳にしたが、天海に向けられた冷たい視線は、それを裏付けるものだった。

「阿久津さん個人というより、捜査方針についてです」

「何か不満か？」

「不満というわけではありません。ですが、ただでさえ少ない人員が、こうもバラバラに動いていたのでは、捜査が進むとは到底思えません」

天海は、はっきりとした口調で言った。

「私は、そうは思わない」

大黒は迷うことなくそう返してきた。

「しかし……」

「捜査本部が、一連の事件をどう見ているかは、知っているな」

「はい」

天海は頷いた。

精神疾患を抱えた犯人による、通り魔的な犯行というのが捜査本部の見方だ。現在、該当する人物をピックアップする作業を続けているはずだ。

「捜査本部は、既に容疑者を絞り込んだ」

唐突に発せられた大黒の言葉に、天海は「え？」と目を丸くする。

「それは本当ですか？」

天海が、問い返すと、大黒は大きく頷いた。

「先日の金森真莉愛の死体発見以来、インターネットの掲示板で、〈神の下僕〉を名乗る人物が、犯行を仄めかす書き込みを行っていることが判明した」

「どうして急に？」

そこが分からなかった。

これまで〈悪魔〉は、自らの存在を誇示するような行動はとってこなかったはずだ。

「それは、私にも分からない。ただ、書き込みの中には、逆さ五芒星に関する記述もあった。事件について、何か知っていると考え、ＩＰアドレスから、その人物を特定し、マークを始めている」

秘匿してきた逆さ五芒星のことを知っているのだとしたら、その人物が事件に関与していた可能性は極めて高い。

「それだけでなく、その人物が、金森真莉愛を尾行している姿が、駅の防犯カメラに映っていた」

大黒は、そう続けた。

聞き込み捜査に行った際、真穂から真莉愛が元恋人の航にストーカーされていたという情報を得た。だが、その航は、真莉愛は交際中からストーカー被害にあっていたと証言している。

単なる言い逃れかと思っていたが、ここに来て、航の証言が真実味を帯びる。

捜査本部の方針に、否定的な意見をもっていたが、そこまで摑んでいるのだとしたら、もはや逮捕は時間の問題だろう。

天海などが、単独で足掻いたところで、何の役にも立たない――。

と、ここで天海は違和感を覚えた。

大黒は捜査の進捗《しんちょく》状況を把握していたということだ。にもかかわらず、この期に及んで、捜査の継続を指示している。

それは、いったいなぜか？

「納得いかないという顔をしているな」

大黒が言った。

どうやら、考えが顔に出てしまっていたようだ。こうなったら、否定したり、取り繕ったりする理由はない。

「なぜ、捜査の継続を指示なさるのですか？」

天海は率直に訊ねた。

「捜査本部は間違っている――そう思っているからだ」

口調は、これまでと変わらない平坦なものだったが、その裏には、苛立ちのようなものが滲んでいるような気がした。

「どうして、間違えているとお考えなのですか？」

犯人しか知り得ない情報を、インターネット上に書き込んでいたのだとしたら、その人物が事件に関与していた可能性は極めて高い。

それでも、大黒が間違っていると斬り捨てるからには、それ相応の理由があるはずだ。

「捜査本部が、容疑者と目《もく》している男の名は――葛城文彦だ」

天海は、鈍器で殴られたような衝撃を覚えた。

葛城文彦――。

その名は、忘れたくても、忘れられるものではない。

十五年前、亜美を滅多刺しにした張本人だ。

葛城のあの目が、再び天海の脳裏に鮮明に蘇る。

さあっと音を立てて血の気が引いていく。目眩《めまい》と耳鳴りとに襲われ、平衡感覚を失い、その場に倒れてしまいそうになったが、大黒のデスクに手を突き、何とか堪えた。

「君は、捜査本部の考えに賛同するか？」

「いいえ」

天海は、大黒の問いに対して、即座に否定の言葉を返した。

十五年前の事件のあと、葛城はすぐに逮捕された。目撃証言があったのも大きかったが、指紋などを含めて、現場からは様々な物的証拠が発見された。

葛城の犯行は、極めて場当たり的で、雑なものだった。

しかし、〈悪魔〉の犯行現場はそうではない。

殺害現場は凄惨そのもので、猟奇的な犯行に見えるが、衝動に任せた犯行でないことは明らかだ。

綿密に計画し、緻密な計算の元、秩序を持って犯行が行われている。だから、犯人に繋がる物的証拠が発見されていないのだ。

葛城に、それができたとは到底思えない。

「だったら、私の指示の意味は分かるな」

大黒がきっぱりと言う。

天海は、頷くより他なかった。

第三章　使徒

1

天海は、朽ちかけた古い教会に目を向けた──。

天海の記憶の中にあるそれとは、かなり印象が異なる。それもそのはず。あれから、十五年もの歳月が経過しているのだ。

雑草が、膨《ふく》ら脛《はぎ》の辺りまで生い茂っている。

どうして、この場所に足を運んだのか、自分でもよく分からない。いや、違う。本当は分かっている。

警察は、〈悪魔〉と呼称される一連の連続殺人事件の犯人を、葛城文彦だと考えているようだ。

だが、それはあり得ない。

実際に、葛城が起こした事件に遭遇している天海だからこそ、その思いが一際強いのかもしれない。

正直、こんな形で、再び葛城の名を聞くことになるとは思ってもみなかった。

想定外のことではあるが、〈悪魔〉を追う為には、改めて十五年前の事件と向かい合わなければならないと感じた。

それは、単に葛城が〈悪魔〉ではないと証明するということだけではなく、天海自身が、自分の向かうべき道を模索する為にも、必要なことのような気がした。

――あなたは、なぜ、あの時笑ったんですか？

足を踏み出そうとしたところで、耳許で阿久津の声がした。

阿久津が、どうして天海の過去を気にするのか、最初は分からなかった。

事件を見ていないはずの阿久津が、あの時天海が笑っていたなどと断定することも、不自然極まりない。

では、阿久津はなぜ、あんなことを訊ねてきたのか？

おそらく、阿久津は天海のあの時の感情を知りたかったわけではない。彼は、天海のことを試していたのだろう。

それだけではない。

十五年前に起きたあの事件には、〈悪魔〉の事件に繋がるヒントが隠されているのではないか？

だからこそ、阿久津は十五年前の天海の記憶にこだわった。

あまりに突飛で、ご都合主義な考えであることは重々承知している。それでも、他にすがる場所がないのも事実だった。

天海は、気持ちを切り替え、改めて教会に目を向けた。

朽ちかけたその建物は、圧倒的な存在感を放ち、天海に迫ってくるようだった。

あれは呪縛だ。

今もなお、天海の魂をがんじがらめにしている呪縛──。

怖さがないと言ったら嘘になる。しかしここで立ち止まっていては、何も変わらない。前に進むしかない。

天海は意を決して足を踏み出した。

一歩、また一歩と歩みを進める度《たび》に、天海は過去に遡《さかのぼ》っていくような錯覚に陥った。

歳月とともに薄れ、朧気になっていた記憶が、徐々に修復されつつあるのを肌で感じながら、天海は教会の扉の前に立った。

この教会は、天海の小学校の通学路の途中にあった。

今ほど朽ちてはいなかったが、その当時から、既に無人で、廃墟になっていた。

天海と、友人の亜美は、学校の帰りによくこの教会に立ち寄り、一緒に遊んだりした。

キリストの像が掲げられ、ステンドグラスによって色彩豊かな光が差し込む空間は、少女たちの空想を大いに刺激した。

まるで、自分たちがプリンセスになったような気がして、楽しかった。

天海は扉に手をかけ、ゆっくりと押し開ける。

蝶番《ちょうつがい》が、ぎぃっと軋んだ音を立てながら、扉が開いた。

この扉は、こんなにも重かっただろうか——。

教会の中は薄暗かった。

光を全て呑み込み、影によって支配された世界——そんな印象を抱かせる。

天海は、持ってきた懐中電灯のスイッチを入れた。

その僅かな明かりを頼りに、天海は通路を進んだ。足を踏み出す度に、床板が軋み、耳障りな音を立てる。

かなり、傷んでいるようだ。

「ねぇ。しーちゃん」

声が聞こえた。

現実に耳に響いたものではない。声の主は、記憶の中の亜美だ。天海のことを「しーちゃん」と呼ぶのは、後にも先にも亜美だけだった。

ふっと、天海の前に、一人の少女の姿が浮かんだ。

黒く艶《つや》のある長い髪で、真綿のように白い肌をしたその少女は、紛れもなく亜美だ。

「しーちゃん。あっちに誰かいるよ」

亜美が、手招きをしてから走り始める。

「行っちゃ駄目」

天海は、慌てて手を伸ばしたが、亜美を摑まえることはできなかった。

これは記憶が呼び起こした幻覚のようなものだ。どんなに足掻いても、この先に起こることを変えることはできない。

天海は、ぎゅっと拳を握ったあとに、再び歩き出した。

やがてキリストの像の前に辿り着く。

キリスト教は、大きくカソリックとプロテスタントに分類される。

プロテスタントは、十字架が掲げられているだけで、磔にされたキリスト像があるのは、カソリックの教会の方だけだ。

当時は、そんなことを意識してはいなかった。

そもそも、十字架に磔にされたこの男が、何者であるかなど、気にも留めていなかった。

「ねぇ。何してるの？」

亜美が、キリストの像の前で声をかける。

そこには、一人の男が、祈りを捧げるように跪《ひざまず》いていた。

男はゆっくりと立ち上がり、こちらを振り向いた。酷く暗い目をした男だった。顔色も悪く、ホラー映画に出てくるゾンビのように見えた。

そのくせ、口許には笑みが浮かんでいた。

粘着質で、他人の心をかき乱すような、不快極まりない笑みだった。

その男こそ――葛城だった。

「やっぱり来たんだね」

葛城は、亜美と天海にそう言った。

つまり、葛城は、亜美と天海が、この教会を遊び場にしていることを知っていて、待ち伏せしていたのだ。

あの時――。

天海は、怖いと感じた。

何かよくないことが起こる。理屈ではなく、本能でそう感じた。だから、亜美の手を引いて逃げ出そうとした。

だが、それより先に、葛城が何かを取り出した。

ステンドグラスの光を受け、赤く輝くそれは、刃渡り十五センチほどのナイフだった。

そこから先のことは、記憶が曖昧だ。

何が起きたのか、正確には把握できなかった。

気付いた時には、亜美が床の上に仰向けに倒れていた――。

呼吸や脈を確認したわけではない。そもそも、当時は、それを確かめる術など知らなかった。

それでも、亜美が死んでいることが分かった。

もう動かない。

喋ることも、笑うこともない。

魂を断ち切られた、ただの肉塊と化している。

夥《おびただ》しい量の血が流れ出していた。

買って貰ったばかりの靴が、血で汚れてしまうのが嫌で、思わず足をどけた。

異様だった。

友だちが、目の前で死んでいるというのに、安物の靴のことを気にしている。

あの時の天海は、想像だにしなかった恐怖の波の中で、溺れていた。血溜《ちだ》まりの蟻のように――。

葛城が、血の滴るナイフを持ったまま、じっと天海を見ていた。

逃げようとしているのに、身体が動かなかった。葛城のぎょろっとした目が、天海を搦め捕っていたからかもしれない。

葛城は、ゆっくりとナイフを掲げた。

――私は死ぬんだ。

天海は、自らの死を覚悟した。

赤く染まったナイフが、天海に振り下ろされる。

が、それは途中でピタリと止まった。

時間が止まったのかと思った。

だが、違った――。

しばらくして、男は不思議そうに小さく首を傾げた。

「笑ってるの？」

葛城が訊ねてきた。

天海は、何も答えなかった。喉が震えて声が出なかったのだ。いや、たとえそうでなかったとしても、何も言えなかっただろう。

あの時の天海は、完全に思考が停止していた。真っ白な頭の中から、言葉など出て来ようはずがない。

頭が痛い。

天海は、こめかみを押さえる。倒れてしまいそうになったが、近くにあった椅子に手をかけ、辛うじて堪えた。

過去と現在が混同し、胸が激しくかき乱される。

「そうか。君は、ぼくと同じだね」

葛城が言った。

――何が同じなの?

天海は、答えを求めて顔を上げた。

記憶の中の自分も、顔を上げる。

そうだった。あの時、本当は自分も殺されるはずだった。でも、そうはならなかった。

何かが、葛城の考えを変えさせたのだ。

それは、何だったのか――。

鏡が見えた。

キリストの像の脇に、古びた鏡が放置されていた。埃《ほこり》が積もり、かつての輝きを無くした鏡――。

その鏡の中に、真っ青な顔をした自分の顔が映っていた。

まるで死人のようだ。

そうだ。あの時も、天海は顔を上げて鏡を見た。

そして――。

鏡の中に映ったあの時の天海は――。

笑っていた。

目にいっぱい涙を浮かべ、血の気が失《う》せた頰に、亜美の返り血を浴びながら、天海は笑っていた――。

天海は、その場に立っていることができずに跪いた。

友人が死んでいるというのに――。

これから、殺されるかもしれないというのに――。

笑っていた――。

「君は、ぼくと同じだね」

耳許で再び葛城の声がする。

それが現実なのか、過去の記憶なのか、或いは、天海の生み出した幻聴なのか――もはや、何もかもが分からなくなっていた。

違う――。

本当は、分かっていた。

あのあと、葛城は何も言わずに現場から立ち去った。

どうして天海を殺さなかったのか――そのことは、大いなる疑問として残った。だが、今ならその答えが分かる。

葛城は、友人の死体を前に、笑みを浮かべている天海を見て、同類と捉えたのだ。

だから殺さなかった――。

天海の中に、とてつもない恐怖が広がっていく。

それは、葛城に対するものではない。自分自身に向けられたものだ。

私の中には、悪魔がいる。

目の前で、友人が殺されるのを見て、笑みを浮かべる黒い感情を抱いた悪魔が――。

2

葛城は、口の中でピアスを転がしながら、パソコンのモニターを見つめていた。

表示されているのは、インターネットの掲示板だ。

葛城が、最初に書いた投稿に、次々と見ず知らずの人間が書き込みを続けている。

その反応は様々だった。

ほとんどは、葛城の投稿を虚言だと断じ、批難するものだった。

信じた者もいるが、たいていは「最低」、「人間のくず」、「死ね」など、敵意に満ちた書き込みがされている。

想定内の反応だ。葛城の心は動かない。

自分の価値観にそぐわないものは、嘘であると決めつける浅はかさも、狭い常識を振り翳し、少ないボキャブラリーで批難する器の小ささも、葛城にとっては同種のものだ。

何一つ理解していない連中に、何を言われようと、知ったことではない。

ただ――僅かではあるが、葛城の行動を賞賛する書き込みがあるのも事実だった。

彼ら、或いは彼女たちは、今回の葛城の行動が、神託を受けた者による救済であるということを理解している。

今は、その数は少なく、賞賛した人たちも変人だと罵られているが、それも長くは続かないだろう。

やがて、葛城の行動の正しさを知ることになるはずだ。

葛城がにっと笑みを浮かべたところで、携帯電話に着信があった。

表示は非通知になっていたが、誰からの電話なのかはすぐに分かった。葛城には友人と呼べる人間は一人もいないし、親族からはとっくに見放されている。

その要因は、葛城が十五年前に起こした事件にある。

当時の葛城は、いわゆるニートだった。それまでは、医学部の学生だった。

医者であった両親からの期待を一身に背負い、彼らの望む通りに、真面目に勉学に取り組み、進学したのだ。

友人もそれなりにいた。

心の内を打ち明けられるような、特別な友人はいなかったが、周囲に溶け込むことはできていたと思う。

自分の将来は、生まれた時から決まっていて、それに沿って淡々とやるべきことをこなしていた。

そんな自分にズレのようなものを感じていた。これは、本当の自分なのか？　自分で望んだ道なのか？

自分が、両親の操り人形であるように思えた。

それでも、葛城は期待から外れることができず、なりたい自分よりも、周囲が望む自分の姿を演じ続けてきた。

大学に通い始めてすぐに、一人の女性と交際することになった。

その女のことを、愛していたかどうかは、自分でも定かではない。今となっては、ろくに顔も思い出せないのだから、愛など存在しなかったのだろう。

周囲に焚《た》き付《つ》けられ、その期待に応えなければならないという義務感のようなものから、交際が始まった。

しかし――。

その女は、清純な外観に反し、淫売と呼ぶべき類いの女だった。

葛城の他に、複数の男たちと肉体関係を持っていた。それだけでなく、葛城に金を無心するようになった。

そのことを咎めると、女は逆上し、葛城を罵った。

あんたといても、つまらない。セックスが下手。顔が気持ち悪い——今、思い出しても、吐き気を覚えるような辛辣《しんらつ》で容赦のない悪態だった。

自尊心をズタズタに引き裂かれ、葛城は頭に血が上った。

気付いた時には、女を殴っていた。

生まれて初めて人を殴った。

拳が痛んだ。これまでに味わったことのない痛みだった。ただ、それを不快だとは感じなかった。むしろ、心地よい感触だった。

心の底から、熱い衝動がこみ上げてきた。それは、快感を伴っていた。

だから、続けて何度も女を殴った。

殴るほどに昂揚感が増す。

セックスなどより、はるかに心地よく、言い知れぬ多幸感に溢れていくのが分かった。

そのままいけば、間違いなく女を殴り殺していただろう。その方が、葛城にとっては幸福だったはずだ。

けれども、運悪く騒ぎを聞きつけた人が、警察に通報し、葛城は現行犯逮捕されることとなった。

そのあとは、坂道を転げ落ちるようだった。

女は、刑事告訴と民事訴訟を起こした。高額の慰謝料を払い、示談が成立したことで、執行猶予判決が出たが、大学は退学になった。

だが、そんなものは些細なことだった。

葛城を何より落胆させたのは、両親の反応だ。

父親も、母親も、まるで吐瀉物《としゃぶつ》でも見るような目で葛城を見た。叱責されれば、まだマシだったが、そうされることもなかった。

ただ、全てを諦めたようにため息を吐いただけだった。

それ以来、両親は葛城に対して何も望まなくなった。

これまで期待に応える生き方をしてきた葛城からしてみれば、自分の生きる指標を失ったようなものだった。

自分は、何の為に生きているのか？　これから、どう生きていけばいいのか？

先の見えない闇に堕とされた葛城は、ある日、ふらっと散歩に出た先で、古びた教会を見つけた。

神父はいなかった。

それでも、荘厳な雰囲気は保たれていた。その場所にいるだけで、心が洗われるような気がした。

それ以来、葛城は度々教会を訪れ、懺悔室に入り、妄想に耽《ふけ》るようになった。

ある日——。

そんな葛城に語りかける者があった。

その姿は見えない。しかし、それが神であることが、葛城には分かった。

神は、この世界が、いかに歪んでいるのかを葛城に教えてくれた。正しき者が虐《しいた》げられ、怠惰で不誠実な者が、横暴に振る舞う。

まさに、その通りだと感じた。

そして、そうなってしまっているのには、〈悪魔〉が関係しているのだと神は言った。

〈悪魔〉が人間をたぶらかし、こうした社会の歪みを生み出している。葛城の交際していた女も、〈悪魔〉にそそのかされた者の一人だ——と。

あの女に取《と》り憑《つ》いた〈悪魔〉は、葛城を陥れることが目的だったのだと言う。

「なぜ、そのようなことを？」

葛城が問うと、神は言った。

「君が、私の忠実な下僕だからだ——」

——ああ。そうだったのか。

つまり、葛城は神と悪魔との代理戦争に巻き込まれたということだったのだ。

全てを理解すると同時に、自分が何を為すべきなのかも心得た。自分は〈神の下僕〉となって、〈悪魔〉にたぶらかされた憐れな人間を解放する為に、存在しているのだ。

ところが、具体的に何をすればいいのかが分からなかった。

神もそこまで教えてはくれなかった。

忠誠心を試しているようでもあり、また、為すべき時を待っているようでもあった。

葛城は、懺悔室に足を運び、神託を待つのが日課になっていった。

しかし――。

教会に足を運んでいるのは、葛城だけではなかった。

毎日ではないが、小学生くらいの女の子が入ってきて、甲高《かんだか》い声を上げて笑い合いながら、遊んでいた。

懺悔室にいる葛城の存在には、気付いていないようだった。

静寂を望んでいた葛城にとって、その少女たちは、邪魔以外の何物でもなかった。

苛立ちを募らせながらも、葛城は息を潜め、沈黙を守っていた。

そんなある雨の日――。

待ち望んでいた神託が、葛城に訪れた。

葛城は、歩みを進め、扉を押し開けて、教会の中に足を踏み入れた。

雨を含んだ服が重かったが、そんなことは気にせず、奥へ奥へと歩みを進めた。

キリストの像の前に跪く。

葛城が受けた神託は、少女を殺せ――というものだった。

どうしてなのかと理由を問い質すと、神は〈悪魔〉とだけ告げた。それだけで、葛城は全てを理解した。

あの少女たちは、〈悪魔〉の使いなのだ——と。

だから、神がいるこの神聖な場所を、無邪気に汚しているのだ。

自分の為すべきことを見出した葛城は、すぐさま行動に移した。まず、殺害に必要なナイフを購入した。

アウトドアの店に行き、取り扱いの中で、もっとも刃渡りの大きいものを選んだ。ナイフを持って教会に足を運んだ葛城は、いつものように懺悔室には入らず、キリスト像の前に跪き、少女たちが来るのを待った。そして——。

一人の少女を血祭りにした。

苦しむ間もないほど、無我夢中に何度もナイフを突き立て、少女の命の火をかき消した。

いや、それは表現が少し違う。

葛城は少女を〈悪魔〉から解放したのだ。

もう一人の少女も、〈悪魔〉から解放しようとした。

だが、葛城はそうしなかった。

あの時、もう一人の少女は笑っていた。

葛城は、その真意をすぐに悟った。

おそらく、あの少女は、葛城と同じように神託を受けていたのだ。だから、〈悪魔〉の使いであるもう一人の少女の死を喜んだのだ。

それが分かった。

だから、殺さなかった。

「もしもし――」

葛城は携帯電話を手に取った。

〈私です――〉

涼やかで、繊細さも持ち合わせる、心が洗われるような神の声が聞こえてきた。

携帯電話を握る葛城の手に、ぎゅっと力がこもる。

未だに、神と話をするのは緊張する。まあ、それも仕方のないことだ。相手は、何せ神なのだ。

と、同時に、再び神の声を耳にすることができたという、安堵が胸を埋め尽くす。

葛城は、事件のあと、警察に逮捕され、長い裁判を受けることになった。

何も恥じることはない。自分は、〈悪魔〉にそそのかされた憐れな少女を、解放してやったのだ。

葛城は、最初から素直に真実を喋った。

だが、彼らは葛城の言葉を理解しようとはしなかった。精神に疾患があると決めつけ、精神科病院に強制入院させた。

様々な投薬を受け、意味不明なカウンセリングが毎日のように繰り返された。

気がおかしくなりそうだった。

実際に、葛城はおかしくなっていたのだと思う。

その証拠に、次第に神の声が聞こえなくなっていた。

病院を退院したあとは、再び自らの存在意義を失い、怠惰で自堕落な生活に身を落としていた。

しかし、葛城の前に、彼が——神が再び現れた。

これまでのように、声だけではなく、はっきりとその姿を現したのだ。人間の男の姿をしていた。

ただの男ではない。目を瞠《みは》るほどに美しい男だった。

それから、葛城は神に命ぜられるままに、幾つかの行動を起こした。真莉愛という女を監視したのも、その一つだ。

「ご連絡をお待ちしておりました」

葛城は、口許に笑みを浮かべながら言う。

〈今日はあなたに伝えなければならないことがあります〉

「何でしょう?」

また、新たな神託だろうか?

そうだとしたら、この上なく喜ばしいことだ。葛城は、神の為であれば、自らの命すら投げ出す覚悟が出来ている。

〈警察が、あなたを追っています〉

「警察が？」

前回も、邪魔をされた。今回もまた、邪魔をするというのだろうか――。

〈カーテンを少しだけ開けて、外を見て下さい〉

神に指示された通り、葛城は窓にかかったカーテンを少しだけ開け、外の様子を窺う。

雨で視界が悪かったが、少し離れた場所に、見慣れない車が停まっているのが見えた。

中に人影がある。

それだけではない。道の角にも、傘を差して立っている人の姿が見えた。

確認できたのはそれだけだが、おそらく他にもいるのだろう。

「私は、どうすれば……」

志《こころざし》半ばの状態で、警察に捕まるわけにはいかない。

〈安心して下さい。私に考えがあります――〉

葛城は、神の言葉にほっと胸を撫で下ろした。

そうだ。自分には、神がついている。何も慌てることはない。警察などに、捕まるはずがない――。

3

低くなった雲と地上の間に、青い稲妻が走った――。

少し間を置いて、どんっと地面を揺さぶるような轟音《ごうおん》が響き渡る。

ポツポツ――と雨が降り始めた。

天海は、どんよりと厚い雲を睨んでため息を吐きつつ、歩みを進めた。

瞬く間に雨は大粒になり、天海を濡らす。

いい大人が、ずぶ濡れになって歩く姿はみっともない。コンビニで傘を買えば、それで済む話だが、どうしてもそういう気になれなかった。

むしろ、身体の内側から放出する、不快な熱を冷やしてくれる雨を、心地よいとすら感じていた。

雨で霞《かす》んだ視界の向こうに、目指すべき建物が見えてきた。

天海は、歩調を速める。

官舎のエントランスに辿り着いた天海は、部屋番号を入力して、呼び出しのボタンを押した。

しかし、応答する者は誰もいなかった。

悪態を吐きたくなる気持ちを、何とか堪えた。そうした言葉を口にするほど、自分の存在が穢《けが》れていくような気がした。

何にしても、不在なのであれば、こんなところで呆けていても仕方ない。他を当たるまでだ。

踵を返して歩き出そうとした天海は、思わず足を止めた。

そこには、天海が捜していた人物——阿久津が立っていた。傘を差し、いつも無表情な彼にしては珍しく、驚いた表情を浮かべている。

「こんなところで、何を……」

「私は、あの時、笑ってたんです」

天海は、阿久津の言葉を遮るように言い放った。

一分、一秒でも早く、胸の内にあるものを、吐き出してしまいたかった。おそらく、そうすることで、誰かに赦《ゆる》しを乞おうとしていたのかもしれない。

そして、その相手は、阿久津でなければならなかった。

あの時、天海が友人であるはずの亜美の死体を前に、笑っていたことを、唯一指摘した、この男でなければならない。

「いきなり、どうしたんですか？」

阿久津は、訳が分からないという風に、眉間に皺を寄せながら首を傾げる。

「どうも、こうもありません。あなたが言ったんです」

自然と口調が荒くなる。

阿久津に当たったところで、何かが変わるわけではない。そんなことは分かっている。それでも、他にどうしようもなかった。

「濡れますよ」

阿久津は、参ったな――という風な顔をしながら、天海に傘を差し出してきた。

気付いた時には、天海はそれを振り払っていた。

雨の中、ビニール傘がころころと転がり、逆さになった。

天海はもうずぶ濡れだ。今さら、傘を差したところで、大して変わりはしない。いや、そういうことではない。

傘を差すことで、阿久津がまたはぐらかすのではないかと思った。

「亜美が、血を流して倒れているのを見て、私は、靴が汚れるのを避けて、足を引いたんです」

「…………」

「本当に、仲のいい友だちだったんです。それなのに、私は、その死より靴を気にした」

「そんな自分が許せないと？」

阿久津が、低い声で訊ねてきた。

彼の顎から、ぼたぼたと水滴が垂れている。

天海が傘を撥ね除けたせいで、阿久津も豪雨に打たれることになった。そんな当たり前のことに、今さらのように気付く。

それでも、ここで傘を拾おうという気は起きなかった。

天海の心の堤防はとうに決壊し、溢れ出した感情は、自分でもどうにもコントロールができなかった。

心理学の知識を身につけたはずが、この様《ざま》だ――。

「最初は、状況が呑み込めていないから、そんな行動に出たのだと思いました。現に、そうだったと思います。でも、そのあと私は……」

言葉が詰まった。

その先を口にすることは、自分の中にある黒い衝動を認めることにもなる。

それは、果てしなく怖ろしかった。

自分自身が、これまでとは異なる何か――に変貌してしまうような気がした。

しかし、逃れることはできない。

自然の猛威を前にした人のように、ただ呆然とその巨大な力に、呑み込まれるしか道は残っていない。

そのあと、生き残るかどうかは神のみが知る領域だ。

「笑ったんです――」

天海は、言うのと同時に、全身の力が抜けたような気がした。

今、立っているのは、辛うじて肉体がバランスを取っているからに他ならない。

「どうして笑ったのか――その理由は分かりましたか？」

阿久津が言った。

「最初は、自分が殺されなかったことに、安堵したんだと思っていました。いえ。そう思い込もうとしたんです」

天海は、首を左右に振った。

あの極限状態の中で、自分が生き残ったことに安堵して、笑みを浮かべる。それは、決して恥ずべき行動ではない。

むしろ、自然なことだっただろう。

「そうではなかった？」

阿久津が聞き返してくる。

天海は頷いた。

「私は、男が立ち去る前に笑ったんです」

葛城が立ち去ってから、笑ったのであれば、生き残ったことに対する安堵という説明も成り立つが、葛城はまだその場にいたのだ。

「…………」

「あの時、男が言ったんです。君は、ぼくと同じだね——と。あの言葉の意味が、私には分からなかった。私を殺さなかった理由も……」

天海は、その答えを見つける為に、犯罪心理学を学び、警察に入ったと自負していた。

しかし——。

それは、とんだ幻想だった。

本当は分かっていた。なぜ葛城が、天海を殺さなかったのか、あの言葉の意味は何だったのか——。

「答えは出ましたか？」

阿久津が問う。

「はい。あの時、私は、亜美の——友だちの死体を見て、美しいと感じたんです。命を絶たれ、肉塊と化した友人を見て、興奮したんです」

じわっと下腹部が熱を帯びた。

おかしかった。身体の芯は身《み》悶《もだ》えるほどに熱いのに、鳥肌が立ち、指先が小刻みに震えた。

相反する二つの想いが、天海を蹂躙《じゅうりん》しているようだった。

「それに気付いたから、あの男は私を殺さなかった……」

天海は最後の力を振り絞るように言った。

あの時、葛城は、天海が心の中に、同種の闇を持っていると悟ったからこそ、天海を殺さなかったのだ。

そして、天海は、あの時、自らの中に生まれた歪んだ欲求を封じ込めた。なかったことにした。

それでも、潜在意識の中で、あの感情の正体を追い求めた。だから——。

犯罪心理学を学んだのだ。

天海が、本当に探していた答えは、犯罪者の心理ではなかった。自分の中に眠る、あの感情の正体だった。

友人の死体を見て、美しいと感じてしまった、歪んだ想いが何だったのか——それを追い求めていたのだ。

「それは、呪いです——」

長い沈黙のあと、阿久津が言った。

雨粒が目に入ってしまい、視界がぼやけて、どんな表情を浮かべているのかは分からなかった。

「呪いとは、どういう意味です」

「あなたが笑った理由は、たぶん、自分が殺されなかったことに対する安堵です」

「違います。私は……」

「ですから、それが呪いだと言っているんです」

「…………」

「男の言った言葉で、あなたは、自分が殺人者と同じ、暗い欲求の持ち主だと思い込んでしまった。しかし、それを認めることができずに、心の中に歪みを作ってしまったんです」

できれば、阿久津の意見を受け容れたい。そうすれば、自分は少し楽になれる。

――そうか。

ここに来るまで、天海は赦しを乞おうと思っていた。

けれども、そうではなかった。天海が本当に望んでいたのは――罰だったのだ。

誰かに、罰を与えて欲しかった。

「いいえ。私は、歪んだ欲求を抱いているんです。心の中に、〈悪魔〉を宿しています」

「〈悪魔〉は一人で充分です」

阿久津が頭を振った。

「私は……」

「いいでしょう。交換条件です」

阿久津が、一歩だけ天海に歩み寄った。

たった一歩――。

だが、その一歩は、これまで天海と阿久津を隔てていた壁を越えるものである気がした。

「交換条件？」

「お忘れですか？　質問は交互に。あなたは、私の質問に答えてくれました。今度は、私が答える番です――」

言われて、ようやく思い出す。

自分の感情に振り回され、完全に我《われ》を失っていたようだ。そもそも、天海が過去に向き合うことになったのは、阿久津が交互質問の中で投げた問いが発端だった。

一気に、思考が現実に引き戻される。

「阿久津さんは、いったい何を知っているんですか？」

天海が声を上げると、阿久津は呆れたような笑みを浮かべ、僅かに俯いた。

「あなたという人は、本当に不可解です」

「また、はぐらかすんですか？」

天海が詰め寄ると、阿久津は「いいえ。そのつもりはありません」と応じつつも、転がっている傘を拾い、そのまま官舎のエントランスに入って行こうとする。

「待って下さい。逃げるつもりですか？」

「まさか。約束は守ります。私の摑んでいる情報を話します。ただ、こんなところで、話を続けていては、風邪を引くどころじゃ済みませんよ」

阿久津に指摘され、急に寒気を覚えた。

気が逸《はや》り過ぎて、周りが見えなくなっていた。

「取《と》り敢《あ》えず、入って下さい。せめてタオルで身体を拭くくらいしないと、本当に身体を壊しますよ」

「はい……」

天海は、か細い声で応じると、阿久津のあとに続いて官舎に入った――。

4

細い路地の入り組んだ住宅街に、消防車のサイレンの音が響き渡った――。

木造のアパートの一角から、出火したのだ。

降りしきる雨の中、真っ赤に染まった炎が夜空に立ち上り、木造二階建てのアパートを、瞬く間に包んでしまった。

ただでさえ狭い道なのに、違法駐車の車両や、わらわらと湧き出た野次馬のせいで、消防車はなかなか前に進めない。煙が漂う中、あちこちで怒号も飛び交っている。

菅野は、混沌《こんとん》としたその現場を、冷めた目で見ていた。

「菅野さん」

スーツ姿の男が声をかけてきた。

佐久間だった。

「どうしてここに？」

そう続けた佐久間の顔は、見るからに焦りが滲んでいた。

「偶々通りかかっただけです。火災ですか？」

「ええ。まあ……」

佐久間が、視線を足許に落とした。

この男は刑事に向いていない。こうも、感情がだだ漏れになってしまっては、捜査に支障を来すだろう。

実直さは、人としては好まれるだろうが、刑事は平然と他人を欺《あざむ》かなければならない。容疑者に対しということだけでなく、警察組織の中で這《は》い上《あ》がって行くということは、そういうことだ。

「単なる火災というだけではなさそうですね」

菅野が言うと、佐久間の顔が引き攣った。

「どうして分かるんですか？」

惚けた調子の佐久間に、腹が立ったが、それを表に出すことはなかった。

「火災だけなら、わざわざ捜査一課の刑事が、出張ってくることもないでしょう。あそこにいるのも、刑事ですよね」

菅野は、燃え上がるアパートの前で、呆然と立ち尽くしている、別の男に目を向けた。

恰好と雰囲気からして、ただの野次馬でないことは明らかだ。

「いや、実はそうなんです。少しばかり問題がありまして……」

佐久間が、参ったという風に頭をかいた。

「どんな問題ですか？」

「実は……例の〈悪魔〉の事件で、容疑者と見られる男をマークしていたんですが……」

「その容疑者の部屋から出火した——ということですか？」

火の手が上がるアパートに目を向けながら訊ねた。

「はい」

「それで、その容疑者はどうなったんです？」

「それが……。あの火の勢いですから、まだ確認が取れていないというか……」

口にしながら、額に玉のような汗が浮かんでいる。

突然の火災で混乱していたとはいえ、容疑者をマークして張り込みをしておきながら、見失ったとなれば、叱責程度では済まされないだろう。

しかも、マークしていたのは、あの〈悪魔〉と目される男なのだ。

最高責任者である宮國の狼狽《ろうばい》ぶりが目に浮かぶが、今の菅野は、そんなことを気にかけている余裕はない。

こうやって平静は装っているが、内心では怯えていた。

「そうですか。で、その男の特徴は？」

「え？」

菅野の問いに、佐久間が首を傾げる。

「私もこの近辺を捜してみます」

「いや、しかし……」

管理職に、そんなことはさせられない——と顔に書いてある。或いは、管轄の違う人間に、情報を提供していいのかという躊躇いかもしれない。

「少しでも人手が多い方がいいでしょう」

菅野が告げると、佐久間は「分かりました」と応じて、容疑者が葛城という男であることと、その特徴を簡潔に伝えてきた。

葛城の容姿など、とっくに頭に入っているが、素知らぬ顔でメモを取ったあと、その場をあとにした。

これで、万が一の時の逃げ道が出来た。

菅野は周囲を捜索する素振りを見せながら、火災現場から離れていく。

人の密度も、煙も薄くなったところで、改めて火災現場の方向に目を向ける。赤い光が、空を照らしていた。

菅野は、黙々と歩みを進め、三百メートルほど離れたところにあるコインパーキングに足を踏み入れた。

十台停められるスペースに、四台ほどの車が停車している。

その中の一台。グレイのセダンが、菅野の車だ。注意深く、周囲に視線を走らせ、誰もいないことを確認してから運転席に乗り込んだ。

ルームミラーに視線を向けると、後部座席に蹲《うずくま》るようにしている人の姿が見えた。葛城に間違いない。

警戒心を剝き出《だ》しにして、パニック寸前なのが分かる。

「私は、お前と同じ〈神の下僕〉だ」

菅野が口にすると、葛城が僅かに顔を上げた。

「それは本当か？」

「そうだ。合図をするまで、これを被ってじっとしていろ」

菅野は助手席に用意しておいた黒い布を、後部座席に放り投げた。

葛城は、大人しく黒い布を頭から被り、後部座席の床に蹲った。簡易的だが、何とか誤魔化すことはできるだろう。

菅野は小さく息を吐いてから、車をスタートさせた。

細い路地を注意深く抜け、幹線道路に出ようとしたが、その直前の交差点で、検問をしている制服警官の姿が目に入った。

葛城の逃亡を防ぐ為の処置だ。

菅野は、スピードを落として車を停めると、すぐに警察手帳を提示した。

「菅野だ」

「ご苦労様です」

制服警官が敬礼をした。菅野が事件の担当だと勘違いしているようだった。

「重大事件の容疑者だ。何があっても見逃すなよ」

「はい」

再度敬礼した制服警官に、軽く手を振ってから、アクセルを踏み込んだ。

制服警官の姿が、見えなくなってから、菅野はふうっと息を吐く。

葛城が自らの部屋に火を点け、その混乱に乗じて菅野が葛城を逃走させる。だが、それだけだと、すぐに捕まる可能性がある。

現に、こうやって検問が敷かれていたのだ。

それをかいくぐる為に、ドアのロックをかけないまま、菅野の車を予めコインパーキングに停めておき、そこに隠れさせる。

あとは、菅野が車に乗って、葛城を連れ出せばいいだけだ。

仮に、途中で見咎《みとが》められるようなことがあったとしても、菅野は葛城の捜索に協力していたという言い訳が成り立つし、この状況であれば、後部座席に潜んでいたことに気付かなかったともいえる。

最悪、後部座席から、葛城に脅されていたと言えばそれで済む。

警察の動きを知り尽くした、狡猾《こうかつ》で抜け目のない計画だが、立案したのは菅野ではない。悪魔だった——。

菅野は、悪魔の正体は大黒だと踏んでいたが、とんだ見当違いだった。だから、殺すことなく、手を組むことにした。そうした方が都合が良いと考えたからだ。

何にしても、これからが正念場だ。

こうなってしまった以上は、もう後戻りはできない。何としても、計画を完遂させるしかない。

ふとルームミラーに目を向けると、笑みを浮かべた自分の顔が映っていた。

これだけ切迫した状況でありながら、なぜ笑っているのか——菅野自身、よく分からなかった。

5

阿久津の部屋は、よく整頓され、片付けられていた。無駄なものが一切置かれておらず、生活感が感じられない。まるでモデルルームのような部屋だった。

玄関に、額に入った風景画が一枚飾られていた。繊細なタッチで、美しい絵だが、それが余計にモデルルームのような印象を強めている。

この部屋は、阿久津の人格をそのまま体現しているようだ。

まあ、天海も他人のことを言えない。部屋に生活感が無いのは、天海も同じだ。

「バスルームはそこです。タオルは棚に入っているものを自由に使って下さい。それから、着替えとして、これを使って下さい」

てきぱきと言いながら、阿久津がスウェットを天海に手渡した。

勝手に押しかけたのは天海だ。びしょ濡れになっているのも、自分のせいだ。あまり阿久津に迷惑をかけるわけにはいかない。

「私は大丈夫です」

天海が言うと、阿久津がげんなりしたようにため息を吐いた。

「意地を張るのは勝手ですが、体調を崩されても困ります。それとも、私があなたに性的な暴行を加えるとでも？　もし、そのようにお考えでしたら、着替えが終わるまで部屋から出ています」

阿久津は、早口に言うと、本当にそのまま部屋から出て行こうとする。

天海は、慌てて「待って下さい」と呼び止めた。

「分かりましたので、部屋にいて頂いて構いません」

そんな態度を取られたら、阿久津の方に、まったくその気がないのに、天海が高い自意識から必要以上に警戒しているみたいになってしまう。

それに、濡れているのは阿久津も同じだ。そのまま外に出たのでは、阿久津の方が体調を崩しかねない。

「バスルームに、乾燥機付きの洗濯機があるので、それを使って服を乾かして下さい」

阿久津は、淡々と言うと天海に背中を向けた。阿久津の方が先にバスルームを使うべきだと思いはしたが、口に出しても拒絶されるのが目に見えている。天海は、諦めてバスルームに入った。

脱衣所の鏡に、自分の顔が映った。

髪は雨で濡れていて、化粧はすっかり落ちてしまっている。我ながら酷い有様《ありさま》だと思う。

今になって思えば、阿久津と話すのは明日でも良かった。

にもかかわらず、半ば強引に押しかけてしまった。

なぜ、こんなことをしたのか、自分でもよく分からない。いや、そうではない。天海は、少しでも早く、誰かに過去のトラウマを払拭《ふっしょく》して欲しかったのだ。

その相手が、阿久津だったのは、彼に特別な感情があったからではない。彼が、天海の心のトラウマに、唯一気付いていたからだ。

でも——。

どうして、阿久津は知っていたのだろう。

天海自身が気付いていなかった、心の闇を、なぜ知ることができたのか？

鏡の中の自分に問いかけてみたが、答えは返ってこなかった。

しばらく、考えを巡らせていた天海だったが、はっとして気持ちを切り替えた。いつまでもバスルームに籠《こ》もっているわけにはいかない。

服を脱ぎ、乾燥機に押し込みスイッチを入れると、濡れた髪と身体をタオルで拭い、渡されたスウェットに着替えてからバスルームを出た。

リビングにいた阿久津は、既に着替えを済ませていた。

「これを見て下さい——」

部屋に戻るなり、阿久津がSDカードを天海に向かって放り投げてきた。

咄嗟のことに、思わず取り落としそうになったが、何とか両手でキャッチする。

「これは何ですか？」

「中身を見てみれば分かります」

阿久津が目を細め、テーブルの上に置いてあったノートパソコンを開いた。

何を考えているのかは分からないが、車内の会話の流れからして、この中に、阿久津が隠している何か——が入っているということだろう。

天海は、阿久津のノートパソコンの前に移動し、スロットルにSDカードを差し込んだ。

ノートパソコンのモニターには、真莉愛の事件が発生した日の日付がついたフォルダが表示される。

フォルダを開くと、複数の写真データのファイルが入っていた。

ダブルクリックして、写真を表示させる。

犯行現場の写真だった。

両手を広げた状態で、天井からぶら下がっている様は、やはり目を背けたくなる。

——本当にそうだろうか？

じりっと胸の奥が疼く。

若い女性が、無残に命を奪われた。残酷な光景であるはずなのに、まるで絵画のような美を感じる。

それは、やはり天海の中に〈悪魔〉が眠っているからではないのか？

さっき阿久津に否定され、一度は収まったと思ったにもかかわらず、再び心が揺れる。

――駄目だ。

天海は自らを叱咤《しった》し、マイナス方向に引き摺られる思考を断ち切った。今は、自分のことはいい。それよりも事件だ。

天海は、フォルダの中にある写真を次々と表示させていく。

阿久津がわざわざ見せたのだから、この写真の中に、事件の真相に繋がる何か――があるはずだ。

だが、幾ら写真を凝視しても、何も見えてこない。

「018のデータを見て下さい」

阿久津がポツリと言った。

「018……」

天海は、写真のファイルに振られた番号を目で追って行く。

――あった。

指定されたファイルをダブルクリックして、画像を表示させる。

が、表示された写真は、天海の想像とは異なるものだった。死体発見現場となった廃工場を、外から撮影したもので、幾人かの野次馬が群がっているのが見えた。

「これで間違いありませんか？」

天海が問うと、阿久津は自信たっぷりに頷く。

建物の外観に事件のヒントが隠されているということか——。

天海は、角度を変えたりしながら写真を眺めてみたが、特に変わったところは見られないように思う。

「その中に、犯人が写っています」

阿久津がさらりと言った。

「え？」

あまりのことに、天海は驚愕の声を上げた。

犯人が、犯行現場に姿を現すというケースはよくあることだ。

「防衛的な露出行動もしくは、反動形成に陥っている——と阿久津さんは考えているんですね」

天海は、頭の中を整理しながら言う。

防衛的な露出行動は、自分のコンプレックスなどを、自分から露出することで、指摘された時のダメージを最小限に抑える行為だ。

殺人事件の犯人などが、率先して捜査に協力したりするのは、防衛的な露出行動からくるものだ。

反動形成は、自らのコンプレックスを隠す為に、敢えて逆の行動を取るというものだ。実際にできないことを、できると口走ったりするのは、反動形成からくる。

いずれにしても、犯人は怯えているからこそ、リスクを冒してまで犯行現場に足を踏み入れるのだ。

「違いますよ」

天海の意見を、阿久津があっさり否定した。

「どう違うんですか？」

頭ごなしに否定されたことで、少し腹が立った。

「犯人は自らの犯行に自信をもっています。コンプレックスも無ければ、怯えもありません」

「だったら、犯行現場に足を運ぶ必要はないと思いますが……」

「彼は、単純に見たかったんです。自分の犯行現場を、周囲の人がどんな顔で見るのか──を」

「どうして、そう思うんですか？」

「犯人を見れば、自《おの》ずとその答えが見えてくるはずです──」

阿久津はそう言うと、天海を押しのけるようにして、ノートパソコンの前に立ち、手早くマウスを操作し始めた。

カーソルの無駄のない精密な動きを幾つか経て、モニターに写真のある一部を拡大したものが表示された。

そこには、俯き加減に立っている青年の姿があった。

画像が粗く、顔立ちなどははっきりしないが、彼が着ている黒いパーカーには見覚えがあった。

「この人……」

天海は、思わず声を上げる。

「気付きましたか？」

「現場に行った時、私は、この青年とぶつかりました」

天海の脳裏に、あの時の光景が蘇る。

急いでいたせいもあり、うっかりこの青年を突き飛ばしてしまい、手を貸して助け起こそうとしたのだ。

「思い出して欲しいのは、そっちじゃないんですよ」

阿久津が、参ったな——という風に苦笑いを浮かべる。

「どういうことですか？」

天海が聞き返すと、阿久津はふっと小さく息を吐いた。

「確かに画像は粗いですが、あなたほどの洞察力があれば、気付くと思うんですけどね」

「何が言いたいんですか？」

「あなたは、犯行現場以外で、彼に会っています」

——そんなはずはない。

否定しようとした言葉を、天海は呑み込んだ。

思い出した。

阿久津が指摘した通り、天海はこの青年に、もう一度会っている——。

急速に蘇ってきた記憶に、天海は戦慄した。

「大学で会った彼ですね」

天海が口にすると、阿久津が満足そうに頷いた。

犯行現場では、急いでいたし、雨が降っていた。それに、彼はパーカーのフードを被っていたので、その顔ははっきり見えなかった。

こうして言われてみると、確かに大学で会った彼と、同一人物であった気がする。

ここでふと疑問が浮かんだ。

阿久津は、どうして彼を犯人だと考えているのか？

だが、それを口にすることはなかった。考えるまでもなく、理由に思い至ったからだ。

被害者と同じ大学に在籍する彼が、偶々、犯行現場にいたとは考え難い。もし、偶然だというなら、大学で天海に会った時、そのことを言って然《しか》るべきだ。

ところが、彼はそうしなかった。

もちろん向こうも天海の顔を覚えていなかったということも考えられるが、それは不自然なような気がした。

「つまり、阿久津さんは、この彼が犯人だと考えているんですね」

「そうです」

阿久津が自信に満ちた顔で頷いた。

「もし、彼が犯人だとしたら、やはり防衛的露出行動を取ったということですよね」

だから、彼は大学内で、わざわざ天海に接触を図ってきた。そう考える方が、自然であるように思える。

「それはあり得ません」

阿久津が真っ向から否定する。

「どうしてですか？」

「これは、彼の犯行動機に関わる部分でもあります」

「犯行動機——」

阿久津は、犯人が誰かというだけでなく、既に犯行動機すら見抜いているというのか

――。

「彼が在籍している大学は、何を専門にしているかは、ご存じですよね」

阿久津の放った言葉が、鋭い刃となって、天海の身体を貫いたような気がした。

自分の心の中から、何かが流れ出していくような気がした。

息が苦しい。

目眩がして、地面がぐらぐらと揺れる。だが、実際にそうなっているわけではない。心に衝撃を受けたことで、平衡感覚を失っているのだ。

――何ということだ。

「つまり、あれは作品だった――と？」

天海は自らの身体を支えるようにデスクに手を突き、上目遣いに阿久津を見た。

「ご名答」

阿久津が冷淡に言った。

――そんなバカな。

否定しようとしたが、言葉が出なかった。阿久津の推論を当て嵌めることで、これまで謎だった様々な事象の答えが導き出された。

なぜ――両手を広げた状態で、被害者を天井から吊したのか？

なぜ――被害者の髪を洗い、化粧を施したのか？

なぜ――ピアスだけ持ち去ったのか？

なぜ――犯人は現場に足を運んだのか？

それらの疑問の答えが、全て一つの答えに凝縮されていく。

――あれは、作品だったのだ。

頭の中に、犯行現場の光景が浮かぶ。

不思議なことに、その映像は脳内で変化が加えられた。コンクリートの床が絨毯《じゅうたん》に、鉄骨が剝き出しの天井は、ライトが埋め込まれた明るく白いものに――。

寂れた空間が、天海の中で、瀟洒《しょうしゃ》な美術館に変貌した。

そして――。

被害者を見上げる自分の姿が、作品に感銘を受ける観覧客に思えた。

――そんなはずはない！

天海は、慌てて頭の中に浮かんだイメージを振り払った。

乱れる呼吸を整え、気持ちを落ち着かせる。

信じ難いことではあるが、阿久津の推理は筋が通っている。

真莉愛の事件に限らず、これまでの〈悪魔〉の犯行は、全て作品だったと捉えると、腑《ふ》に落ちる部分がたくさんある。

被害者に一貫性がないのは、作品のモチーフが違うからだし、殺害方法が異なるのは、モデルのポーズを変える感覚なのだ。

ふと、真莉愛の部屋で見た、グロテスクな画集が浮かんだ。

もしかしたら、犯人は、真莉愛のそうした嗜好を見抜いた上で、モデルとして彼女を選んだのかもしれない。

色々なことに納得すると同時に、天海の中に最大の疑問が浮かんだ。

阿久津は、いったいいつからこの事実に気付いていたのか？

初めて阿久津に会った時のことを思い出した。

阿久津は、被害者である真莉愛の前に跪き、まるで祈りを捧げるようにその手を取って目を閉じた。

天海は、あの姿を美しいと感じた。

そうか——おそらく、阿久津はあの時から、真莉愛の死体が作品であると気付いていたのだ。

だから、天海に何も語ろうとはしなかった。解剖の時も、一人だけ異なる見解を持っていた。

大学に足を運んだ時も、聞き込みをするという意図はほとんどなかった。

あの時、阿久津は既に現場に犯人がいたと分かっていたのだろう。そして、その人物を見つけ出すことが目的だった。

そのため、自分からはほとんど喋ろうとはしなかった。

犯行現場を外から写した写真から、丹念に犯人と思しき人物を捜していたのも、犯人の意図が分かっていたからに他ならない。

――まさに〈予言者〉。

監察医の佐野が言っていた、阿久津の渾名の意味を、今ごろになって実感した。その類い稀な洞察力と推理力で、他とは異なる結論を導き出している。

大黒が、阿久津のことを特別視していた理由も頷ける。

「捜査本部にも、このことを伝えて、彼のことを徹底的にマークしましょう」

天海は、モニターに映る彼のことを指差した。

「駄目です」

阿久津が、迷うことなく否定する。

「どうしてですか？」

「現段階では、あくまで状況証拠に過ぎません。下手に動けば、こちらの動きを気取られ、証拠隠滅を図られる可能性があります」

阿久津の言い分は、確かに一理ある。

しかし――。

「だからこそ、物的証拠を集め、彼の容疑を固める為にも、人員が必要なのではないですか？」

二人だけでは、捜査が遅延することは明らかだ。そうなれば、やはり逃げられる可能性が高くなる。

それならば、気取られるリスクはあるものの、人員を投入して、一気に逮捕までの道筋を作った方がいいように思える。

「あなたは、肝心なことを見落としています」

「何です？」

「彼の名前は、宮國晴人《はると》といいます――」

阿久津が、その名を口にした。

そういえば、大学に行った時、彼にだけ名前を訊いていなかった。だが、阿久津は既に彼の素性を調べてあるようだ。

いつの間に――とその行動の早さに驚くとともに、彼の名を聞いてから、じわじわと嫌な感覚が胸の中に広がっていくのが分かった。

――まさか、そんなはずはない。

否定しようとしたが駄目だった。もし、天海の考えが正しいのだとすると、これはとんでもない事件に発展する。

「もしかして、刑事部長の？」

天海は、おそるおそる訊ねた。

阿久津は、しばらく間を置いてから、ゆっくりと首を縦に動かした。

「お察しの通りです」

――何ということだ。

この青年――宮國晴人は、警視庁の捜査本部を束ねる宮國の肉親。おそらくは息子だろう。だから、阿久津は自分の考えを押し隠したまま行動していたのだ。

今さらになって、阿久津の真意を知った。

彼は、何も意地悪で天海に隠し事をしていたわけではない。刑事部長の息子を、犯人として疑っているなどということが広まりでもしたら、警察内での阿久津の立場は悪くなる。

いや、阿久津に限って、そんな自己保身的な考えはないだろう。

阿久津がもっとも怖れていたのは、捜査に対して何かしらの圧力がかかることだ。そうなれば、犯人をみすみす取り逃がすことになる。

さっき、捜査本部に進言することを否定されたが、今は天海も同じ意見だった。

物的証拠が挙がるまでは、秘匿した状態で捜査を続けなければならない。

もしかしたら――大黒が、〈特殊犯罪捜査室〉を設立したのは、こうしたことが起こり得ることを見越していたからなのかもしれない。

大黒は、元は内部監査室の室長であり、〈黒蛇〉と畏《おそ》れられた人物だ。内部の腐敗を嫌というほどに目にして来ただろうし、それにどう対処していくべきかを考えていて然るべきだ。

阿久津のパートナーとして、天海を引き抜いたのも、まだ新人で、警察組織に染まっていないということがあったのかもしれない。

「すみませんでした――」

天海は、阿久津の顔を真っ直ぐに見据え、詫びの言葉を口にした。

阿久津は、たった一人でこの状況を抱えてきていた。にもかかわらず、天海はそれを察することなく、阿久津を質問責めにしていた。

それればかりか、真実を隠し続ける阿久津を批難してもいた。

しかし、それは誤りだった。

「妙な人ですね。私があなたに隠し事をしていたのは事実です。謝る必要はありませんよ」

阿久津は表情を変えることなく言った。

その場を取り成しているのではなく、本心から出た言葉のようだった。だが、それでも――。

「いえ。私は、阿久津さんを誤って認識していましたから……」

「やはり、妙な人だ」

阿久津が微かに笑みを浮かべた。

初めてみせる阿久津の緩んだ表情に、天海はぎゅっと無造作に心臓を摑まれたような気がした。

ミラーの法則が思い起こされる。

天海が見方を変えたことで、鏡の中に映る阿久津の姿が、これまでとはまったく異なるものに見えた。

どう違うのかは、上手く説明できない。ただ、これまでに抱いたことのない感情が芽生えているのは事実だった。

携帯電話の着信音が鳴り響いた。

阿久津の携帯電話だった。

「阿久津です」

電話に出た阿久津の顔に、暗い影が差したような気がした。

6

晴人がリビングに向かうと、ちょうど父が帰宅したところだった——。

いつになく気難しい顔をしている。おそらく、事件のことだろう。

こうやって、比較的早い時間に帰宅したのは、捜査が落ち着いているからではなく、これから泊まり込みになることを想定して、着替えを取りに来たからだろう。

「大変そうだね」

晴人が声をかけると、父は眉間に皺を寄せたまま、「色々とあってな」とため息交じりに答えた。

「学校はどうだ?」

ソファーに深く腰掛けながら、さして興味もないクセに、話題を振ってくる。

こんなことで、息子とのコミュニケーションが取れていると思っているのだから、目出《めで》度《た》いとしか言い様がない。

「それなりに順調だよ」

晴人が笑顔で答えると、宮國は「それならいい」と、さっきまでより一層、感情のこもっていない声で答えた。

この男は、被害者の為に、事件に没頭しているのではなく、その結果として得られる自らの出世と保身こそが目的なのだ。

晴人は、改めて父の顔を見て虫酸が走った。

頬はだらしなく下がり、肌はくすんでいる。眉間に深く刻まれた皺は、決して消えることがない。醜く、歪んだ精神が、そのまま現れているようだ。

自分の身体の中に、半分とはいえ、この男の遺伝子が組み込まれていると思うだけで、気が狂いそうになる。

後妻である女が、着替えなどを詰めたバッグを持ってリビングに入ってきた。

晴人を見て「あら、帰ってたの」などと言いながら笑みを浮かべる。

この女も、実に醜い。

たるんだ肉を、服で締め付け、年甲斐《としがい》もなく、肌を露出している。容姿のみで、生きていけると勘違いしているようだが、そんなものが通じるのは若いうちだけだ。

年齢を重ねてからも、こうして女を売りにしているのは、惨めとしか言い様がない。

母は、こんな淫売みたいな女ではなかった。

もっと品位があり、慎《つつ》ましく、そして何より、美しかった。

そう。彼女のように――。

母は、晴人が中学生の時に癌《がん》で亡くなった。

げっそりと痩せ、骨と皮だけになり、かつての美しさが損なわれたのは事実だが、それでも最低限の品位は持ち合わせていた。

目の前のこの女のように、性をひけらかしたりはしなかった。

母が死んで、一年と経たずに、この女が家に上がり込み、ほどなくして再婚した。

本人たちは素知らぬ顔をしているが、母が病床にあった頃から、この二人が関係を持っていたことを晴人は知っていた。

よくも、平然としていられるものだと逆に感心してしまう。

だが、晴人も似たようなものだ。知っていながら、黙して語らず、聞き分けのいい息子を演じ続けている。

時々、偽りに満ちたこの家を、徹底的に破壊してしまいたいという衝動に駆られる。

方法は至って簡単だ。

父親であるこの男に、自分のやっていることを教えてやればいいだけだ。

たったそれだけのことで、脆《もろ》くも崩壊する。

砂上の楼閣そのものだ。

己の保身だけを考え、権力に執着しているこの男が、全てを失い失墜していく様は、さぞや面白いだろう。

義母であるこの女にしても同じだ。

この女は、打算を繰り返し、その肉体を武器に、今の居場所を手に入れた。それが消失した時、どんな顔をするのか見てみたいものだ。

晴人の中に生まれた、その好奇心は、みるみる膨らんでいき、やがて抑えが利かなくなっていった。

「今、追っているのって、例の〈悪魔〉の事件だろ」

晴人がそれとなく口にすると、この父は「ん？」と疑問の表情を浮かべた。

〈悪魔〉という呼称は、警察の一部でのみ使用されているものだ。まさか、晴人が口にするとは思ってもみなかったのだろう。

「首の裏に、逆さ五芒星を刻むっていう、殺人鬼を追ってるんだよね？」

「お前……」

どうしてそれを知っているのか、問おうとしたのだろうが、父はすんでのところで言葉を止めた。口に出すことは、認めているのと同じだ。

だが、辛うじて言わなかっただけで、その心の内を隠しきれていない。よく、これで刑事部長が務まるものだと呆れてしまう。

「何のことだ？」

青い顔をしながら、父が惚けてみせた。

晴人は、思わず吹き出して笑いそうになるのを、何とか我慢した。

真実を知った時、どんな反応をするのか見てみたいという好奇心はあるが、それは今ではない。

晴人には、まだやらなければならないことがある。この男が苦しむ様は、計画を完遂させてから、じっくりと味わえばいい。

「ネットで噂になってるよ。被害者は、うちの大学の学生だったしね」

晴人が続けて言うと、父は目を丸くした。

どうやら、父は晴人が、どこの大学に通っているのかすら、まともに把握していなかったらしい。

どこまでも、独善的で自分のことしか考えない男だ。

編入手続きなどで、幾つか書類を書いて貰ったはずだが、それすら覚えていないのだろう。

父にとっては、息子の人生に関わる書類も、警察の業務で流れてくる書類も、扱いは同じということだ。

自分にとって得があれば吟味もするが、そうでなければ書いた側《そば》から忘れていく。

そうやって自分の価値基準だけで物事を判断するから、いつまで経っても真実が見えてこないのだ。

晴人の中に、抑えていたはずの欲求が再び首を擡《もた》げる。

「悪いが、もう行く」

父が、逃げるように言いながら、バッグを持ってリビングを出て行こうとした。

「容疑者、早く見つかるといいね。今、逃亡中なんでしょ」

晴人の言葉に、父の動きが止まった。

ゆっくりと振り返るその顔には、驚愕と動揺、そして困惑とがないまぜになっていた。

――なぜ、それを知っているのか？

視線でそう問いかけていたが、晴人は気付かないふりをした。

「じゃあ、ぼくもこれから出かけるから――」

晴人はそう言うと、父を追い越してリビングを出る。

父とすれ違う刹那に、その耳許で囁いた。

「次の被害者も、ぼくの同級生なんだ」

その言葉が、父の耳に届いたかどうかは分からない。だが、どちらでも良かった。

あの男の頭の中には、拭いようのない疑念が浮かんだはずだ。

果たして、あの男は、どうするだろう？

考えるまでもなかった。おそらく、何もしないはずだ。晴人に、言葉の真意を咎めてくることもないだろう。

不都合な真実を知ることを、怖れているからだ。

その迷いは、晴人の行動を助けてくれるだろう。迷いを抱えたまま指揮を執れば、対応が後手に回ることは明らかだ。

晴人は、廊下を進み玄関を抜けて外に出た。

音を立てて雨が降り続いている。

その音に耳を傾けるうちに、父や義母のことなど、もはやどうでもよくなっていた。

自分には、これからやらなければならないことがある。彼女を使って至高の作品を完成させるのだ。

これまで、誰も考えつかなかった傑作――。

その作品を完成させることこそが、晴人がこの世に生を受けた意味だ。そして、彼女もそれを望んでいるはずだ。

晴人は、傘を差すと強い意思とともに歩みを進めた。

――偽物《にせもの》め。

耳許で誰かの声がした気がした。

おそらくは、傘に当たる雨音を、人の声だと錯覚しただけだろう。

晴人は、闇に向かって歩き始めた――。

7

死体が発見されたのは、美術大学のキャンパスだった――。

真莉愛が在籍していた大学だ。

キャンパス内を巡回していた警備員が、北側の校舎の二階にある実習室で発見し、警察に通報した。

件の教室に足を踏み入れた天海は、思わず息を呑んだ。

四十人ほどは入るであろう教室は、油の臭いで満ちていた。おそらくは、絵の具のものだろう。

普通の教室のように、デスクは置かれておらず、正面の真ん中に半径二メートルほどの円形の台がおかれていて、そこから扇形に椅子が四列並んでいた。

円形の台は、デッサンの時に、モデルが乗ったりするものらしい。

死体は、その台の上に立っていた。

いや、死体が自力で立っているなどということはあり得ない。立たされていた——と表現する方が正解だ。

死体の背後には、木製の土台のようなものが設置されていて、ワイヤーのようなもので、身体を固定されている。

若い女性の死体で、上半身は何も身につけておらず、形のいい乳房が露わになっていた。

下半身には白い布のようなものが巻かれていた。

片方の膝を曲げ、半身《はんみ》になり、顔は遠くを見るように僅かに上に向けられ、まるでポーズを取っているようだ。

それだけでも異様な状況ではあるが、その死体は両腕が切断されていた。左は肩口の辺りから。そして、右は二の腕の途中からが欠損している。

「ミロのヴィーナスですね」

天海の隣に立っていた阿久津が、目を細めながら口にした。

ミロのヴィーナスは、古代ギリシャで制作されたとされる、両腕の欠損した彫刻の女性像だ。確か、パリのルーヴル美術館で展示されている。

阿久津の言うように、その立ち姿は、まさにミロのヴィーナスのようだった。しかし、ミロのヴィーナスの両腕は、元々欠損していたわけではない。

破損して、失われたもので、元々どんな姿をしていたのか、今もなお、様々な議論が続けられている。

少し前までなら、なぜ、被害者の両腕を切断したのか？　と疑問に首を傾げるところだが、容疑者を宮國晴人だと仮定すると、その理由は簡単に見えてくる。

おそらく、死体を使ってミロのヴィーナスを再現しようとしたのだろう。

だが──。

この死体は、現存するミロのヴィーナスと大きくかけ離れている点がある。

それは、被害者の両目の眼球を瞼ごとくり抜いていることだ。

両目のあった位置に、ぽっかりと黒い穴が空いている。

そっくり、そのまま模倣するのではなく、自分なりのアレンジを加えたといったところだろう。

だとしたら、とてつもなく悪趣味だ。

いや、そう短絡的に考えてはいけない。それは、天海の価値観であって、おそらく、目をくり抜くことに、何かしらの意味があるはずだ。

晴人なりの美――とでもいうものだろう。

彼女もまた、晴人の作品にされたのだ。

「やはり、彼でしょうか――」

天海はじっと死体を見つめる阿久津に小声で訊ねた。

すぐに同意の返事が返ってくると思っていたのだが、阿久津は黙ったまま死体に歩み寄り、その足許に片膝を突いて頭を垂れた。

まるで、女王に服従する近衛兵《このえへい》のようだ。

「少し引っかかります」

阿久津が、そのままの姿勢で呟くように言う。

「何が――です？」

天海は、阿久津と同じように足許に屈み込む。

阿久津が何を見ていたのかを見出そうとしてのことだったが、これといって何かを見つけることはできなかった。

「彼女の顔――気になりませんか？」

天海は大きく頷いた。

最初に見た時から気付いていた。両目はくり抜かれていて、人相が分かり難くなっているが、それでも判別できないほどではない。

天海は、被害者の女性を知っている。

「彼女、真穂さんですよね」

真莉愛の友人だった女性だ。つい先日、聞き込みをしたばかりだ。

同じ大学に籍を置き、友人同士だった二人が、立て続けに殺害されたという事実は無視できない。

が、阿久津の返答は、天海の考えとは別のものだった。

「着目すべきは、そこではありません」

「え？」

「彼女の顔――明らかに強く殴られた痕があります。それも、複数回にわたって」

阿久津が、片膝を突いた姿勢のまま、真穂の顔を見上げた。

その指摘を受け、天海も気付いた。

化粧を施してはいるが、阿久津が言うように、真穂の顔には、殴られた痕が確認できる。

頬や口の辺りに腫れや裂傷が確認できる。それだけではなく、鼻の形が僅かに変形している。

鼻骨が折れているのかもしれない。

「作品にするつもりなら、どうして顔を殴ったりしたんでしょう」

それは、確かに引っかかる。

顔面を殴って、痣《あざ》や傷を作ったりしたのでは、作品としての質が落ちることは言うまでもない。

「抵抗されて思わずということは、考えられませんか？」

「まあ、そういうこともあるでしょう。ただ、それにしては、数が多い気がしませんか？」

「そうですね」

やむを得ず殴ったのなら、一発かせいぜい二発程度だ。ところが、真穂の顔を見る限り、十回は殴られている。

不自然と言わざるを得ない。

「それに、彼が、そんな凡ミスをするとは思えないのです」

「そうかもしれません……」

天海は同意を示した。

これまでの犯行を見ても分かる通り、彼の犯行は緻密に計算され、完璧ともいえる手際で遂行されている。

現に、真莉愛の時は、顔の傷はおろか、殺害する際にも、極力身体を傷付けないように、細心の注意が払われていた。

「そもそも、なぜ彼女を殺したんでしょう？」

「それは……」

何か答えようとしたが、天海は途中で口を閉ざした。

阿久津が、問いかけたのは、天海にではない。おそらくは、自分自身に問うたのだ。

「彼女を殺害する計画などなかったはず。それに、どうして、こうも急いで犯行を重ねる必要があったのか？」

阿久津は、ぶつぶつと言葉を並べながら、真穂の足の指先に触れる。

しばらくそのままじっとしていた阿久津だったが、やがて大きく息を吸い込みながら立ち上がった。

その目には、光るものがあった。

涙だった――。

初めて会った時もそうだった。阿久津は、被害者に触れ、涙を流していた。並外れた洞察力を持つ阿久津は、被害者の死に際の苦痛まで想像しているのかもしれない。

だからこそ涙を流す――。

天海には、それが一種の儀式のように思えた。

「なるほど……」

長い沈黙のあと、阿久津が苦い顔で言った。

「何か分かったんですか？」

天海が問うと、阿久津は「いえ。何も」と頭を振った。

ついさっきまで、阿久津の存在を近くに感じていると思っていたのに、一気に突き放されたような気がした。

阿久津は、また嘘を吐いている。

本当は、何かを掴んだはずなのに、天海にそれを秘匿している。

ここまでくると、天海を信用していないというより、阿久津は人間そのものを信じていないようにも感じられる。

「本当のことを教えて下さい」

天海の問いかけに、阿久津は答えなかった。

ただ、そっと瞼を閉じ、涙を拭ったあと、再び真穂の死体に目を向けた。

そこには、確固たる意思が宿っているようだった。

8

暗闇の中、雨が降り続いている。

ボツボツと地面で弾《はじ》ける雨音は、晴人の心を昂揚させる。

視線を向けると、闇に沈んだ大学の校舎の中で、一部屋だけ明かりがついている場所がある。

ビニールシートで目張りをされているが、あの中で何が起きているのかは、容易に想像がつく。

警察官たちが、晴人の作品を見て、右往左往しているのだろう。

作品といっても、ベースを作ったのは、晴人ではない。菅野という男だ。

晴人は、下書きがされた絵に色を塗ったに過ぎない。

それでも——。

ある程度の達成感を得ることはできた。

おそらく、人の死というものに、取り憑かれているのだろう。

晴人が、初めて死というものに遭遇したのは、まだ六歳の時だった——。

霧のように、細かい雨の降る日だった。幼稚園からの帰り道、傘を差しながら、母と一緒に歩いていた。

雨は好きだった。

言葉では上手く表現できないが、肌にまとわりつくような、じっとりとした空気が心地よく、様々な音を奏でる雨音に耳を傾けていると、心が自由になった気がして、不思議と気分が昂ぶった。

だから、その日も、いつになくはしゃいでいた。

一羽の鳩《はと》が晴人の前をびゅんと横切り、飛んで行った。

その鳩は、道の脇にぽつんと佇む教会に向かった。

晴人は、その鳩に導かれるように走り出した。

「晴人。待ちなさい」

母の声が、追いかけてきた。

普段から母の言いつけを守る方だったが、その時は耳に入らなかった。

どうしても、その鳩を追いかけなければならない——そう思った。

教会のすぐ近くまで来たところで、晴人は何かにぶつかって転んでしまった。たっぷり水を含んだ土の上に尻餅を突いたので、パンツの中までぐちょぐちょになった。

顔を上げると、そこには一人の男が立っていた。

目が落ち窪んでいて、青白い顔をしていた。絵本で見た、幽霊のようだと思った。

その男は、晴人を一瞥すると、そのまま歩き去って行った。

晴人は、その男の姿に釘付けになった。

男の手が、真っ赤に染まっていたからだ。顔にも、赤い斑点のようなものが付着していた。

「大丈夫？」

母に声をかけられ、はっと我に返った。

助け起こされた晴人が、そのまま帰路につけば、運命は変わっていたかもしれない。だが、その時の晴人の目は、教会の入り口に引き寄せられた。

それは、天啓だったのかもしれない。

抗《あらが》いようなどなかった。

晴人は、母の手を振り払うと、そのまま教会に向かって駆け出した。

教会の扉は片側だけが開いていた。

中に入った晴人は、衝撃的な光景を目の当たりにした。

そこには、小学生くらいの少女が倒れていた。

身体を滅多刺しにされ、夥しい量の血を流して、倒れている少女――。

その血の色は、晴人がこれまでに見たどんな色より鮮やかで、そして美しかった。

「晴人！」

あとから追いかけて来た母が、慌てて両手で晴人の目を覆ったが、手遅れだった。

晴人の網膜に、虚空を見つめる少女の顔が一瞬で焼き付いた。

母が警察に連絡している間に、晴人は再び血を流して倒れている少女に目を向けた。

その時――。

彼女の姿を見た。

現場には、もう一人少女がいた。

死体の横に立ち、僅かに視線を上に向けて佇むその少女の口許には、何とも妖《あや》し気《げ》な笑みが浮かんでいた。

あの日から、何かが狂い始めた。

いや、そうではない。

あれが目覚めのきっかけだった。

思春期の男が、初めて性を意識した時のように、晴人は目覚めるべくして目覚めたのだ。

晴人は、ニヤリと笑みを浮かべ、明かりの漏れる窓を凝視した。

おそらく、あの青いビニールシートの向こうには、彼女もいるはずだ。そして、晴人の視線を感じているに違いない。

それを思うと、心が浮き立つような感覚を覚えた。

9

阿久津が何かを隠しているのは間違いない。

何とか、その答えを引き出そうとした天海だったが、タイミング悪く、大黒が歩み寄ってきた。

「被害者の身体から、指紋が採取された——」

大黒が単刀直入に言った。

「指紋ですか」

天海は、そう返しながら嫌な予感がしていた。そして、それは的中した——。

「検出された指紋は、簡易鑑定の結果、葛城のものと一致したそうだ」

大黒の言葉を聞くなり、阿久津が苦い顔をした。

その気持ちは、天海も同じだった。

指紋は、おそらく意図的に残されたものだろう。理由は明白だ。葛城を犯人に仕立て上げる為に他ならない。

葛城は現在、火災の混乱に乗じて行方をくらましている。

おそらくは、真犯人である晴人と行動を共にしているのだろう。スケープゴートとして、葛城はこの上ない存在だ。

　警察は、葛城に対する容疑をさらに強めることになるだろう。それが、晴人の罠だと知らずに。

　だが——分からないことがある。

　大学生である晴人は、いったいどうやって葛城のことを知ったのか？　そして、なぜ彼をスケープゴートに選んだのか？

　無作為に選んだわけではないはずだ。そこには、必ず何かしらの理由があるに違いない。

「どうしますか？」

　阿久津が、大黒に問う。

「捜査本部は、もう葛城犯人説で走り始めている。方向転換をするつもりはないだろうな」

　大黒は、そう言いながら視線を教室の奥に向けた。

　いつの間にか、刑事部長である宮國が現着していた。わざわざ出張って来るなど、珍しいことだ。

　こうした異例の対応を取るということは、もしかしたら——と勘繰《かんぐ》ってしまう。

　葛城は犯人ではないと主張し、捜査方針の転換を求めたいところだが、正直、難しい。

現段階では、根拠が脆弱《ぜいじゃく》過ぎる。晴人は、犯行現場に、偶然居合わせたに過ぎないとされればそれまでだ。状況証拠にはなり得るが、物的証拠は何一つない。

捜査本部を説得する材料にはならないだろう。

何より、晴人は宮國の息子だ。

状況証拠だけで、刑事部長の息子が容疑者だなどと口にすれば、それだけで捜査から外されることは明白だ。

「私に、少しだけ刑事部長と話す時間を頂けますか？」

阿久津が思いもよらない提案をした。

まさか、自分の推理を宮國にぶつけるつもりだろうか？

「分かった」

大黒が即座に応じた。

「何を話すつもりですか？」

天海が問うと、阿久津は小さく笑みを浮かべた。

「安心して下さい。ただの雑談ですよ」

阿久津は、こともなげに言う。

——そんなはずない。

この状況、このタイミングで、雑談するだけで終わるはずがない。阿久津が何かを企《たくら》んでいるのは間違いない。

大黒も、それを分かっているはずだ。にもかかわらず、特に確認することもせずに、二人で歩いて行ってしまった。

あとを追いかけようとしたが、阿久津に目で制された。天海は、ただそこに立ち尽くすだけだった。

大黒が、宮國に声をかける。

何を話しているのかは分からないが、三人で教室の外に出て行った。

やはり、自分も一緒に行った方が良かったのではないか——思いはしたが、今となってはもう手遅れだ。

天海は、改めて死体に目を向ける。

胸の奥から、ぬらぬらとした何かが沸き上がってくるような気がした。

人が殺されているというこの状況に対する嫌悪なのか、それとも、もっと別の欲求のようなものなのか——。

自らの歪みと向き合い、それを断ち切ったつもりでいたのに、心のざわつきが収まらないのはなぜだろう？

やはり、自分の中には、漆黒に包まれた何かが眠っているのだろうか？

天海は頭を振って死体に背を向けた。

このまま見続けていたら、得体の知れない何かに、心が侵食されてしまう気がした。

じくじくと嫌な痛みをもつ目頭を押さえ、ふうっと息を吐いたあと、青いビニールシートの隙間から外を覗く。

雨は、相変わらず降り続いていた。

真莉愛の死体が発見された時も、雨は降っていた——。

もしかしたら、雨の日に合わせて、警察が死体を発見するように仕向けているのかもしれない。

この雨も含めて、晴人の作品なのではないかとすら思えてくる。

考えがそこまで及んだところで、天海は息を呑んだ。

どうして、こんな単純なことに気付かなかったのだろう。冷静に思考しているつもりだったが、異様な状況に呑み込まれていたのかもしれない。

一連の犯行が、晴人の手によるものであるとするなら、今回も、彼は自らの作品を鑑賞しているのではないだろうか？

おそらく肉眼で、この部屋が見える場所にいるはずだ。

天海はビニールシートを捲《めく》り、外を覗く。

夜の闇が広がっている。まして、雨が降っている状態では、晴人がどこに潜んでいるのか判別することはできない。

だが、向こうは違う。

晴人には、この部屋の明かりが、間違いなく見えているはずだ。

天海は、すぐに窓を離れ、教室の出入り口に向かう。廊下に出たところで、阿久津と大黒の姿を捜したが、見つけることはできなかった。

二人を待って、一緒に行動することも考えたが、それでは、晴人を逃がしてしまうかもしれない。

天海は、意を決して廊下を歩き始めた。

ここに来る前に目を通した大学の見取り図を、頭の中に再現する。あの教室を観察するのに適した場所はどこか？

警官が立入禁止にしているのだから、あまり近くに来ることはできない。離れ過ぎていては、こちらの様子を窺うことができない。

ギリギリのラインに陣取って、このショーを楽しんでいるに違いない。

死体が発見された校舎は、立入禁止になっている。他の校舎も、施錠されていて中には入れない。

ということは、間違いなく屋外の野次馬に混じっているはずだ。

外に出た天海は、素早く視線を走らせる。

雨が降る夜の大学のキャンパス内――という環境が幸いして、野次馬はほとんどおらず、報道機関の人間の方が数が多いくらいだった。

――いた。

天海は、数人しかいない野次馬の中に、晴人の姿を見つけた。

顔がはっきり見えたわけではない。だが、それでも、俯き加減に立つその姿は、際立った存在感を放っているようだった。

天海は、それに引き寄せられるように歩みを進めた。

――彼に近付いてどうする？

頭の中で考えを巡らせる。

現段階では、脆弱な状況証拠しかない。尋問したところで、ぼろを出すほど晴人は愚かではないだろう。

また会いましたね――と、偶然見かけた風を装いつつ、外堀を埋めていくのが得策だろう。

だが、天海の目論《もくろ》みは外れた。

晴人と思われる人物が、背中を向けて野次馬から遠ざかるように歩き始めた。

――気付かれた。

タイミングからみて、晴人は天海を見つけ、言い咎められる前に、この場を立ち去るという判断をしたようだ。

天海は、歩調を速めてその背中を追いかける。

「ちょっとすみません」

野次馬を掻き分け、晴人の背中を見失わないように注意を払いながら歩みを進めた。

この状況に昂揚する心を、打ち付ける雨が鎮めてくれているようだった。

「こんばんは」

ある程度、距離を詰めたところで声をかけた。

前を歩いていた背中が、ぴたっと止まる。

「宮國晴人さんですよね」

天海がそう訊ねると、ゆっくりその人物が振り返った。

その顔を見て、天海は愕然《がくぜん》とした。

晴人は——笑っていた。

目を細め、口許を緩めて、満足気な笑みを浮かべていた。

天海は、今さらながら恐怖を覚えた。

——迂闊《うかつ》だった。

晴人は、天海の姿を見て、逃れようとしてここまで歩いて来たのではない。そういう素振りを見せて、人気《ひとけ》のない場所まで天海を導いたのだ。

天海は、心の動揺を気取られないように、表情を引き締めながら、腰のホルスターに挿した特殊警棒に手をかける。

落ち着いて対処すれば、晴人を制圧することはできるはずだ。

「あなたに、訊きたいことがあります」

天海は、毅然《きぜん》とした口調で言う。

「奇遇ですね。ぼくも、あなたとお話をしたいと思っていたんです」

晴人が笑みを浮かべたまま答えた。

両手をだらりと垂らし、じりっと天海に歩み寄る。

どうして、こうも無防備に近付いて来ることができるのか？　天海を女だと思って油断しているのか？

――違う。

晴人は、計算高い人物だ。つまり、勝算があるのだ。

この状況において、絶対に自分が捕まらないと思っているからこそ、こうやって天海に近付いているのだ。

それは、なぜなのか？

じっと、晴人の挙動を注視していた天海は、己の過ちに気付いた。

晴人に集中し過ぎた。

──拙い。

天海が、背後に忍び寄る気配を察知した時には、もう遅かった。

後ろから腕が伸びてきた、羽交い締めにされ、完全に身動きが取れなくなった。

「少し痛みますよ」

晴人は、天海のすぐ目の前まで歩み寄りながら言うと、ポケットからスタンガンを取り出した。

叫び声を上げる前に、首筋に強烈な痛みを感じた──。

10

菅野は、木製の椅子に座る女に目を向けた──。

粘着テープで、両手首を肘掛けに固定し、両足も同じように椅子の脚に固定してある。

スタンガンのショックで、気を失っている。

仮に目覚めたとしても、この状況では、身動き一つ取れないだろう。

大学でこの女を拉致《らち》して、車に乗せて移動させ、この場所に運んだ上で、椅子に固定したのは菅野自身だが、望んでそれをやったわけではない。

全ては、晴人の指示だ。

いや、交換条件と言った方がいいかもしれない。

晴人は、真莉愛を殺害するにあたり、彼女の行動のパターンを探る為に、彼女自身はもちろん、その周辺人物たちにも盗聴器を仕掛けていたらしい。

その一つが、真穂にも仕掛けられていた。

そうとは知らず、菅野は真穂を殺してしまった。その音声を聞いていた晴人は、菅野の凶行を知るに至り、近付いて来た。

菅野は、真穂殺害の罪を逃れる為に、晴人の提案に乗り、共犯関係となったのだ。

晴人は若いにもかかわらず、頭の切れる男だ。

彼の計画は、実に周到で、隙のないものだった。

最終的に、菅野が殺した真穂も、これから晴人が殺すこの女も、全て葛城がやったということになる。

完璧な計画ではあったが、単にそれだけであったなら、菅野は同意することはなかっただろう。

菅野が、晴人の計画に乗った一番の理由は、彼の父親が宮國であることだった。

仮に真相が暴かれるような事態に陥ったとしても、宮國がいれば、そう簡単に捕まることはない。

宮國は、警察官としての職務を全《まっと》うし、自らの息子を逮捕するようなタイプではない。

あの男は、どこまでも保身を考える。

あらゆる手を使って、事件を揉み消すことになるだろう。それを分かっているからこそ、晴人もここまで大胆な計画を立てたに違いない。

そう考えると、晴人は単に頭が切れるだけでなく、寒気を覚えるほどの悪魔的思考の持ち主だといえる。

そもそも、現職の警察官を拉致していること自体、普通ではない。

詳しくは知らないが、目の前にいるこの女は、最近、〈黒蛇〉が新設した部署に配属になった刑事だ。

どうも、晴人はこの女に執着しているようだが、その理由が菅野には分からなかった。

確かに容姿は端麗だと思うが、もっと若い方が菅野の好みだ。

菅野は、雨に濡れた女の頬を指先でなぞる。

肌理《きめ》が細かく、滑らかな肌触りだ。

濡れた白いシャツの向こうに、肌が透けて見える。

真穂のように、肉感的な身体ではないが、線の細さが違った意味での妖艶《ようえん》さを醸《かも》し出《だ》している。

――悪くない。

晴人が、この女を殺すつもりであることは間違いない。その前に、少しくらい楽しみがあってもいい。

幸い、別のルートでここに向かっている晴人は、まだ到着していない。

菅野は、欲望に誘われるままに、屈み込むと、スカートからのぞくしなやかな足をゆっくりと撫で回す。

雨に濡れた肌は、思いのほか心地よかった。

膨ら脛から、内股のラインを指でなぞると、自然と股間に血液が集まっていくのが分かった。

菅野は、にやけた笑みを浮かべたまま、指を滑らせ、足の間にある秘部に向かって伸ばしていく。

「何をしているのです」

晴人の声が響いた。

――タイミングの悪い男だ。

もっと遅れて来れば良かったものを。もしくは、もっと早く来れば、中途半端に欲情することもなかった。

「何でもない」

菅野は立ち上がり、晴人を振り返った。

今回の恐るべき計画を語った時ですら、人形のように無表情であったにもかかわらず、今の晴人の目には、強烈な怒りの炎が灯《とも》っていた。

よほど、この女に執心しているらしい。

「私の作品を穢すことは、許しません。彼女は、天使なのです――」

晴人が、菅野を押しのけるようにして言い放った。

――何が作品だ！　何が天使だ！

菅野は、腹の底で罵りの声を上げた。

あたかも、自分は高尚であるかのような言動だが、所詮は、人を殺し、その肉体で遊んでいるだけの変態野郎だ。

頭が切れても、その精神がこんな有様では、〈悪魔〉の呼び名がすたる。

嫌悪感が沸き上がってきたが、菅野はそれを心の内に留めた。今は、晴人と揉《も》めるのは得策ではない。

「あなたには、まだ役目が残っているはずです」

晴人が鷹揚に言った。

自信たっぷりなその口調は、菅野の神経をさらに逆撫でした。

ざわっと胸の奥が騒ぐ。

このまま晴人を力でねじ伏せ、その眼前で、この女をめちゃくちゃに蹂躙したら、いったいどんな顔をするだろう。

子どものように泣き喚くだろうか？　それとも、錯乱して発狂するだろうか？

胸の奥から、歪んだ考えが浮かんできた。

今さらではあるが、他者を肉体的にも、精神的にも、痛めつけることで、充足感を得る自らの精神に恐怖を覚えた。

こうした歪みを抱えている菅野こそ、〈悪魔〉の呼び名に相応《ふさわ》しいのかもしれない。

「分かっている」

菅野は、そう応じると、晴人に背中を向けて歩き出した。

何で二十歳そこそこのガキに、こんな扱いを受けなければならないのか――それを思うと、再び苛立ちが沸き上がってきた。

いっそ、晴人を始末して、別のシナリオに書き換えた方がいいのではないか。

そう思ったものの、頭を振って考えを改めた。

残念ながら、今のところ、他に現状を切り抜ける方法が思いつかないのも事実だ。それに、もう賽《さい》は投げられたのだ。

この流れに乗って進み続けるしかない。

11

ぼやけていた視界が、次第にはっきりしてきた——。

首筋には、スタンガンを押し当てられた時の痛みが、まだ残っていた。

頭が重い——。

身体を動かそうとしたが、意思に反してまったく身動きが取れなかった。

それもそのはず。粘着テープで、両手が椅子の肘掛けに固定されていた。両足首にも、同じように粘着テープが幾重にも巻かれていて、椅子の脚に縛り付けられている状態だ。

何とか引き剝がそうと、強く引っ張ってみたが、ガタガタと椅子が揺れるだけで、自由を得ることはできなかった。

下手に動けば、椅子ごと転倒することになる。それでは、状況を悪化させるだけだ。

「あんまり暴れないで下さい。綺麗な身体に痕が残ってしまいます」

闇の中から声がした。

視線を向けると、少し離れたところに、一人の男が立っていた。

あれは——。

「宮國晴人」

天海がその名を口にすると、晴人は嬉しそうに笑みを零した。

美しく整った顔立ちで、落ち着いた雰囲気から、知性と品位が漂っている。年齢より大人びて見えるが、その反面、微かに浮かぶ笑みには、あどけなさが残っていた。

「ぼくの名前をご存じなんですね」

コツッと靴音を鳴らしながら、晴人が天海に歩み寄った。

「知っているのは、名前だけではありません。あなたの父親は、宮國刑事部長ですよね」

「そこまで知っているということは、ぼくがしたことも、分かっているのですね？」

天海は、晴人の問いに沈黙で答えた。

「やはりそうでしたか——」

晴人は、納得したように一人頷く。

「やはりとは？」

天海が問うと、晴人は柔らかそうな髪を、すっと掻き上げた。

「あの阿久津という刑事です。彼に会った時、分かったんです。ぼくを疑っているのだ——と」

追い詰められているはずなのに、阿久津の名を出した晴人の声は、僅かに弾んでいるようだった。

彼はこの状況を、ゲームのように捉えているのかもしれない。

「私を拉致したのは、自分に疑いの目が向けられていたからですか？」

天海は、晴人を睨みながら問う。

その途端、何がおかしいのか、晴人がはっと声を上げて笑った。

「もっと聡明《そうめい》な方かと思っていました」

「え？」

「この状況に混乱していて、思考が鈍っているのかもしれませんね」

「何が言いたいんですか？」

「冷静に考えれば分かることです。自分に疑いを向けられたからといって、担当の刑事を一人だけ拉致するメリットは何ですか？」

晴人の指摘の通りだ。

疑いを晴らす為に、口封じを考えているのだとしたら、阿久津も一緒でなければならない。天海一人の口を封じれば、余計に疑いが強まるだけだ。

だとしたら――。

「どうして、私を拉致したんです？」

「あなたは何も分かっていない」

晴人は、すうっと手を伸ばし、雨に濡れた天海の髪を撫でた。

髪の毛に神経は通っていない。にもかかわらず、晴人の体温と肌触りが、伝わってきたような気がした。

「何のことです？」

「あなたは、私の最高傑作になるべきなんです」

晴人の放ったひと言で、全身が粟だった。

どうやら、晴人は天海を殺害し、その身体を使って作品を創るつもりらしい。他の被害者と同じように――。

これまで、〈悪魔〉が殺害した被害者の凄惨な様相が、次々と脳裏を過ぎる。

その被害者の顔が、全て自分の顔に変換された。

真莉愛のように天井から吊されるのか、或いは、真穂のように両腕を切断され両目を抉《えぐ》り取《と》られるのか――。

いずれにしても、単純に殺されるだけでなく、死後、その身体を弄ばれた上に、無残に晒されることになる。

作品だなどと言っているが、そんなものは、晴人の自己満足に過ぎない。

彼のやっていることは、人間としての尊厳を奪う行為だ。

だが――。

天海は、胸に痛みを覚えた。

真莉愛の死体を見た時、天海は一瞬でも「美しい――」と感じてしまった。

それは、やはり天海の中に、隠しようのないドス黒い何か——があったからではないのか？

悪魔の所業を、恍惚《こうこつ》と見る歪んだ何か——。

「なぜ、私なんですか？」

天海は、胸の内に広がる嫌な感覚を振り払うように問う。

「そういう質問を投げかけてくることこそ、あなたが何も分かっていない証拠です」

晴人は、その指先を髪から頬に移す。

さっきまでより、はっきりと晴人の体温を感じた。

「何を分かっていないんですか？」

「私は、あなたに会うのは、今日が初めてではありません」

そんなことは言われるまでもない。

「大学で会いました。それに、真莉愛さんの死体発見現場でも——」

「もっと前です」

晴人の言葉に、天海は困惑する。

いったい何時《いつ》のことを言っているのか、さっぱり分からない。幾ら記憶を辿っても、晴人の存在が呼び起こされることはなかった。

そんな天海の反応を楽しんでいるかのように、晴人は黙したまま、指を滑らせ、頬から

「今から十五年前です」

長い沈黙のあと、晴人が言った言葉に背筋が寒くなった。

十五年前と言われて、思い出されるのは亜美の事件のことだ。

「葛城が起こしたあの事件……」

「そうです。あの時、ぼくはあなたを見つけたんです。あなたは、血に塗れた友人の死体を前にして、笑っていたでしょ――」

どくんっと心臓が大きく跳ねた。

血の気が引き、晴人が触れている唇が、意思とは関係なく小刻みに震えた。

「違う。私は……」

「否定することはありません。あの時のあなたの姿は美しかった」

「笑ってなんか……」

「笑っていました。まるで、天使のように――」

天海は、晴人の言葉をかき消すように叫んだ。

12

菅野は、マンションの屋上に足を運んだ——。

耐震工事の偽装問題が発覚し、建て替えることになり、住民は全て退去した。内部の撤去は終わっているが、そこで工事が中断している。

建設会社が、補償費用を払いきれずに倒産したからだ。あとを引き継ぐ会社もなく、宙ぶらりんの状態で放置されている。

人目につかず、じっくりと犯行を行うのには、もってこいの場所だ。

屋上の隅に、一人の男が横たわっていた。

葛城だ——。

顔には、黒い布を被せてあり、両手足に粘着テープを巻き付けてあるので、身動きが取れない状態になっている。

菅野は、葛城の元に歩み寄り、顔に被せられた黒い布を取ってやった。

葛城が目を丸くしながら菅野を見ている。

状況が呑み込めず、声も出ないといった感じだ。

葛城は、何が起きているのか、理解できていないだろう。神を名乗った晴人の指示に従い、自らの家に火を放った。その混乱に乗じて部屋を抜け出し、指定された車の後部座席に身を隠したのだ。

おそらく、そのまま逃がして貰えるとでも思っているのだろう。

だが、その目論みは外れ、拘束された上に、雨の降りしきるマンションの屋上にいる。なぜ、こうなったのか——と混乱しているに違いない。

「あんたも、〈神の下僕〉じゃないのか？」

葛城が怯えた声を上げる。

その姿が、菅野には滑稽だった。

自らを〈神の下僕〉などと称し、十五年前に少女を滅多刺しにして殺害した男。確か、解離性同一性障害だと診断されたはずだ。

そんな男でも、理解できない状況を目の当たりにすると、恐怖を抱くらしい。

「安心して下さい。私も〈神の下僕〉です」

菅野が言うと、葛城はほっとした表情を浮かべる。

ここまで無条件に、他人の言葉を信じてしまうというのは、純粋というより、愚かとしか言いようがない。

そういう葛城だからこそ、晴人にまんまと乗せられてしまったのだろう。

菅野は、葛城を拘束していた粘着テープを、丁寧に剝がしてやった。

テープの残骸は、葛城に被せていた布の中にまとめてしまい、ジャケットのポケットにねじ込んだ。

葛城は、痛みがあるらしく、左手の手首をぐるぐると回しながらも、ゆっくりと起き上がった。

「あのお方は、どちらにいらっしゃるのですか？」

葛城が訊ねてきた。

主人を見失った飼い犬のように、頼りない顔をしている。

「あのお方は、もうすぐここにやって来ます」

菅野の嘘を、葛城は信用したらしく、「そうですか」と嬉しそうに笑った。

よくここまで飼い慣らしたものだ。今さらながら、晴人の手腕に驚きを禁じ得なかった。

「あのお方は、あなたの行動力に感嘆していらっしゃいますよ」

菅野は、葛城の肩を摑み、ぐっと自分の方に引き寄せた。

「それは良かった」

「あのお方は、あなたにもう一つやって欲しいことがあるそうです」

「何です？　あのお方の願いとあらば、私は何だってやってみせます」

葛城は力強く答えた。

どこまでも、心酔しているらしい。ここまでくると、気の毒にすらなってくる。が、こういう男だからこそ、スケープゴートにはもってこいだ。

「よくぞ言ってくれました。では、こちらに――」

菅野は、葛城の肩を抱きながら歩みを進める。

辿り着いたのは、屋上の縁《へり》だった。鉄柵やフェンスの類いは、とうの昔に撤去されている。

「ここから、飛んで下さい。それが、あのお方の願いです」

菅野は、葛城の耳許で囁いた。

葛城の身体が、固くなったのを感じた。

「ここから？」

葛城は、呻《うめ》くように言いながら、僅かに身を乗り出して下を覗き見る。

漆黒の闇――。

そして、その先に待ち受けているのは、固いアスファルトの地面だ。

高さは三十メートル近くある。

人には翼がない。こんなところから飛び降りれば、骨が粉々に砕け、間違いなく命を落とすことになるだろう。

「そうです。あのお方は、それを望んでいます」

い。


　葛城が不安気に菅野を見る。

　今になって、自分の命が惜しくなったのかもしれない。まあ、それならそれで構わない。

「し、しかし……」

　菅野は、葛城の肩から手を離し、背中をどんっと押した。

　つんのめるような恰好になった葛城だったが、すんでのところで踏み留まり、落下を免れた。

　──素直に落ちればいいものを。

　菅野は、ホルスターから拳銃を抜き、その銃口を真っ直ぐ葛城に向けた。

　葛城は驚愕の表情を浮かべたが、それは一瞬のことだった。

「どうして、そんなオモチャを……」

　その先の言葉を遮るように、菅野は葛城の右足を撃った。

　ぺたんとその場に座り込んだ葛城は、呆けたように自分の右足を見ていたが、すぐに焼けるような痛みに襲われたらしく、ぎぃっと悲鳴を上げた。

　自分の右足を押さえて、子どものように喚き始める。

　──ゴミが。

　菅野は、内心で吐き捨てる。

他人の痛みには無頓着なクセに、自分の痛みとなると、こうも過剰に反応する。みっともないというより他にない。

「さっさと飛べ」

菅野は、蔑んだ視線を向けながら言った。

「い、嫌だ……」

葛城が、震えた声で返してきた。

別に、自分で飛ばないなら、それはそれで構わない。

菅野は、偶々葛城の姿を見つけ、そのあとを追跡し、このマンションの屋上に追い詰めた。逃げられないと悟った葛城は、屋上から飛び降りる。

そういうシナリオだ。

足の銃創は、葛城を制圧する為に撃ったといえば、それで済む話だ。葛城は、殺人の前歴のある連続殺人犯ということになる。誰も、菅野を責めることはないだろう。

むしろ、英雄視されるはずだ。

出世街道に戻る為の足がかりにもなるに違いない。

今頃、晴人があの女を殺害している頃だ。

死亡推定時刻に多少のズレが生じるかもしれないが、事件解決を焦る警察は、そうした細かい部分には目を瞑《つぶ》るだろう。

仮に、問題になったとしても、慌てることはない。

最悪の場合は、晴人が父親である宮國に、自分が〈悪魔〉だと名乗れば済むことだ。

警察を巻き込んだ一大スキャンダルに発展するより、精神疾患を抱えた葛城が、無差別に犯行を重ねていたということにした方が、都合がいい人間がたくさんいる。

もちろん、真穂を殺害した菅野も含めて――。

「飛べ――」

菅野は、銃口を向けたまま、もう一度葛城に命じた――。

遠くでサイレンの音が聞こえた。

耳に馴染《なじ》んだパトカーのサイレンだ。その響きが、いつになく心地よかった。

13

自らの心の闇を突きつけられ、天海は耐えられずに悲鳴を上げた――。

そんなことをしたところで、現実が変わるわけではない。それは分かっているはずなのに、言いしれぬ衝動とともに発する声を止めることができなかった。

散々、晴人のことを否定していながら、自分はどうなのだ。

友人が殺された姿を見て、笑った自分は――。

それだけではない。

真莉愛の死体を見た時、天海は美しいと目を奪われた。

あれは――。

天海の中に、晴人と同じ、〈悪魔〉が潜んでいるからではないのか?

もし、そうだとすれば、自分は晴人と同罪であり、同類だ。

――あなたが笑った理由は、たぶん、自分が殺されなかったことに対する安堵です。

耳の裏で阿久津の声が聞こえた。

阿久津がかけてくれた言葉が、脳内で再現されたことで、天海は崩壊しかけた自我を、辛うじて保つことができた。

――冷静になれ。

自分に言い聞かせる。

何とかして、この状況を打破しなければならない。

だが――。

完全に拘束されてしまっている天海には、晴人を確保することはおろか、逃げ出すこともできない。

――では、どうするのか?

雨の音に混じって、遠くでサイレンの音がするのが聞こえた。この波長は、パトカーのずがない。

ものに間違いない。

おそらく、今、警察は天海を捜索しているはずだ。

現在、天海は行方不明になっている状態だ。そんな状況を、阿久津や大黒が放置するはずがない。

天海が、今いる場所は正確には分からない。だが、大学からそれほど離れていない場所にある、廃墟となった建物らしい。

身を隠すのには、もってこいの場所だが、警察もそれは分かっている。

虱潰《しらみつぶ》しにそれらしい場所を捜索すれば、この場所に辿り着くことができるはずだ。

そうなることを信じて、今の自分にできることは時間稼ぎだ。

天海は、真っ直ぐに晴人を見据えた。

「あなたは、十五年前に、葛城の犯行を見て、それを真似《まね》ていたの？」

天海が問うと、晴人は声を上げて笑い出した。

暗い空間に、彼の甲高い笑い声が響く。

「何がおかしいの？」

天海が訊ねると、晴人は笑いを引っ込めた。

その目は、一気に暗くなり、冷たい光を宿す。彼の中にある、何かが変質したように感じられた。

「時間稼ぎをしようというんでしょ」

　晴人が言った。

「違うわ。ただ、知りたいの――」

「嘘ですね。さっきまで怯えていた人が、急にそんな顔をしたのでは、誤魔化しようがありませんよ」

「………」

「あなたは、サイレンの音を聞いて、思ったんでしょ。自分を捜している。だとしたら、時間を稼げば、助けが来る――と」

　ここまで読まれているのであれば、下手に隠し立てをしても意味がない。

「そうよ。あなたは、逃げられないの」

　天海が告げると、晴人は小さく頭を振った。

「あなたの言う通り、警察は、あなたのことを捜索しています。ですが、ここに辿り着くことはできません」

「ずいぶんと、自信があるのね」

「ええ。既に手は打ってありますから――」

「どういうこと？」

「簡単な話です。偽の目撃情報を流したんですよ。しかも複数――」

奈落の底に突き落とされたような浮遊感を味わった。

手当たり次第に捜索してくれた方が、発見される確率は高かった。警察が、晴人のいう偽の目撃情報に翻弄されたのだとすると、発見される確率は一気に低下する。

さすが、刑事部長の息子だ。

しかし、まだ諦めるわけにはいかない。

「あなたの思い通りになるとは、思わないで」

天海は、晴人を睨み付ける。

が、彼が動揺することはなかった。

「残念ながら、警察は、ぼくの誘導に引っかかっています」

——なぜ、そう言い切れるの？

「今、どうして断言できるのか、疑問に思いましたね」

晴人が、天海の考えを見透かした。

返事をすることができないまま、晴人を睨んでいると、彼は小さく笑みを浮かべながら話を続ける。

「ぼくは、ずっと警察の動きを把握していたんです。どうして、それができたと思いますか？」

「あなたが、刑事部長の息子だから——」

「半分当たってます」

「半分？」

「ええ。幾ら父親とはいえ、さすがに息子に捜査情報をペラペラ喋ったりはしません。だから、父に盗聴器を仕掛けてあるんです」

晴人が、自らの右耳をトントンと指で叩いた。

よく見ると、そこには、ワイヤレスのイヤホンが挿してあった。

どうやら、晴人はずっと父親に仕掛けた盗聴器を通して、警察の動きを把握していたということのようだ。

ひたすらに情報を隠し続けた阿久津の判断は、正しかった。もし、喋っていれば、それはすぐに晴人に伝わっていた。

だが、こうなってしまっては、それも意味はない。

もしかしたら、阿久津だけは捜査本部とは別の動きをして、天海を見つけてくれるかもしれない——そんな期待が、一瞬頭を過ぎったが、すぐに泡のように消えた。

たった一人で、手当たり次第に捜索し、天海を見つけるのは、ほぼ不可能だ。

それを裏付けるように、サイレンの音が、どんどん遠ざかって行くのが分かった。

晴人の流した偽の情報を、追いかけているのだろう。

やがて、サイレンは雨の音にかき消された。

晴人が柔らかい笑みを浮かべる。

自分は、いったいどんな殺され方をするのだろう。

脳裏に血塗れの亜美の顔が浮かんだ。

きっと、晴人は、あんな風に感情に任せて天海を滅多刺しにしたりしないだろう。

大切に――そして慈《いつく》しむように、天海を殺すはずだ。

多少の痛みは伴うが、亜美に比べればましかもしれない。そんな風に考えてしまう自分が、穢らわしく思えた。

何にしても、全てが終わる。

天海は、瞼を閉じた。

もう、何も見たくなかった。

考えることも止めた。

どう足掻いたところで、自分の運命が変わることはないし、全てが無意味だ。

耳を塞ぐことができないのが煩わしかった。

全てを無にしたかったのに――。

雨の音のせいで、雑念が交じる。

次々と浮かび上がる記憶の断片を振り払おうとしたが駄目だった。きっとこれは、生への執着なのだろう。

まだ生きたいという願い。

生物としての本能――。

最後に、脳裏に浮かんできたのは、一人の男の顔だった。

阿久津――。

どうして、最後の瞬間に、彼の顔が浮かぶのだろう？　天海にもよく分からなかった。

「どうして笑っているのですか？」

晴人が言った。

天海は「え？」と声を上げながら目を開けた。

すぐ目の前に立つ晴人の顔は、抑えようのない怒りに歪んでいるようだった。

「なぜ、笑う？」

晴人が感情的な口調でもう一度問う。

天海には答えられなかった。自分でも、なぜ笑ったのか分からない。そもそも、自分は笑っていたのか？

「まさか、あの男のことを考えているのか？」

「あの男？」

「君と一緒にいた刑事だ」

「私は……」

「もう、お前はぼくの作品じゃない」

晴人は、子どもっぽい叫び声を上げたかと思うと、懐からナイフを取り出し、それを大きく振りかぶった。

その目には、さっきまでの理性は一切ない。

あの時見た葛城と同じ、衝動を爆発させているだけの濁った目をしていた。

「動くな！」

鋭い声が響いた。

晴人の動きが、ぴたっと止まった。

天海は、驚きとともに声のした方に顔を向けた。

阿久津だった――。

「凶器を捨てて下さい」

そう言った阿久津の手には、拳銃が握られていて、その銃口は真っ直ぐ晴人に向けられていた。

張り詰めた空気が流れる。

晴人は、屈辱に塗れた顔で、天海と阿久津を交互に見たが、やがて、ふっと表情を崩すと、素早く天海の背後に回った。

ナイフが、天海の首筋に当てられる。

「そちらこそ、拳銃を捨てて下さい。でないと、彼女が死にますよ——」

さっきまで我を失っていたにもかかわらず、阿久津の登場で、さらに混乱するどころか、瞬時に冷静さを取り戻している。

完全に形勢が逆転してしまった。

「無駄なことは止めて下さい。この建物は、警察官によって包囲されています。逃げられませんよ」

阿久津の言葉に、晴人が笑った。

「あなたは、本当にブラフばかりですね」

「どういう意味です？」

「ここには、あなた一人で来たはずです」

「なぜ、そう思うんですか？」

「本当に警察官が、この建物を包囲しているのであれば、あなた一人ではなく、それなりの人員を従えて入って来たはずです」

晴人の言う通りだ。

彼は、完全に警察の動きを読んでいる。

阿久津は、迷った素振りを見せつつも、黙って構えていた拳銃を下ろした。

「阿久津さん」

天海が声をかけると、阿久津は大きく顎を引いて頷いた。

それを見て、天海も頷き返す。

「拳銃を捨てて下さい。そうでないと、パートナーが死にますよ」

首筋に当たるナイフに、さっきより力が込められる。

染みるような痛みが走った。

少し、皮膚が切れたかもしれない。

「分かりました。私の負けです——」

阿久津は、ハンマーを起こしたままの状態の拳銃を、遠くに放り投げた。

大きく弧を描きながら宙を舞った拳銃は、コンクリートの床に落下すると同時に暴発した。

それが合図だった——。

天海は、後方に体重をかけながら、僅かに動く両足の爪先で床を蹴った。

大きくバランスを崩し、天海は椅子に固定された状態のまま、晴人を巻き込みながら転倒した。

「くっ！」

晴人の呻く声がした。

が、すぐに晴人は起き上がり、そのまま駆け出した。

阿久津がそれを追いかける。

やがて、その視界はぼやけ、天海は意識を失った――。

第四章　悪魔

1

空は、どんよりとした雲に覆い尽くされていた——。

太陽の光を遮り、昼間だということを忘れさせるくらいに暗い。

一昨日の大雨を未だに引き摺っているらしい。

天海が、ため息を吐き、ゆっくりと歩き出そうとしたところで、声をかけられた。

大黒だった。

「もういいのか？」

大黒は、いつもと変わらぬ無表情で訊ねてくる。

心配しての言葉ではない。天海の容態は、把握していたはずだ。

「はい」

天海は頷いて応じた。

あの夜――。

天海は、気付くと病院のベッドに寝ていた。

阿久津が救急車を呼び、すぐに搬送されたらしい。

かすり傷程度の怪我だったが、頭を打っていたこともあり、検査入院することになり、今になってようやく解放された。

「送っていこう」

大黒が、天海を促しながら歩き出した。

上司に送迎して貰うほど堅苦しいものはない。だが、大黒が単純に好意から申し出ているわけでないことは明らかだ。

天海は、素直に大黒の背中を追いかけた。

大黒の運転で車は走り出した。

警視庁もしくは、天海の住まいに向かうのであれば、そのまま一般道を走ればいいのだが、大黒は近くにあるインターチェンジから、首都高速に乗った。

――いったいどこに向かうつもりだ？

「宮國晴人が、現在も行方不明であることは知っているな――」

天海の疑問に答えるように、大黒が語り出した。

「はい」

助手席から、大黒の横顔に目を向けながら応じる。

入院中に、天海は検査の合間を縫って事情聴取を受けることになった。その時、担当した佐久間という刑事から、その旨は聞かされていた。

阿久津は、晴人を取り逃がしたことになるが、彼に限って簡単に逃亡を許したとは考え難い。

おそらくは、倒れたまま動かない天海を気遣い、深追いをせずに救急車を呼ぶという判断をしたのだろう。

自分のせいで、犯人を取り逃がすことになったのだとすると、忸怩《じくじ》たる思いだが、今になってそれを後悔しても遅い。

「その後、付近にある工事中のマンションの屋上から、転落死した男の遺体が発見された」

「転落死――ですか」

「そうだ。死んだのは葛城だ」

ある程度は予想していたが、改めて耳にすると、驚きを禁じ得なかった。

「どうして……」

「上がってきた情報によると、総務部の菅野が、偶然に逃亡中の葛城を発見。職質をかけようとしたが逃亡。件のビルに逃げ込んだ。ビルから飛び降り自殺を図ろうとしたので、それを制止する為に発砲。弾丸は右足に命中した」

「どうして、その状況で転落死に繋がるんですか？」

説明された通りの状況なら、すぐに確保することができたはずだ。

「菅野によると、右足に銃弾を受けたあとも、葛城は制止を聞かずに飛び降りた――と」

「そんな……」

釈然としない。

あまりに、ご都合主義の説明としか思えない。

「これは、私の推測に過ぎないが、宮國晴人は、葛城に全ての罪を着せるつもりだったのだろう。そして、葛城殺害の実行犯を担っていたのが菅野だ」

大黒が苦い顔で言う。

そうなる気持ちも分かる。もし、大黒の推測の通りなら、現職の警察官が、連続殺人犯に荷担したことになる。

ただ、悪い話ばかりではない。

「阿久津さんが私を助けたことで、そのシナリオは崩れたはずです」

天海が口にしたが、大黒の表情はますます険《けわ》しいものになっていった。

まだ、事態は収束していないと言いた気《げ》だ。むしろ、悪化したのではないかとさえ思える。


「そうなることを願っていたが、単純ではないのが組織というものだ」

大黒は、含みを持たせた言い方をする。

「どういうことですか？」

「後ろに、白いセダンがついて来ているのが分かるか？」

大黒がルームミラーに視線を送りながら言った。

それに釣られて視線を向けた天海は、思わずはっとなった。大黒の指摘した通り、一台の白いセダンがぴったりとついて来ていた。

警察の覆面車両であることは、一目瞭然だった。

ここまで堂々と後ろを走っているということは、尾行していることを、隠すつもりはないのだろう。

むしろ、それをアピールして、圧力をかけているようにすら思える。

「なぜ？」

天海が口にすると、大黒は小さくため息を吐いた。

「君が、余計なことをしないように、監視しているといったところだろう」

「どうして、私を監視する必要があるんですか？」

「警察は、宮國晴人のシナリオに乗ることにしたんだよ」

「え？」

あまりに想定外の言葉に、天海は自分でも驚くくらい素っ頓狂な声を上げた。

「もし、真実を明らかにすれば、刑事部長の息子が、連続殺人事件の犯人——ということになってしまう」

「それが事実です」

「その事実を受け容れた場合、警察が、どんな批判に晒されるか、君でも想像はできるだろう」

「それは……」

天海は言葉を詰まらせた。

これほどの事件に発展してしまった以上、宮國一人の責任問題では済まされない。警察全体を巻き込んだ一大スキャンダルに発展することは明らかだ。

「そこで上層部は、そうした事態を避ける為に、宮國晴人のシナリオに便乗することにしたんだ」

大黒は淡々と語っているが、内容はとてつもなく恐ろしいことだ。

「つまり、連続殺人事件については、葛城の犯行で、宮國晴人が私を拉致したのは、まったくの別件として扱う——ということですか？」

言いながら、自分でもそのおぞましさに震えた。

晴人の犯行がニュースとして取り上げられるようなことになっても、葛城の事件のインパクトに掻き消されることは間違いない。

いや、あわよくば、報道規制をかけて、表面化させることなく終わらせるということも、充分に考えられる。

「そうだ。葛城を野放しにした責任論が持ち上がる可能性もあるが、彼に無罪判決を下したのは裁判所であり、退院の判断を下したのは医者だ。警察に害が及ぶことはない」

「それは、そうですが……」

「幸いと言っていいのかどうか分からないが、晴人は葛城をスケープゴートにする為に、様々な偽装工作を施していた」

「偽装工作ですか？」

「そうだ。焼け落ちた、彼の部屋からは、被害者の金森真莉愛の所持品であるピアスが発見されている。他にも、色々と出てくるだろうな」

「そこまで綿密に準備していたんですか……」

物的証拠まで用意されていたのであれば、わざわざことを荒立てることなく、晴人のシナリオに乗ろうということなのだろう。

「おそらく、宮國晴人を確保したあとは、形だけの精神鑑定にかけて、精神疾患を抱えていたということにするつもりだろう。そうすれば、報道でも扱い難くなる」

天海は、ふつふつと怒りが沸き上がってくるのを感じた。

なぜ、天海たちが尾行されているのか——その真意を悟った。

晴人のシナリオに乗るとなると、邪魔になるのは、天海の証言ということになる。あれは、大黒の言うように尾行ではなく監視だ。

やがて、天海には上層部からの強烈な圧力がかかるはずだ。

口を閉ざせと明言することはないだろう。ただ、証拠が脆弱だということを理由に、天海の証言を封じるだろう。

はっきり言って虫酸が走る。

そこには警察官としての矜持《きょうじ》も、正義もない。それぞれが責任を回避し、保身に走った末の欺瞞《ぎまん》があるだけだ。

組織の恐ろしさを知ると同時に、救い難いとも感じた。

これから警察のやろうとしていることは、消極的な対策ではあるが、だからこそ質《たち》が悪い。それこそ悪魔の所業であるように思える。

大黒が、〈特殊犯罪捜査室〉を設立した意味を垣間見《かいまみ》た気がした。

おそらく内部監査室の室長を務めていた大黒は、こうした組織の腐敗を嫌というほど目にしてきたのだろう。

だからこそ、組織に捕らわれることなく、真実を追求する少数精鋭の部隊を作ろうとしたのだ。

「許されるはずがありません」

「同感だな」

大黒が応じた。

その目には、ぞっとするほどの鋭い光が宿っていた。大黒はこの状況を素直に受け容れるつもりはないようだ。

腐敗した組織の中にあって、大黒の存在は救いだ。ただ――。

「どうするつもりですか？」

天海が問うと、大黒は探るような視線を向けてきた。

「君は、どうしたい？」

「真相を明らかにすることが、警察官としての職務です」

「私が訊いているのは、君自身の意思だ。警察官として――という言葉は、そのまま組織の保身にも繋がる」

大黒の言う通りだ。

警察官として動くということは、組織の一員として、その組織を守るという役割も含まれる。それでは、上層部と同じだ。

「このままでは終われません」

天海の答えに、大黒は満足そうに頷いた。

初めて大黒に会った時のことが思い起こされる。あの時、大黒は犯罪者を警察官として憎いのか、個人として憎いのかを問いかけてきた。

おそらく天海は試されていたのだろう。そのことを、今さらになって痛感する。

天海が、組織に呑み込まれて口を閉ざす人間なのか、或いは、真実を追い求めて最後まで闘う人間なのか――。

後者だと判断したからこそ、今、天海はこうして大黒と共にいる。その考えは、今も変わらない。

「君は、本庁にも官舎にも戻らない方がいい」

「そうですね」

大黒の言う通りだ。戻れば監視され、身動きが取れなくなる。

だが、問題はどうするか――だ。

「この先のサービスエリアで、一旦、車を停車する。君はトイレにでも行くといい」

みなまで言わずとも、その先の行動は容易に想像がつく。

「分かりました」

「それから、今から言う住所に阿久津がいる」

大黒は、続けて住所を口にした。天海は、それを頭の中に記憶する。おそらく、阿久津も真実を明らかにする為に、行動しているのだろう。

やがて、車がサービスエリアの駐車場に入る。

天海は助手席を降りると、そのまま女子トイレに入る。しばらく時間を置いてから、トイレの天窓によじ登り、そこから外に出た。

そのままフェンスを越えて駆け出した――。

この先に何が待っているのかは分からない。ただ、真実を明らかにしたい――その一心で走った。

2

菅野は、煙草に火を点け、大きく息を吸い込んだ――。

煙が目に染みる。

あれから、既に二日が経過しているが、菅野はほとんど一睡もできていない。

全てが上手くいったと思っていた。

ところが――。

晴人がへまをした。

そのせいで、色々と拙いことになった。全ての罪を葛城に着せるはずが、計画が大きく狂った。

しかし、悲観ばかりではない。

上層部は、刑事部長の息子が、殺人犯などという結末を望んではいない。しかも、単なる殺人ではない。猟奇的な連続殺人なのだ。

上層部の首が飛ぶ程度で済む問題ではないだろう。

だからこそ、今は事件を揉み消そうと躍起になっている。

あくまで連続殺人は葛城によるもので、晴人が女刑事を拉致したのは、一連の事件とは関係がない。恋愛のもつれから起こした拉致事件ということで片付けるつもりだ。

これは、宮國から聞いた話だ。

現在、宮國は警察官の監視付きで自宅謹慎しているが、そうなる前に、菅野に接触してきた。

常に鷹揚に振る舞い、自信に満ちあふれていた宮國が、見る影もないほどに憔悴し、一回り小さくなったように見えた。

もちろん、息子のやったことに罪の意識を感じているからではない。

思いもよらぬことから、これまでの地位を失ったことに落胆し、自尊心を傷付けられているようだった。

今回の一件で、肝《きも》を冷やしているのは宮國だけではない。

守野の事件でかかわった官房長官も、生きた心地がしないだろう。下手に、宮國を追い込み、あの一件について語られればそれで終わりだ。

是が非でも、晴人の一件は、なかったことにしなければならない。警察だけではなく、政治家も介入して事件を消しにかかるはずだ。

それは、菅野にとっても都合のいいシナリオだった。何せ、真穂を殺したのは、誰あろう菅野自身だ。

あくまで、葛城が殺害したことにして貰わなければならない。

とはいえ、そのシナリオを完遂する為に、一番の障害になるのは晴人だ――。

現在に至るも、晴人は行方不明のままだ。

宮國が菅野に接触して来たのは、まさにその晴人の処遇についてだった。

「息子が、事故で死ぬか、自殺していれば、シナリオは完全なものになる――」

沈痛な面持ちをしながら、宮國はそう言った。

その言葉の意味は、考えなくても分かる。つまりは、菅野に晴人を殺せ――と言っているのだ。

自分の息子に死んで欲しいと願うというのは、いったいどんな気持ちだろう。

菅野には、想像もつかない。ただ、菅野には、宮國がそれほど心を痛めているようには見えなかった。

親が、子どもに無条件に愛情を注ぐなどというのは、幻想に過ぎない。結局のところ、自分がかわいいのだ。

だからこそ、親が幼い子どもを虐待の上に殺すという事件が横行する。

だが、宮國は大きな勘違いをしている。

まだ復権の目があると思っているようだが、それはあまりに愚かな考えだと言わざるを得ない。

宮國は、間違いなく失脚する。

いや、懲戒免職は間違いないだろう。もう警察内部に、宮國の居場所はない。流石《さすが》の官房長官も庇《かば》いきれない。

再就職先を斡旋《あっせん》するくらいが関の山だ。

菅野ももはや、権力を失った宮國に従う必要はないのだが、下手に追い詰めれば、自棄《やけ》になって管野との関係を喋らないとも限らない。

それに――。

晴人に生きていて貰うと困るのは、菅野も同じだ。

もし、晴人が警察に確保され、余計なことを喋るようなことになれば、菅野の身も危うい。

警察としては、葛城犯人説を押し通す為に、晴人の証言を黙殺する可能性はあるが、不確定要素に身を委ねるのは、あまりに愚かだ。

やはり、晴人には死んで貰わなければならない——。

問題はどうやって、警察より先に晴人を見つけるか——だ。

一応、携帯電話に連絡はしてみたが、電源が切られているらしく、繫がることはなかった。

携帯の電源を入れれば、その電波の位置から、場所の特定に繫がるくらいのことは、知っているようだ。

ただ、菅野はそれほど焦ってはいなかった。

いつまでも、単独で警察から逃亡し続けられるものではない。お坊《ぼっ》ちゃん育ちの晴人に、サバイバル能力があるとは思えない。

必ず誰かに助けを求めるはずだ。

こういう状況にあっては、両親に近付くことはないだろうし、友人に頼ることもできない。そうなると、頼れる人間は一人しかいない。

そう——共犯関係にあった菅野だ。

菅野が、吸いさしの煙草を揉み消したところで、携帯電話に着信があった。表示されたのは、海外の番号だった。

おそらく、インターネットを使い、海外を経由した上で電話をしてきているのだろう。

「もしもし」

菅野は、咳払いをしてから電話に出る。

〈手を貸して欲しい〉

晴人が、開口一番に言った。

その口調から、かなり追い詰められているのが分かる。

確かに、晴人は頭が切れる上に、カリスマ性もあるが、これまで、苦労という苦労を知らずに生きてきた。

全て、自分の思い通りになる人生。

そうやって生きてきたからこそ、挫折を知らない。這い上がる術を持っていないのだ。

憐れとしか言い様がない。

「分かっている」

菅野が、そう応じると、電話の向こうで晴人がほっとしたように息を漏らした。

「今、どこにいる？」

続けてそう問いかける。

〈確認しますが、警察に、ぼくを売るつもりではありませんよね〉

晴人が慎重な口ぶりで問いかけてくる。

「安心しろ。君が警察に捕まった場合、私も拙いことになる。そんなバカなことはしない」

〈それならいいのです〉

少しは冷静さを取り戻したらしく、上から目線の物言いをする。

腹立たしい態度だが、それを咎めるつもりはなかった。今は、下手に晴人を刺激するより、その居場所を突きとめることの方が先決だ。

「それで、今どこにいる？　君の逃亡を手助けする為に、色々と相談したいことがある」

本当は逃亡させるつもりなどない。

晴人には、死んで貰わなければならないのだ。菅野の犯罪を闇に葬る為にも——。

菅野は、晴人と会う算段をつけ電話を切った。

大きく息を吸い込んでから、今度は宮國の携帯電話に連絡を入れた。が、ワンコールですぐに切る。

安全に連絡を取る為の合図のようなものだ。

宮國は監視されている状態だ。おそらく、一人になったところで電話を掛け直してくるはずだ。

しばらく待っていると、宮國から電話がかかってきた。

「はい」

〈宮國だ〉

「ご子息の居場所が分かりました」

〈そうか〉

「彼を殺すことになりますが、それで構いませんか？」

〈それでいい〉

宮國が即答した。

もう少し、迷いがあっても良さそうなものだが、宮國からすれば、とうに覚悟は決まっているのかもしれない。

「分かりました。何か伝えておくことは？」

〈ない〉

宮國は、無愛想に言い放つと、菅野の返答を待つことなく電話を切ってしまった。思わず苦笑いが漏れる。

自らの子を他人に殺させる——ある意味、宮國こそ〈悪魔〉なのかもしれない。

それを実行しようとしている菅野もまた〈悪魔〉だ——。

3

天海は、マンションの外廊下に立ち、インターホンを押した——。

すぐに鍵の開く音がして、ドアから阿久津が顔を出した。

たった二日だというのに、ずいぶんと久しぶりに、阿久津の顔を見た気がする。

阿久津に促され、天海は中に入った。

十畳ほどの広さがある、ワンルームの部屋だった。

部屋の隅にベッドが置かれているだけの、殺風景極まりない部屋だ。壁に額に入れられた絵が一枚飾られている。

阿久津の官舎にも、絵が飾ってあった。絵のタッチからして、同じ画家のものだろう。

「ここは？」

天海が問うと、阿久津はばつが悪そうに頭を掻《か》いた。

「私の別宅のようなものです」

「別宅？」

阿久津の階級は警部補だ。別宅を持つほど優雅な暮らしができる給料ではないはずだ。

それに、官舎があるのに、わざわざ別宅を持つ理由がない。

もし、阿久津が妻帯者であれば、不倫相手との愛の巣——ということもあるが、それとは明らかに違う。

「ええ。と言っても、両親が購入したマンションだったんですが、二人とも他界しましてね。時々、使わせて貰っているだけです。それより、怪我の方は大丈夫なんですか？」

阿久津の質問からは、天海を心配しているというより、話題を逸らそうという意図が感じられたが、まだ助けて貰った礼を言っていないことに気付いた。

「助けて頂き、ありがとうございます――」

天海は、阿久津に頭を下げた。

「別に、礼を言われるようなことはしていませんよ」

「いいえ。阿久津さんが来なかったら、私は間違いなく死んでいました……」

あの時の光景が脳裏を過ぎり、天海は改めてぞっとした。

死に直面したのは二度目だが、亜美の事件の時は、死というものに対する概念が脆弱だったこともあってか、怖さの質が違ったように思う。

「無事で何よりです」

「どうやって私を見つけたんですか？」

「運が良かっただけです」

阿久津は、おどけるように肩を竦めた。

「嘘ですね」

天海は、考えるより先に声に出していた。

「何が、嘘なんですか？」

阿久津が驚いたように目を丸くしながら聞き返してきた。

ベッドで目覚めてから、ここに足を運ぶまでの間、ずっと事件のこれまでを頭の中で整理し続けてきた。

冷静に頭を働かせることで、天海の中に幾つも納得のいかない部分があることに気付いた。

その一つが、あの夜の阿久津の行動だ——。

「運が良かっただけで、私を見つけることができたとは、到底思えません」

天海は、真っ直ぐに阿久津を見つめた。

助けて貰ったことには感謝している。だが、阿久津はこの期に及んで、まだ天海に何かを隠している。

その何かがあったからこそ、阿久津は、天海と晴人の居場所を突きとめることができたはずだ。

「彼が行きそうな場所を、推測した結果、あの場所に辿り着いたというだけです」

「いつまで嘘を吐くつもりですか？」

「嘘ではありません。それが真実です」

「いい加減にして下さい。ちゃんと検証したんです。私が彼に拉致され、意識を失っていた時間は、それほど長くありません。阿久津さんが、私が拉致されていることに気付いて、捜索を始めたにしては、到着が早過ぎるんです」

天海は一息に言った。

呼吸が乱れる。感情を抑制しているつもりだったが、抑え切れていないようだ。

「あなたを助けようと、必死だった——という話では不満ですか？」

阿久津の口調が変わった。

これまでとは違い、まるで慈しむような響きのある声——。

もし、天海の頭に疑念がなければ、その言い様に強く惹かれていたかもしれない。

「不満です」

「あなたは、やはり全てのことに答えを欲しがるんですね」

阿久津は、髪を掻《か》き毟《むし》るようにしたあと、脱力してベッドの上に腰掛けた。

彼にしては珍しく、苛立っているようだ。これ以上、追及を続ければ、逆上する可能性もあるが、天海はそれを覚悟で言葉を続ける。

「分からないことを、知ろうとするのは、人の性《さが》です」

「全てを知れば、きっと失望しますよ」

「失望させるようなことを、隠していたんですか？」

「ええ」

阿久津が言った。

失望させると言っておきながら、そこに悪びれた様子は微塵もない。

「教えて下さい。いったい何を隠していたんですか？」

「あなたの警察手帳を見せて下さい」

阿久津が、すうっと天海の方に手を差し出した。

どうして急に警察手帳の提示を求めたのか、その理由は分からないが、今は素直に応じることにした。

天海は、警察手帳を阿久津に渡す。

阿久津は、それを受け取ると、慣れた手つきで、警察手帳の身分証明書の裏側に手を突っ込み、中から小指の爪ほどの大きさのカードのようなものを取り出した。

それが何なのか、天海にはすぐに分かった。

「発信器――」

天海が口にすると、阿久津は大きく頷いてみせた。

その発信器の電波を辿り、阿久津は素早く天海を発見することができたということのようだ。

いったい、いつの間に――。

その答えは、意外に早く見つかった。

以前、天海が車内でうっかり落とした警察手帳を、阿久津が拾ってくれたことがあった。おそらくは、あの時に仕掛けたのだろう。

もしかしたら、警察手帳は落としたのではなく、発信器を仕掛ける為に、盗んだのかもしれない。

「どうして、私に発信器を？」

それが疑問だった。

同僚の刑事に、発信器を仕掛けるなど普通ではない。いったい、何の目的があって、こんなことをしたのか？

「あなたに、個人的に興味があったからです」

阿久津はベッドから立ち上がり、天海の脇をすり抜けて部屋を出て行こうとする。

「嘘はもう止めて下さい」

天海は、咄嗟に口にしながら逃げようとする阿久津の手を摑んだ。

が、阿久津は拒絶するように、天海の手を振り払う。

「あなたは、どうしてズケズケと他人の領域に入って来るんですか」

「発信器を仕掛けることも、他人の領域に入る行為だと思います」

天海の正論に、阿久津が困惑の表情を浮かべた。

「そんなことは分かっています。ですが、誰でも知られたくない秘密の一つや二つはあるでしょう。それに、知りたくないことだって……」

阿久津の声は、次第に勢いを失い、頼りないものへと変貌していった。そこに、彼の抱える闇が見えた気がした。

このまま、追及を続けていいものか——迷いがあった。

これ以上は、阿久津の中にある、何かを壊してしまうという漠然とした危機感もあった。

「私は、それでも知りたいです」

天海がぽつりと言うと、阿久津が怪訝な表情を浮かべた。

「なぜです？」

「分かりません」

「分からない？」

「ええ。どうして、ここまで執着するのか、私にもよく分からないんです。私自身、他人に嘘を吐いたり、誤魔化したりすることはあります。真実や本音が、必ずしも正しいとは思いません」

「だったら……」

「でも、阿久津さんのことは、知らなきゃいけない気がするんです」

「勝手な言い分ですね」

「そうかもしれません。でも、それでも……」

喋りながら、自分でも何を求めているのか、よく分からなくなっていた。

長い沈黙が流れる。

微かな息遣いだけが、部屋の中に響く。最初は、自分のそれと、阿久津のそれとが、バラバラに聞こえていた。

だが、その音は次第にリズムを合わせ、やがて一つに溶け合った。

「私は知っていたんです――」

阿久津が、囁くような声で言った。

これまでの阿久津の声には、他者を隔てる壁があった。だが、今の声にはそれがなかった。

「何を知っていたんですか？」

「彼が――宮國晴人が、あなたをターゲットにしていることを」

「大学で彼に会って話をした時、私を狙っていることに気付き、発信器を仕掛けた――ということですか？」

「まあ、そんなところです」

阿久津が、ふうっと息を吐きながら、天井を見上げた。

――そういうことか。

阿久津は、「真実を知れば失望します」と言っていた。その理由が、今分かった。

つまり、阿久津は、晴人が天海を狙っていることを知った上で、囮《おとり》として使ったということだ。

そう考えると、阿久津の不可解な行動が全て一つの線で繋がる。

だから、阿久津は天海と捜査をすることを拒否して、単独行動をさせたのだ——。

真穂の死体が発見された教室でも、宮國と話をしに行くと見せかけ、実は天海を孤立させようとしていたというわけだ。

晴人が、天海を襲い易いように——。

「怒らないのですか？　それとも、失望で怒りすら湧きませんか？」

阿久津が、そう問いかけてきた。

本人の了承もなく、同僚を囮に使うなど、あまりに非道な行為であるはずなのに、不思議とそれほど強い怒りは湧いてこなかった。もちろん、失望もない。

それよりも、阿久津がその事実を話してくれたことに安堵していた。

「ええ。阿久津さんなら、それくらいのことをやりそうです」

天海が言うと、阿久津は吹き出すようにして笑った。

「あなたは、本当に妙な人だ」

前にも同じことを言われたような気がする。

「何が妙なのですか？」

「あなたは、単に知ろうとするだけではありません。その内容が何であれ、真実であれば受け容れてしまう。相手がどんな人間であれ、他人を理解してしまう寛容さがある。だから、彼はあなたを狙ったんでしょうね——」

阿久津が、しみじみといった感じで口にする。

「他人を理解しようと努めるのは、人の性だと思います」

だから、人は他人を知りたがる。真実を追求する。天海は、そう認識している。

「残念ですが、ほとんどの人は、別の考え方を持っています。自分中心に物事を考え、理解できないものを拒絶するのです」

「そんな考え方は、哀しいです」

「そうですね。哀しいですが、それが現実です」

阿久津は遠い目をした。

「あの。もう一つ訊いていいですか？」

天海は、改めて阿久津に問いかける。

「何です？　ここまできたら、全てお答えします」

今の阿久津の言葉には、これまでとは異なる強い意志が宿っているように思えた。

「阿久津さんは、いつから宮國晴人が犯人だと思っていたんですか？」

「彼女の——真莉愛さんの事件の犯行現場を見た時です」

阿久津の今の言葉が真実だとすると、天海と出会った時には、既に犯人を特定していたということになる。

「過去の事件を分析して、その結論に至ったということですか?」

「違います」

「え?」

「これから、私が話すことは、あなたの持っている常識を、破壊するものです。信じたくないなら、信じなくても構いません。或いは、聞かないという選択もあります」

阿久津が天海を見た。

一瞬、その視線の鋭さに気圧《けお》された。

阿久津の言葉を聞けば、何かが変わってしまう——そんな予感があった。未知のものに触れる恐怖とでもいうものだ。

だが、それでも——。

「教えて下さい」

天海は、真っ直ぐに阿久津の目を見返した。

4

晴人は、キリストの像の前で跪いた——。

「惨めなものだ」

思わず言葉が漏れる。

計画は、全て完璧なはずだった。滞りなく物事が運んでいれば、今頃晴人は、最高傑作ともいえる作品を生み出していたはずだ。

これまで誰一人として為し得なかった、まったく新しい作品――。

世界中で賞賛され、後世に語り継がれるべき作品。

作品の完成を見たなら、晴人は自分の命などどうなってもいいと思っていた。警察に捕まることも、苦痛には感じない。

そもそも、最高傑作を生み出すことができたなら、自分は抜け殻になってしまうだろう。

生きていようが、死のうが、そんなものは大した意味はない。

その証拠に、晴人はリシンを小瓶に詰めて持ち歩いていた。リシンは、トウゴマの種子から抽出される猛毒だ。

その最小致死量は、体重一キログラムあたり、〇・〇三ミリグラム。体重七十キロの成人男性で計算すると、わずか二・一ミリグラムだ。

一ミリグラムは、一グラムの千分の一だ。目薬の一滴に満たない量で、人を死に至らしめることができる。

晴人は、全てが終わったあと、リシンを使って自らの命を絶とうと考えていた。

これは作品を後世に残す為にも必要なことだ。

歴史を振り返ってみれば分かる。

のうのうと生き長らえた芸術家に、ろくな奴はいない。

偉大な芸術家は、全盛期に強烈な輝きを放ち、突如として姿を消すのだ。だからこそ、語り継がれていく。

計画は完璧だった。

初期段階から、何か問題が起きた場合のスケープゴートとして、葛城に目を付けた。

晴人の芸術への目覚めのきっかけとなった葛城は、スケープゴートとしてこの上ないくらいに適任だった。

彼の居場所を捜すのは、さほど苦労はなかった。あれだけの重大犯罪を犯した男だ。そう簡単に姿を消せるわけがない。

葛城の事件の資料のデータは、丹念に目を通した。

もちろん、警察のデータに直接アクセスするのは難易度が高い。そこで、父が普段持ち歩いているパソコンを乗っ取り、そのアクセス権限を使って、捜査資料に目を通していた。

葛城が入院していた病院のカルテが保管されているデータバンクをクラッキングし、その内容を丹念に検証した。

解離性同一性障害を抱えていた葛城を、手なずけるのは簡単だった。彼が望んでいる者になれば良かった。

神を名乗り、彼に近付き、少しずつ手なずけていった。

菅野という刑事を巻き込んだことで、計画はより強固なものになるはずだった。

それなのに——。

計画は、ぼろぼろと綻び、気付けば逃亡を強いられることになっている。

我ながら、情けなく、笑えてくる。

全てはあの男のせいだ。

彼女と一緒にいた、阿久津という名の刑事。

あの男さえ現れなければ、晴人は今頃は、作品を完成させた充足感の中、死の眠りについていたというのに、全てが崩れ去った。

だが——。

このままでは終わらない。

晴人は、決意と共に立ち上がり、教会の天井に目を向けた。

アーチ状になった天井には、聖母マリアと、その周りを優雅に飛びかう天使たちの姿が描かれている。

長い年月を経て、その絵は埃を纏い、くすんでしまっているが、それでも美しい。

「母さん――」

晴人は声を漏らした。

母の死に際は、今も鮮明に覚えている。

治療の為に大量の薬物を投与され、その副作用により髪は抜け落ち、肉を極限まで削《そ》ぎ落とされ、骨に皮を貼っただけの状態だった。

その姿を見て、晴人は恐れを感じた。

あれほど美しかった母が、まるで死神のようになった有様は、到底、受け容れられるものではなかった。

母を、美しいまま留めておくことはできないものか――と何度となく考えた。

その度に、晴人の脳裏には、この教会での光景が浮かんだ。

あの時、葛城に殺された少女は、かわいそうだったのか？　いや、違う。彼女は幸せだったはずだ。

醜く老いさらばえることもなく、薬の副作用で変貌することもなく、美しいまま死ねたのだ。

美とは、一瞬のものだ。

この天井の絵のように、時が経てば、どんな絵も劣化していく。

美しくはあるが、それは本来のものではない。脳内で過去の美しさを想像し、補完し、それを想像して美しいと感じているのだ。

そして、人がもっとも美しく花開く瞬間は、死ぬ寸前だ――。

母のように、病で蝕まれて死ぬのは違う。突然の死によってこそ、真の美しさが引き出されるのだ。

だから――。

あの時、友人の死体を前にして、彼女は笑ったのだ。

彼女は、美がどういうものなのかを知っていた。

そんな彼女だからこそ、晴人の作品に相応しいモデルになると感じたのだ。

彼女との再会は偶然だったが、よくよく考えれば、それを引き寄せたのは、晴人自身でもあるといえる。

失敗ではあったが、真莉愛の作品が、彼女と晴人を引き合わせた。

まだ、諦めることはできない。

何としても、彼女をモデルに、作品を完成させなければならない。

だから、晴人は惨めな逃亡生活に身を置いている。

おそらく、これも神が与えた試練なのだろう。より完全な作品を創造する為に、与えられたものだ。

完璧な計画の中で創られた作品には、どうしても執念が宿らない。渇望し、苦しんだあとにこそ、傑作は生まれるものだ。

今回の一件は、晴人にそれを気付かせようと、神が仕組んだものに違いない。

ただ、その前にやることが幾つかある。

現状では、彼女に近付くことすらできない。まずは、ハードルを乗り越えなければならない。

それだけではない――。

作品さえ完成すれば、死んでもいいと思っていたが、そうではない。

あいつらに、思い知らせる必要がある。自らの保身のみを考え、実の子どもですら斬り捨てる非道な悪魔に、天誅《てんちゅう》を下さなければならない。

これは作品とは関係ない。晴人が、一人の人間として、やらなければならないことだ――。

晴人は決意を固めると、改めてキリストの像に目を向けた。

自然と笑みが零れた――。

5

「教えて下さい――」

天海は、真っ直ぐ阿久津を見据えながら問う。

知りたいと思う気持ちがあるのは確かだ。が、それと同時に、怖さが生まれているのも事実だった。

阿久津が、何を話そうとしているかは分からない。

ただ、それを知ってしまったら、もう二度と後戻りはできない。そんな予感めいたものがあった。

それでも、やはり知りたいと思った。

それは、もう警察官として――という領域を超えているような気がしている。

純粋に天海自身が、阿久津という人間を理解したいという願望のようなものだ。なぜ、そこまで固執しているのかも判然としない。

いや、そうではない。本当は分かっている。だが、それを認めたくないだけだ――。

「私にはね。見えるんですよ」

長い沈黙のあと、阿久津がそう切り出した。

「見える？」

「ええ。他人の記憶、或いは、その人の考えのようなものです――」

阿久津の顔は、真剣そのものだった。

これまでのように、嘘やいい加減な言葉を並べ、人を煙に巻こうという意図は感じられない。

「詳しく説明して下さい」

天海は、そう問い返した。

「生まれた時から、ずっとそうでした。誰かに触れたり、持ち物に触ったりすると、記憶の断片のようなものが、頭の中に流れ込んでくるんです」

「断片――ですか」

「ええ。詳しいことは私にも分かりませんが、全てというわけではなく、その人の記憶に強烈な印象で残っていること。或いは、大切にしている思い出などを、意思とは関係なく感知してしまうのです」

「それで――」

問い質したいことはたくさんあったが、天海はそれを呑み込んで先を促した。

「幼い頃は、それが特別なことなのだと分かりませんでした。幼いうちは、行動範囲も狭いですし、経験を積んでいないので、仮に友人に触れて記憶を感知したとしても、それは他愛のないものばかりでした」

「そうかもしれませんね」

記憶は経験でもある。幼い頃は、同年代の子どもの記憶を感知したとしても、さして支障はないだろう。

「しかし、思春期に差し掛かると、皆秘密が増えていきます。誰にも話していないはずの秘密を、私が知っていたりするので、気味悪がられるようになりました。そうなって、私は初めて自分が特異な体質を持っていることに気付いたのです」

阿久津は、自らの右手を眼前に掲げた。

そのしなやかな指先を外側から見ても、これといって変わったところはない。

「周囲は、次第に私を避けるようになりました。私自身、他人に触れるのが恐ろしくなった。人が抱いている記憶や感情は、全てが穏やかなものではありません。得てして、印象に残っている記憶や感情は、強烈な負の影を纏っていることが多いんです」

阿久津は、そう続けると手を下ろしてふっと笑った。

あまりに哀し気な顔に、天海はかける言葉を失い、ただ呆然と立ち尽くしていた。

「信じていない――という顔ですね」

阿久津が言った。

「いえ。そうではありません。ただ、思考が追いつかないんです。自分の中にある常識の壁が、邪魔をしているんです」

「あなたは、どこまでも正直な人ですね」

阿久津が笑みを零した。

「私は……」

「話を続けてもいいですか？」

「どうぞ──」

「私は塞ぎ込むようになり、誰とも会話をしなくなりました。人に触れられることを、極端に怖れていたせいで、周囲の人は極度の潔癖性だと思っていたようです。両親ですら、持て余しているような状態でした」

阿久津が小さく首を振った。

子どもが頼れるのは両親だけだ。だが、その唯一であるはずの両親にすら理解されなかったとすると、阿久津は自分の殻に閉じ籠もるしかなかったのだろう。

「ご両親に説明はしたんですか？」

「ええ。でも、信じてはもらえませんでした。精神を病み、妄想に取り憑かれていると思ったようでした。自分にとっての真実を、肉親に否定されるというのは、存在そのものを拒絶されたようで……」

阿久津が遠い目をした。

肉親にすら信じてもらえないことで、阿久津は圧倒的な孤独に苛まれることになったのだろう。

「私が中学に入学して、間もない頃だったと思います。ある事件が起きました」

「事件？」

「当時、私は陰湿な苛《いじ》めを受けるようになっていました。机に〈キモイ〉、〈死ね〉といった落書きをされ、椅子にゴミが置かれたり、上履きに画鋲《がびょう》を入れられたこともありました」

「酷い」

天海は思わず口にした。

どんな理由があろうと、弱者を集団で攻撃するという陰湿な行為は看過できない。激しい嫌悪感を覚える。

「そんな私にも、優しく接してくれるクラスメイトがいました。隣の席に座る女子生徒で、気さくに声をかけてくれました。でも……」

「彼女に触れてしまった」

「ええ。偶々、彼女が授業中にシャーペンを落としたのです。それを、拾ったときに手が触れました……」

阿久津が、息を呑んだ。

「何を見たんですか？」

「彼女こそが、苛めの首謀者だったのです。単純に、私のことを嫌悪しているなら、まだ良かった。だけど、彼女は、そうではなかった。日頃のストレスの解消の為に、身近な第三者を攻撃し、知らぬ顔でそれに手を差し伸べ、優越感に浸っていたんです」

「…………」

天海は言葉が出なかった。

そのクラスメイトの少女がやったことは、許されざることだが、彼女が特別という訳ではない。

苛めの根本的な要因は、そうしたものだったりする。

「知らない方が良かった。そう思うのと同時に、人間が分からなくなったんです。表面上と裏の顔は、全く別だったりします。その二面性を知るのが怖くなり、翌日から手袋をして通学するようになりました」

記憶の蓄積と共に、人間は多くの顔を持つようになる。だが、それが表面化することはほとんどない。

ところが、阿久津は触れることで記憶が見えてしまう。

知りたくないこと、知る必要のないことを知ってしまうということは、とても残酷なことなのだ。

阿久津は、他者との関わりそのものを恐れ、孤独な思春期を過ごしたのだろう。だが、それは、あまりに悲し過ぎる。

「誰か理解者はいなかったんですか？」

天海が問うと、阿久津が遠い目をした。

「一人だけ」

「友だちですか？」

「いいえ。先生です。学校ではなく、美術教室の先生でした。両親が、カウンセリングのつもりで、始めさせたんです」

いわゆるアートセラピーというやつなのだろう。

昔から、精神に問題を抱える子どもの治療方法として、絵を描かせることが有効だと言われている。

おそらく、阿久津の両親は、息子の発言を真実だと受け止めることなく、精神に疾患を抱えているからだと結論付けたのだろう。

両親に、そういう扱いを受けることは、阿久津にとって耐え難いものだったはずだ。

「その先生だけは、阿久津さんを信じた——」

「ええ。先生は、私に触れることを恐れませんでした。信じていなかったのではなく、信じた上で触れることを厭《いと》わなかった」

「どうして、信じてくれたと分かったんですか？」

「触れれば分かります」

阿久津が、右手の掌を天海に見せた。

――そういうことか。

その先生は、信じた上で尚、阿久津に触れられることを恐れなかった。そこには、深い慈悲の感情があったのだろう。

「先生は、私にたくさんのことを教えてくれました。人の記憶や感情は、正確ではない。時と場合によって、変動する。だから、その瞬間だけを見て、その人を判断してはいけない――と」

その言葉には、天海も納得だった。

人間の記憶は、カメラで記録した映像のように、真実を記録する装置ではない。時と場合によって、都合よく改変してしまう。

しかも、それは時間の流れとともに姿形を変えるものだ。言葉がそのまま真実でないように、記憶も全てが真実とは限らない。

人間の感情もまた然りだ――。

おそらく、その先生は、見えているものが全てではないと説くことで、阿久津の恐れを取り除こうとしたのだろう。

「その先生とは、今でも？」

自分を理解してくれる人物の存在というのは、大きな支えになる。

「亡くなりました」

阿久津が力なく首を左右に振った。

話の印象で若い人物だと感じていたが、当時、既に老齢だったのだろうか？

「自殺したんです」

阿久津の言葉に、天海は驚愕した。

直接会ったわけではないが、どうにも信じられなかった。阿久津に希望を与えた人が、自ら命を絶ったということに違和感を覚える。

「いったいどうして……」

「先生は、ある事件の容疑者として逮捕されました。無罪を主張していたのですが、控訴は棄却され、刑務所に収監されました。先生は、画家として注目され始めた時期で、個展の開催も控えていたのですが、全てが水泡に帰しました」

阿久津は、淡々と口にしているが、強い怒りを秘めていることが、ひしひしと伝わってきた。

「そんな……」

「私は、先生が犯人でないことを知っていました。先生はやっていないと主張したのですが、受け容れられなかった……」

きっと阿久津は、事件後にその先生に触れていたのだろう。

記憶を見て、先生が犯人ではないと分かっていたが、それを証明する手立てが何一つなかったのだろう。

「上告はしたんですか？」

「ええ。先生は、一貫して無罪を主張していましたから。しかし、認められませんでした。メディアは無責任に先生を誹謗《ひぼう》中傷し、その家族まで追い込んで行ったんです」

阿久津の声が震えていた。

湧き上がる怒りを制御できていないのだろう。

自分の恩師が、無罪であることを知りながら、救うことができなかった。正義感の強い阿久津が感じた無力感は、想像を絶するものだったはずだ。

「いったいどんな事件なんですか？」

メディアが話題にするくらいだから、相当に大きな事件だったはずだ。

問いかける天海の声が届いていないのか、阿久津は無表情だった。ただ、昔を懐かしむように目を細めた。

「話が逸れてしまいましたね……」

しばらくの間を置いて、阿久津が自嘲気味に笑う。

「いえ、そんなことは……」

「それから、私は自分のこの不可思議な能力を、どう扱うべきかを考え続けました。そうやって導き出されたのが──」

「警察だった」

天海は、阿久津の言葉を引き継ぐように言った。

阿久津は、恩師である先生のような人物を、もう二度と作り出したくないと考えたのだろう。

だから、忌み嫌っていた能力を役立てる方法を考え、警察官としての道を歩んだ。

「これが、私の秘密です。信じろとは言いません。あまりに非科学的なことで、私自身、どういうことなのか理解していないのですから」

「もし、私が、初対面の段階で、この話を聞かされていたら、きっと信じなかったと思います」

天海が言うと、阿久津が怪訝な表情を浮かべた。

「どういう意味です？」

「今なら、信じられると言っているんです」

「正気ですか？」

阿久津の言い様が、おかしくて、つい笑ってしまった。

その反応が不快らしく、阿久津は「何が可笑《おか》しいんですか？」と、咎めるような口調で訊ねてきた。

「可笑しいですよ。阿久津さんは、信じて欲しくて、話したんじゃないんですか？　それなのに、信じると言った私の正気を疑ったんです」

「それは……」

こんな風に、言《い》い淀《よど》む阿久津の姿は、これまでのイメージを覆すものだった。

「さっきも言いましたが、初対面でその話をされたら、私は信じなかったと思います。でも、今は違います」

それが、天海の率直な考えだった。

確かに阿久津の話は、常識的には信じ難いものだ。

だが、今になって考えてみると、納得する部分が多々ある。

初めて阿久津に会った時、彼は祈るように被害者の手を握っていた。あれは、被害者の記憶を辿る為だったのだろう。

晴人を容疑者と定めるタイミングも早過ぎた。

おそらく、阿久津は被害者の記憶から、犯人の顔だけを認識していたのだろう。だから、犯行現場の写真の中から、犯人と思しき人物を捜した。

それだけではない。

阿久津は、ことあるごとに、握手を求めていた。

そして、そのあと、その人物が秘密にしていることを、次々と口にしていた。あれは、類い稀な洞察力と推理力かと思ったが、そうではなかったということだ。

天海との会話の中でも、幾度となく、他者が知り得ない天海自身の情報を喋っていた。それらは全て、相手の記憶を見ていたからこそできたことなのだ。

阿久津は、それを知った理由を、あたかも推理であるかのように語っていた。あの時はそれで納得していたが、よくよく考えると不自然なものが多かった。

十五年前の事件の時、天海がどんな表情をしていたかなど、推理で分かるようなものではない。

つまり、後付けの推理を並べていた――ということだ。

阿久津は、その検挙率の高さから〈予言者〉と揶揄されていた。その要因を、監察医の佐野は、他と視点が違うからだ――と評していた。

確かに、視点は違う。

阿久津は、最初から犯人が誰なのか、分かっている状態で捜査をしていたのだ。阿久津がやろうとしていたのは、犯人が誰なのかを捜すことではなく、犯人が分かった上で、証拠を炙《あぶ》り出《だ》すことだったのだ。

「これで満足しましたか？」

阿久津が、苦笑いを浮かべたまま言った。

「ええ」

天海は、返事をするのと同時に、阿久津の手に触れようとした。

しかし、阿久津は逃げるように手を引いた。

「私に触れない方がいい。また、あなたの記憶を覗き見ることになります」

「構いません。どうせ、もう一度は見られています」

天海は、きっぱりと言った。

「何を言っているんです？」

「私の言動の意味が分かりませんか？」

「分かりません」

「だったら、感じて下さい」

天海は、両手で包み込むように阿久津の右手を握った。

その体温が、肌を通して伝わってくる。

だが——。

阿久津には、それ以上のものが伝わっているはずだ。

知らずに見られていることと、知った上で見られていることは、同じ見られるでも意味がまったく違う。

それでも、阿久津に触れて欲しいと願った。

阿久津の話の中で、天海が感じたのは、圧倒的な孤独だった。

他人の記憶が、考えが見えてしまう。そのことで、彼は、知りたくないことをたくさん知ってきた。

阿久津は、天海によく言っていた。全てを知ろうとするべきではない——と。

その言葉の本当の意味が、今の天海には分かる。

知り過ぎてしまったことで、阿久津は孤独に蝕まれていたのだ。

圧倒的な検挙率と引き替えに、彼は誰も信用できなくなった。職務以外で、他人に触れることができなくなった。

さっき、触れようとした天海から逃げたのは、天海のことを捜査の情報源ではなく、一人の個人として認識したからだ。

きっと、これまで阿久津は、愛する人に触れられなかったのだろう。肉親、友人、恋人——自分に近くなるほどに、触れられなくなったはずだ。

だから嘘を吐き、話をはぐらかし、自分の姿を深い霧の中に覆い隠してしまう。

その孤独は、想像を絶するものだったに違いない。

彼は、多くのものを犠牲に、苦しみながら、この残酷な世界で、たった一人で生きて来たのだ。

それは、喩《たと》えようのない苦しみの連続だっただろう。

阿久津が味わってきた苦悩を思うと、自然と目から涙が零れ落ちた——。

その涙が阿久津の右手に落ちる。

「あなたという人は……」

阿久津が、何かを堪えるような顔をして、天井を振り仰いだ。

「妙な人だとは言わないで下さい」

天海が言うと、阿久津が「そうですね」と応じて、天海の頭にぽんと手を置いた。

温かい感触だった。

心が溶かされていくような気がする。

天海は、阿久津の身体に手を回し、その胸に顔を埋めた――。

6

菅野は、夜になるのを待ってから、教会を訪れた。

もっと遠くに逃亡しているものとばかり思っていたが、まさかこの教会を潜伏先にしているとは――。

驚きを感じるのと同時に、納得する部分もあった。

都内には検問が敷かれているし、至るところに防犯カメラの目がある。下手に動けば、発見されるリスクは極端に高まる。

もちろん、この教会も捜索はされているのだろうが、屋根裏などに上手く身を隠せば、やり過ごすことができる。

一度捜索された場所は、逆に安全地帯だといえる。

扉を押し開け、中に足を踏み入れた。

軋む床を踏みしめながら、菅野は教会の奥に向かって歩みを進める。

辺りを見回してみたが、晴人の姿は見えない。

どこかに潜んで、菅野が一人で来たのかを見極めているのだろう。それくらいの警戒心は持ち合わせていて貰わなければ困る。

菅野は、最前列のベンチに腰掛けると、ポケットから煙草を取り出し、火を点けた。

別に急ぐことはない。

こちらから探して歩く必要もない。ゆっくりと煙を吐き出しながら、晴人が現れるのを待つだけだ。

一本目の煙草を吸い終わり、携帯灰皿にねじ込む。二本目を取り出そうとしたところで、ぎっと木が軋むような音がした。

目を向けると、キリスト像の裏側にある壁の一部が、畳一畳分ほどの大きさで外れ、その奥から晴人が姿を現した。

「そんなところに、隠しスペースがあるとは」

菅野は、驚きの声を上げた。

ている。


「ぼくが造っておいたんです。緊急事態に備えて」

晴人は、勝ち誇った声を上げたが、その顔はみるからに疲弊していた。髪は脂と埃とでべったりと貼り付き、陶磁器のように白く透き通っていた肌も、薄汚れている。

着ている服も泥で汚れ、あちこち破れた痕がある。

最初に会った時に感じた、品位やカリスマ性は見る影もない。

所詮、晴人が纏っていたものは、メッキだったのだろう。それが剝がれてしまえば、自分勝手で我が儘な若者に過ぎない。

「さすが、抜かりはないようだな」

菅野は心の底を隠しながら、おだててみせる。

「ぼくには、まだやらなければならないことがありますからね――」

見てくれは変わったが、その鷹揚な喋り方は相変わらずだ。だが、メッキが剝げてしまった以上、ただの強がりにしか聞こえない。

だいたい、この期に及んで、まだ何かしようという考えが甘い。

もしかしたら、まだあの女刑事に執着しているのかもしれないが、おそらく、どんなに足掻こうと、晴人が彼女に近付くことはもうできない。

「逃亡する方が先なんじゃないのか？」

菅野が問うと、晴人は大きく首を左右に振った。

「まだです。為すべきことを、為す方が先です。逃亡は、そのあとです」

晴人が毅然と言う。

——その執着が、この結果を招いたんだ。

菅野は、内心で罵りながらも、感心したように、「ほう」と声を上げてみせた。

「何をしようと言うんだ？」

「為すべきこと——です」

「言って貰わなきゃ分からん。協力して欲しいんだろ」

菅野の言い様に、晴人は腹を立てたようだった。

「あなたは、状況が分かっていないようですね。ぼくが捕まれば、あなたも終わりなんですよ。言っている意味は分かりますよね？」

生意気な態度だ。

その鼻先に、拳を叩き込んでやりたいところだが、菅野は辛うじてそれを堪えた。

そもそも、晴人は間違っている。

警察が晴人を捕まえるのは、死体になってからだ。自分がどんな末路を辿るのか、未だにイメージできていない愚か者だ。

「分かっている」

菅野は、答えながらさり気なく腰の後ろに挿した拳銃に触れた。

頃合いを見て、晴人を射殺する。

捜索中に偶然晴人を見かけ、追いかけたところ、晴人が逆上してナイフを振り翳して襲ってきた。

菅野は、やむを得ず拳銃を抜いて発砲——という筋書きだ。

葛城の件と合わせて、偶然が重なり過ぎていることを、疑問視する者もいるだろうが、警察としても、余計なことを喋られる前に、晴人に死んで貰った方が都合がいいはずだ。

「それで、おれに何をして欲しいんだ？」

菅野は心を読まれないように、笑みを浮かべながら聞き返した。

「答える前に、ぼくにも貰えますか？」

どうやら、煙草を欲しているらしい。

菅野は、歩み寄って渡そうとしたが、晴人がすぐに身構える。警戒しているらしい。これだけ追い詰められていれば、そうなるのも仕方ない。

菅野は、煙草の箱とライターを晴人に投げた。

晴人は煙草を一本抜き出し、ライターを使って火を点ける。

これまで煙草を吸ったことがないのだろう。ゴホゴホと何度も噎《む》せ返った。こういうところが、お坊ちゃん育ちなのだ。

晴人は、煙草とライターを菅野に投げ返してきた。

それを受け取ったあと、菅野は改めて晴人に目を向けた。

晴人を消す前に、菅野には、一つだけ確かめておかなければならないことがあった。

「ところで――あの音声データは、どこにある？」

菅野が、真穂を殺害した時の音声データだ。晴人が、盗聴器を経由して録音したもの。

あのデータがあったからこそ、菅野は晴人と共犯関係になった。

晴人を殺す前に、どうしても、その所在を明らかにしておく必要がある。あのデータが表に出れば、さすがに菅野も逃げ道はなくなる。

「それは言えません」

晴人が、火の点いた煙草を持ったまま、しれっと答える。

「音声データを渡せ。それが、協力する条件だ」

「できません。渡せば、あなたは裏切るでしょ」

――よく分かっている。

以前までは、晴人の脅しに屈したかもしれないが、今は状況が違う。

「言っておくが、お願いしているわけではない。命令だ。あのデータを寄越せ」

菅野は硬い口調で言う。

が、晴人は表情を変えなかった。どうやら、まだ自分は安全地帯にいると思い込んでいるらしい。

本当にお目出度いとしか言い様がない。

菅野は、煙草を取り出し、火を点けて煙を吸い込んだあと、ホルスターに挿した拳銃を抜き、その銃口を晴人に向けた。

「出せ――」

菅野が言うと、晴人が声を上げて笑い出した。

まるで、菅野を嘲るような、鼻に付く笑い方だった。

「おれが撃てないと思っているのか?」

菅野が凄んでみせると、ようやく晴人が笑いを引っ込めた。

「そんな風には思っていませんよ。あなたは、容赦なく引き金を引ける人です。そもそも、ここに来たのは、ぼくを撃ち殺す為でしょ」

冷静に言う晴人の言葉を聞き、菅野の中に嫌な感覚が広がっていく。

もしかして、計算違いをしたのは、晴人ではなく自分の方かもしれない――菅野が、そのことに気付いた時には遅かった。

急激に目眩がした。

足がふらつき、耐えられずに片膝を突いた。

持ち慣れたはずの拳銃が、異様に重く感じられた。腕を伸ばしていることができなかった。

——いったい何が起きた？

困惑する菅野のすぐ目の前に、晴人が立っていた。

「煙草。美味《おい》しかったですよ」

晴人が、菅野の耳許で囁く。

そこでようやく、菅野は全てを理解した。

——嵌められた。

それを自覚すると同時に、菅野は前のめりに倒れた。

顔面を床にぶつけたが、痛みは感じなかった。

どうやら、晴人は最初から菅野が自分を殺そうとしていると分かっていたようだ。その上で、菅野をこの教会に呼び出した。

そして、煙草を吸いたいなどと一芝居打ち、ごく自然に毒を仕込んだ。

なぜ、こうなった？　何を間違えた？

晴人の誘いにのったことか？　それとも、真穂を勢いに任せて殴り殺した時か？　いや、もっと前——宮國に協力した時か？

分からない。

幾ら考えても、答えは出なかった。

たとえ、答えが出たとしても、そこには何の意味もない。なぜなら、菅野を待つのは

——死だからだ。

死に際の菅野の頭に浮かんだのは、棺桶《かんおけ》に眠る父の顔だった。

ああならないようにしようと思ったはずなのに——。

7

天海は、静寂の中で目を覚ました——。

部屋の中は、闇に包まれている。時間の感覚が曖昧だが、おそらくは夜なのだろう。

阿久津の姿はもうなかったが、その温《ぬく》もりは肌に残っている。

不思議な感覚だった。

誰かの腕の中で、ここまで溶け合うような一体感と安堵感を覚えたことはなかった。

余韻を噛《か》み締《し》めながら身体を起こす。

——阿久津は、いったい何処に行ったのだろう?

部屋の中を見回すと、枕元にメモ書きが置かれていた。

部屋の鍵の所在を含め、自由に使っていい旨が、丁寧な字で書かれていた。こういうところが、阿久津らしい。

最後の一文に目を通した天海は、心が溶かされていくような気がした。

〈君のお陰で救われた――〉

別に、何かをしたという意識はない。ただ、それでも、阿久津の中にある、表現し難い孤独を癒やすことができたのだとしたら、こんなに嬉しいことはない。

まるで、少女のように胸を躍らす自分に気付き、天海は慌てた。

天海は浮かれた気分を立て直そうと、バスルームに向かうと、電気を点けて鏡の前に立った。

まるで初めて恋を知った少女のように、恍惚とした表情を浮かべている自分の顔を見て、恥ずかしさから視線を逸らした。

頭に阿久津の顔が浮かぶ。

唇に、そして肌に、その感触が鮮明に蘇り、体温が一気に上昇するのが分かった。

――駄目だ。

天海は自分を叱咤する。

「事件は、まだ終わってない」

改めて鏡に顔を向け、表情を引き締めながら呟いた。

こんな風に、現《うつつ》を抜かしている場合ではない。阿久津が部屋にいないのは、既に事件を追いかけているからに違いない。

晴人の行方を追っているはずだ。

果たして、晴人はどこに消えたのか？　警察は、彼の描いたシナリオに乗ろうとしている。全てを葛城に擦《なす》り付《つ》ける為だ。

そんなことは絶対にさせない。

その為にも、捜査本部より先に、晴人を確保する必要がある。

だが――。

本当にそれで、事件の真相を白日の下に晒すことになるのだろうか？

もし、捜査本部が、本当に晴人のシナリオをなぞろうとしているのであれば、彼の供述を採用しないはずだ。

都合よく書き換え、事実を歪曲《わいきょく》することは容易《たやす》い。天海たちが騒いだところで、警察という巨大な組織に抗えるとは思えなかった。

阿久津もそのことを分かっているはずだ。

では、どうすれば晴人に、罪を償わせることができるのか？

天海は考えを巡らせながらシャワーを浴び、タオルで身体を拭ってから服を着た。ところが、そうしていても、一向に考えはまとまらなかった。

大切な何かを見落としている――そんな感覚があり、どうにも落ち着かなかった。とはいえ、ここに留まっていても仕方ない。

とにかく、阿久津に連絡を取り、彼と合流しよう。

スマートフォンで、阿久津に連絡を入れてみたが、コール音が鳴り響くばかりだった。目的地も分からないまま、部屋を出ても意味がない。

——どうする？

改めて自らに問いかけた時、ふと一枚の絵が目に入った。

テレビすらないこの殺風景な部屋で、唯一の鑑賞物といってもいい。

そこには、水辺に佇む、一人の少年が描かれていた。憂いを帯びた表情を浮かべるその少年は、何かを摑み取るように、真っ直ぐ空に右手を伸ばしている。

絵について詳しいわけではないが、繊細でありながら、力強く描かれたその絵は、天海の心をぐっと惹き付けた。

阿久津のことを、唯一理解してくれた人物は、美術教室の先生だったという話だ。

もしかしたら、この絵を描いたのは、その先生で、モデルは阿久津かもしれない。そう考えると、どことなく、絵の中の少年に、阿久津の面影があるような気がした。

自然と頰が緩む。

しかし、右下に描かれた作者の署名を見るなり、はっと息が止まった。

具体的に、何に対してこれほどまでに反応したのか、その瞬間の天海には、判然としなかった。

言うなれば、小さな引っかかりのようなものを感じたのだ。

その漠然とした感覚は、やがてこれまで得た様々な記憶と結びつき、天海の脳裏に、一つの可能性を浮かび上がらせた。

天海は、自らの脳裏に浮かんだ考えに戦慄する。

——そんなはずはない。

必死にそう言い聞かせたが駄目だった。

目眩がした。はるか上空から転落したような浮遊感を覚える。立っていることもままならず、その場に座り込みそうになるが、壁に手を突いて辛うじてそれを堪えた。

胃がぎゅっと締め付けられ、嘔吐《おうと》感が這い上がってくる。

「そんなはずはない」

口に出すことで、天海の脳裏を駆け巡る恐ろしい推論を掻き消そうとした。

だが、駄目だった。

そうすればするほどに、天海の推理は鮮明さを増していくようだった。

これまで、天海が見ていた世界が一気に崩壊し、まったく想像だにしていなかった現実が姿を見せた。

「違う。こんなのは嘘よ」

天海は、力を振り絞ってもう一度吐き出した。

そうだ。まだ、何の確証もない。単に、天海の脳裏に浮かんだ、根拠のない推測に過ぎないのだ。

――どうしたらいいの？

内心で悲痛な叫びを上げたところで、スマートフォンに着信があった。

震える手で、スマートフォンを取りだし、確認してみる。

登録されていない電話番号から、ショートメールが届いていた。その文章はごく短いものだった。

〈始まりの場所で待つ――〉

いったい誰が、こんなメッセージを送って来たのだろう？　それに、始まりの場所とは、いったい何処なのだろう？

天海の頭に、真っ先に浮かんだのは、阿久津の顔だった。

もし、阿久津だとしたら、自分の携帯電話で直接連絡を入れてくればいい。いや、もしかしたら、そうできない何か特別な事情が発生したのかもしれない。

ざわざわっと音を立てて胸が騒ぐ。

――とにかく、行かなければ。

天海は、その衝動に駆られて部屋を飛び出した。

8

晴人は、足許に無残に転がる死体を見て、笑いが込み上げてきた——。

木乃伊《ミイラ》取りが木乃伊になるとは、まさにこのことだ。

菅野というこの男が、どういう類いの人間であるかは、最初から分かっていた。父と同じで、己の保身だけしか考えていない輩だ。

初めから、頼るつもりなどなかった。

菅野は、どうして自分が殺意を持っていることを、晴人が知っていたのか理解できなかっただろう。

菅野は、晴人との電話を切ったあと、すぐに晴人の父に連絡を入れた。

それが全ての過ちだ。

晴人は、父の携帯電話など、とうの昔から盗聴しているのだ。何を話したのかは、全て筒抜けになっている。

最初に、晴人が父の携帯電話の盗聴を始めたのは、中学生の頃だった——。

父が家に帰って来ない日が増えた。仕事が多忙を極めているというのが、その理由だったが、そんなものは方便に過ぎない。

おそらく、他に女がいるであろうことは、容易に想像がついた。

晴人は、以前からずっと父のことを嫌悪していた。

幼い頃から、父と遊んで貰った記憶などない。あの男は、己の欲望を満たすことにしか興味のない男だ。

独善的で、横柄な振る舞いは、目に余るものがあった。

自分の身体に、あの男の血が流れていると思うだけで、虫酸が走る思いだった。

なぜ、母があのような男と結婚したのか理解できなかったし、ただ耐えているだけの母が不憫《ふびん》でならなかった。

浮気の証拠を掴み、それを母に見せれば、母も目が覚めるだろうと思った。その上で、離婚すればいい。

生活は苦しくなるかもしれないが、あの男と同じ空間で生活する苦痛から比べれば、どうということはない。

晴人は、盗聴器だけでなく、父が普段から持ち歩いているパソコンをクラッキングし、中のデータを盗み見たりしながら、浮気に繋がる証拠を集め続けた。

それなのに、晴人が明確な証拠を集める前に、母が病に倒れた。

あの男は、母が入院中、ほとんど見舞いにも顔を出さなかった。まるで、好都合とばかりに、好き放題に振る舞った。

怒りが蓄積した晴人は、何度、あの男の浮気の証拠を突きつけようとしたか分からない。

だが、衰弱している母を見て、何もできなくなってしまった。

治療にはあの男の金が必要だし、要らぬ心労をかければ、病の悪化を招くことにもなりかねない。

晴人は怒りを呑み込み、ただ耐えるしかなかった――。

母の死後、集めた浮気の証拠は、まったく意味を成さなくなった。

しかし――。

晴人には、別の楽しみが生まれた。

それは、父の携帯電話を通して、或いは、パソコンのデータを通して、様々な事件の情報を得ることだった。

父のアクセス権限を使って、警察のデータベースに保管されている捜査資料に目を通すこともできた。

一般には絶対に公開されない、ある殺人事件の現場写真を目にした瞬間、眠っていた何かが蠢《うごめ》くのを確かに感じた。

十五年前――この教会で見た惨劇が、脳裏に呼び覚まされた。

それまで、成績は良かったが、これといって何か目標があったわけではなかった。何となく、国家公務員試験を受け、官僚になるのだろう――くらいの漠然としたイメージだった。

自分の将来に対して望みがなかったのだ。

それが、一気に変わった。

自分が何を欲し、何を望んでいるのか――その道筋が照らし出された気がした。

晴人は、菅野が落とした拳銃を拾い上げた。弾倉には、弾丸がしっかりと装塡されていた。

「こんなものに頼るから、こういう目に遭うんだ」

晴人は、菅野に向かって吐き捨てた。

拳銃という圧倒的な凶器を持ったことで、菅野は自分の身の安全が保障されたと勘違いを起こした。

だから、ろくに頭も使わず、薄い警戒心でのこのこと足を運んだのだ。

一方、晴人にはその油断はなかった。

父からの依頼がなくても、菅野が晴人を殺しに来ることは明白だった。そもそも、事件が一段落したら、晴人を殺すつもりだったに違いない。

そういう男だ――。

晴人は、それを分かっていたから、頼るふりをして、菅野をここに誘《おび》き寄《よ》せ、返り討ちにしたのだ。

晴人は、次に菅野のジャケットを漁《あさ》り、携帯電話を取り出した。

問題はこれからだ。

あの男には、実の息子である晴人を殺そうとした報いを受けさせなければならない。けれども、それはわざわざ晴人が手を下すようなことではない。

今回の事件が、明るみに出る。それだけで、あの男はこれまで築き上げた全てを失うことになる。

権力に固執し、執着してきたあの男にとっては、地獄の苦しみになるだろう。

それに、晴人が持ち歩いているノートパソコンには、これまでのあの男の悪事の記録がデータとして残っている。

政治家に依頼され、犯罪の証拠隠滅を図ったこと。そのスケープゴートにした警察官を事故にみせかけて殺害したことなども含まれている。

実刑判決は免れない。

警察官僚だった男が、刑務所に収監されることを想像しただけで笑いがこみ上げてくる。あの男は、もう死んだも同じだ。

問題は彼女のことだ――。

この先、晴人はどうなっても構わない。だが、その前に、彼女を使って自分の最高傑作を残す必要がある。

この前は感情的になってしまったが、途中で作品を投げ出すようなことをしてはならない。彼女もそのことを望んでいるはずだ。

ただ、のこのこと彼女の前に姿を出すわけにはいかない。彼女の方から、ここに来て貰うしかない。

晴人は、菅野の携帯電話を使って、ショートメールを作成し、予め調べておいた天海の携帯電話に送信した。

〈始まりの場所で待つ――〉

他の人が見たら、何のことだか分からないだろう。しかし、彼女ならメッセージの意味を理解できるはずだ。

そして――ここにやって来るに違いない。

「邪魔だな」

晴人は、菅野の死体を見て呟いた。

彼女が来た時に、こんな醜い屍肉《しにく》の塊があったのでは、興醒《きょうざ》めしてしまう。

晴人は、菅野の死体を引き摺り、懺悔室の中に押し込むことにした。

死体の扱いには慣れている。

晴人は、菅野の両脇を抱えるようにして、ずるずるとその死体を引き摺っていく。時間はかかったが、何とか死体を懺悔室に押し込むことができた。

晴人は腕で額の汗を拭い、祭壇へと続く階段に腰を下ろした。

視界が歪み、頭が重くなった気がした。

逃亡が始まってから、ほとんど眠っていないこともあり、疲労が限界まで来ているのかもしれない。

彼女が来るまで、少しだけ休もう——。

晴人は、瞼を閉じた。

——お前のやっていることは、所詮は真似事《まねごと》に過ぎない。

耳許で、誰かが囁く声がした。

——違う。

晴人は、夢現《ゆめうつつ》の中で答える。

——何が違うんだ？　お前は、彼の作品を見て衝撃を受けた。それを、あたかも自分の発想であるかのように振る舞った。

——何を言っているんだ。ぼくは……。

——まだ否定するか。お前は、他人のアイデアを奪った盗人《ぬすっと》に過ぎない。

——違う。違う。違う。

——どんなに否定しても、お前自身が分かっているはずだ。

――違う！

晴人が、心の中で強く念じたところで、ぎっと扉の蝶番が軋む音がした。

それをきっかけに、晴人は現実に引き戻される。

どうやら、座って俯いた姿勢のまま、眠ってしまっていたようだ。

晴人は、視線だけ扉の方に向ける。

こちらに向かって歩いてくる人影が見えた。彼女が来てくれたらしい。

晴人は陶酔した笑みを浮かべた。

9

天海は、教会に足を運んだ――。

あのショートメールにあった〈始まりの場所〉として思い当たるのは、ここしかなかった。

ぽつぽつと細かい雨が降っている。

見上げると、雲が地面に落ちそうなほどに下がっていた。

天海は、ゆっくりと教会に向かって歩みを進める。

足を踏み出す度に、時間を巻き戻しているような錯覚を覚えた。過ぎた時間は、二度と戻らないはずなのに――。

雨が、みるみる強さを増して行く。

天海が、教会の扉の前に辿り着いた時には、叩《たた》き付《つ》けるような強烈な雨に変わり、視界がぼやけて見えた。

教会の扉は、固く閉ざされていた。

あの時――十五年前も、この扉が閉ざされていたのなら、天海の運命は大きく変わっていただろう。

天海だけではない。

亜美も死ぬことはなかった。

晴人も、十五年前の事件を目撃していた。それが、彼の歪みを生み出す一因になったことは、間違いないだろう。

そう考えると、葛城こそが、諸悪の根源のように思えてくる。

だが、それは言い訳じみた穿った見方に過ぎない。

自分が何を目撃しようと、どんな経験をしようと、その先の行動を選ぶのは、自分自身であることに変わりはない。

現に、同じ事件現場を目撃した天海と晴人とでは、まったく異なる人生を歩んだ。

そう思おうとしたのに、心が受け付けなかった。

――それは違う。

耳許で、誰かが囁く声がした。

きっとそれは〈悪魔〉の囁きなのだろう。

そう。分かっている。天海と晴人は、別々の人生を歩んだが、合わせ鏡のような存在だったように思う。

だから、晴人は天海をターゲットに選んだ。

もし、そうだとすると、彼は――阿久津の存在は、いったい何だったのか?

――今は考えるのはやめよう。

天海は頭を振って、自分の中に浮かんだ、恐るべき推測を振り払った。つまらぬ推測を繰り返して、自分を追い込む必要はない。直接、本人に問い質せばいいだけだ。

ふうっと息を吐いてから、天海は教会の扉を押し開けた。

ぎいっと蝶番が軋む。

教会の中は、闇に包まれている――。

それでも、キリスト像の前に、人の姿があるのが確認できた。祭壇へと続く階段に、俯くようにして座っている。

「阿久津さん――ですか?」

天海は、一度足を止めて声をかけた。

だが、それでもその人影は、微動だにしなかった。

稲光が走り、教会の中が一瞬だけ青白い光に照らされる。

——しまった。

ここに来て、天海は自分がとんでもない勘違いをしていたことに気付いた。

送られて来たショートメールが、阿久津からのものだと、さして根拠もないのに思い込んでしまった。

しかし、あれを送ってきたのは阿久津ではない。

その証拠に、稲光に照らされた人影は、阿久津ではなかった。

遅れて轟《とどろ》く雷鳴の中、天海は腰のホルスターに挿した拳銃を抜き、座っている人影に銃口を向ける。

冷静になろうと心がけているにもかかわらず、腕が震えて、照準が定まらない。

こんな状態では、トリガーを引くことはできない。仮にできたとしても、弾が当たるとは、到底思えなかった。

誰にも告げずに、この場に足を運んだ自分の浅はかさを呪った。

自分の中に生まれた、恐ろしい推測に気を取られて、冷静な判断力を欠いてしまっていたようだ。

阿久津に心を奪われていたことも、大きく影響しているだろう。

何にしても、今さら後悔しても遅い。こうなってしまった以上、何とかして現状を打破しなければならない。

「宮國晴人さんですね――」

天海は、座っている人影に向かって呼びかけた。

そう。その場所に座っているのは、宮國晴人だったのだ。

晴人から返事はなかった。

相変わらず、俯いたまま動かない。

額に汗が滲む。

本音で言えば、このまま踵を返して逃げ出したいが、そんなことをすれば、せっかく見つけた晴人を逃がすことになる。

スマートフォンで連絡を取って、応援を呼ぶことも考えたが、その隙に、襲いかかられないとも限らない。

天海が拉致された時、彼には共犯者らしき人物の存在があった。今回も、この教会のどこかに共犯者が潜んでいる可能性はある。

――では、どうするべきなのか？

周囲を警戒しながらも、そこから動くことができなくなってしまった。

再び、稲光が走った。

青白い光に照らされる晴人の姿を見て、天海は驚愕した。

――何てことだ。

気付いた時には、晴人に向かって駆け出していた。

晴人は口を粘着テープで塞がれていた。それだけではない。両腕も後ろに回された状態で、粘着テープによって拘束されていた。

屈み込んで呼吸と脈を確認する。生きてはいるが、完全に意識を失っているようだった。

――なぜ、こんなことに？

天海は、晴人の口を塞いでいる粘着テープを剝がそうとしたが、ピタリと動きを止めた。

目の前に、誰かが立つ気配を感じたからだ。

顔を上げるまでもなく、暗い影を背負ったその人物の正体が何者なのか、天海は察しがついていた。

だが、認めたくはなかった。

その人物が、ポケットから何かを取り出した。おそらくは、スタンガンだろう。それを使って、天海を気絶させるつもりだ。

きっと、このまま何もせず、スタンガンで意識を失ってしまった方が楽になれる。

そして目覚めたあと、何も見ていないと証言して、忘れてしまえばいい。そうすれば、全てが丸く収まるのかもしれない。

天海は、そっと瞼を閉じた。

それなのに——。

気付いた時には、身体が勝手に反応していた。

素早く後方に飛び退《との》き、距離を取りながら、再び拳銃を構えた。

銃口を向けたのは晴人ではない。その背後に立つように、新たに現れた人影に定められている。

視界が歪み、その人物の顔が見えなかった。

ここで、天海はようやく自分が泣いているのだと気付いた。

本当は見たくない。認めたくない。ただ、こうなってしまった以上、もう逃げることはできない。

天海は、涙を拭い晴人の背後に立つ人影に向かって問う。

「なぜですか？」

天海の問いに、人影は何も答えない。

拳銃の銃口を向けられているにもかかわらず、動揺するでもなく、ただそこに静かに佇んでいる。

「答えて下さい」

天海は、もう一度声をかけたが、やはり人影は何も言わなかった。

言い様のない哀しみが胸を突く。

その痛みを堪えながら、天海は改めて人影に目を向ける。

「阿久津さん――」

天海が、その名を呼ぶと、人影は――阿久津は、何かを諦めたような哀し気な笑みを浮かべた。

「わざわざ、私にそれを問いますか?」

阿久津が静かに言った。

「どういう意味ですか?」

「あなたは、もう分かっているんでしょう」

阿久津が言った。

「どうして、私が分かっていると思うんですか? あなたは、私に触れていないのに――」

ここに来てから、阿久津は天海に触れていない。

つまり、天海の記憶や考えに触れていない。それなのに、どうして天海が真相を看破していると分かったのか――。

「触れなくても、目を見れば分かります」

「目？」

「あなたが流した涙の意味を考えれば、容易に分かることです」

阿久津の言う通りだ。

彼が――阿久津がこの場所にいて、晴人を拘束したということは、天海の頭に浮かんだ恐るべき推測が、正しかったという証明に他ならない。

そのことが分かったからこそ、天海は涙を流したのだ。

おそらく、哀しみの涙だろう。

もっと早く、阿久津に会っていれば、全てが変わったかもしれない。もしくは、出会わなければ、良かったのかもしれない。

このタイミングで出会い、阿久津と触れ合ったのは、ただの偶然だろうか？　それともそういう運命だったのだろうか？

どちらにしても、あまりに残酷だ。そして、何より哀しいことだ――。

本当は、もう何も聞きたくない。真実など、知らなければ良かった。あれほど、阿久津が忠告していた。全てを知る必要はない――と。

それを守っていれば、こんなことにはならなかった。

できることなら、時間の針を戻してやり直したい。そう強く願ったが、それは意味がないことだ。

きっと、何度繰り返そうと、天海は阿久津に出会ってしまう。そして、真相を究明しようと奔走し、阿久津のことを知ろうとする。

そして、目の前の男――阿久津を愛してしまうのだろう。

それが証拠に、今に至るも彼のことを憎めないでいる。

阿久津はゆっくりと、歩み寄ってきた。

天海は、後退《あとずさ》り距離を保ちながらも、阿久津に銃口を向け続ける。

「一つ教えて下さい」

天海は、腹に力を入れ、震える喉に意識を集中させながら問いかける。

「何です?」

「阿久津さんが、殺したのは、何人ですか?」

「四人です」

阿久津が、淡々とした調子で答えた。

やはりそうだった。一連の〈悪魔〉の事件で殺害されたとされているのは六人。直近で起きた二件の殺人、真莉愛と真穂への犯行は晴人によるものだろう。

そして、今阿久津が自ら口にしたように、一人目から四人目までを殺害したのは、阿久津自身だったのだ――。

捜査本部も、天海も、本来別々のはずの事件を、一緒くたに考えてしまった。

「どうして、殺したりしたんですか？」

天海は、拳銃を握るグリップに力を込める。

撃つ為ではない。うっかり、トリガーを引いてしまわないように——だ。

「そんなものを向けなくても、私は今さら逃げるつもりはありません」

阿久津が静かに言った。

おそらく、その言葉に嘘はないだろう。阿久津は、この期に及んで逃亡を図るような男ではない。

それでも——。

天海は銃を下げることができなかった。阿久津のことを警戒しているからではない。単純に、極度の緊張で身体が動かなかったのだ。

「教えて下さい。なぜ、殺したんですか？」

天海は、改めて問う。

「私が答えるまでもなく、あなたは、もうその理由が分かっているんでしょう。だから、真相に辿り着いた。違いますか？」

阿久津の言う通りだった。

天海は、既に阿久津の犯行動機について、推測ができている。

それは、阿久津の特殊な能力を受け容れたからこそ辿り着いた結論でもある。

「私は、阿久津さんの口から、直接聞きたいんです」

天海は強い口調で言った。

自分の推理に、ある程度の自信を持ちながらも、敢えて阿久津の説明を求めたのは、ここまできて尚、真実が覆ることを期待していたからかもしれない。

阿久津は、小さくため息を吐いたものの、苦笑いを浮かべてから「分かりました」と応じた。

「私が最初に殺した長谷部が、なぜ捜査一課に引き上げられたかは知っていますね」

「はい」

天海は、大きく頷いた。

長谷部が、まだ制服警官だった頃、管轄内で起きた女子大生殺害事件の証拠品となる凶器を発見するなど、犯人を逮捕するのに貢献したからだ。

「あの事件で、容疑者として逮捕された笹川さんは、私が通っていた美術教室の先生でした――」

――やはりそうだった。

阿久津の別宅の部屋に、唯一あった絵には、ローマ字でSASAGAWAと署名がしてあった。確認はしていないが、阿久津の官舎に飾ってある絵も、タッチからして笹川のものだろう。

他人の記憶や考えが見えてしまうことで孤立し、苦しんでいた阿久津――。そんな阿久津の能力を信じた上で、彼に触れることを怖れず、生き方を示した人物が笹川だった。

「私は、必死に訴えました。笹川さんは犯人じゃないと――。でも、誰も私の能力など信じない。為《な》す術《すべ》が無かったんです」

阿久津が、力なく頭を振った。

もしかしたら、阿久津は無力な己を責め続けていたのかもしれない。

阿久津に警察官になった理由を訊ねた時、この世界の不条理が許せなかったと語っていた。

あの時は、適当なことを言って話を逸らそうとしているのだと感じた。だが、実際はそうではなかった。

阿久津は、笹川が犯人でないことを知っていた。にもかかわらず、不条理にも、彼は逮捕されてしまった。

阿久津は、そうした不条理が許せなかったのだろう。だから、警察官になった。自分の能力を、最大限に活用する方法を見出したのだ。

「笹川さんに下された判決を知っていますか？」

阿久津が訊ねてきた。

「終身刑――」

天海は、記憶の中から、笹川の事件の判決を引っ張り出した。

取り調べにおいても、裁判においても、笹川は一貫して無罪を主張し続けた。それが、反省の意思がなしと、裁判官に悪い印象を与えてしまった。

「そうです。すぐに控訴を申し立てましたが、棄却されました。きっと、笹川さんは、いつか真実が明らかになると信じていたんだと思います。でもある日、その機会は永久に訪れないと悟った――」

そして――自殺した。

笹川は、どんな無念を感じながら、自ら命を絶ったのだろう。それを思うと、息をするのすら苦しく感じる。

「私には、何もできなかった……」

阿久津が、顔を天井に向けた。

零れ落ちそうになる涙を、堪えているように天海には見えた。

悔しかっただろう。当時の阿久津は、まだ学生だ。えん罪を晴らそうと思ったところで、できることなどたかが知れている。

知っていながら、何もできないというのは、何よりも辛《つら》いことだ。

「その後、私は警察官になりました。二度と笹川さんのような犠牲者を出さない為に、全力を尽くしたつもりでした。しかし――」

ここで阿久津は、一旦言葉を切った。

言わなくても分かっている。阿久津は、笹川の事件の真相を知ってしまったのだ。

「長谷部が手にいれた物的証拠というのは、捏造《ねつぞう》されたものだったんですね」

天海の言葉に、阿久津が頷いた。

「刑事になってからしばらくして、長谷部とコンビを組むことになりました。そのとき、彼と握手を交わして分かりました」

「…………」

予想はしていたが、言葉が出なかった。

現職の警察官が、自らの犯行を隠蔽する為に、証拠を捏造して他人にその罪を擦り付ける――それは、非道極まりない行為だ。

しかも、その後、長谷部は捜査一課に引き上げられ、何食わぬ顔で、警察官としての勤務を続けたのだ。

「彼は、女子大生を殺害しただけでなく、無実の男を刑務所に送り込み、死に追いやった。結果的に二人の人間を殺しているというのに、裁かれることはないのです。永久に――」

「…………」

阿久津の言う通りだ。

被告は自殺し、長い歳月が流れ、風化してしまった事件。長谷部の罪が裁かれる機会は絶対に訪れない。

ただ、黙って見ていることしかできない。

「この不条理を、私はどうしても許せなかった――」

阿久津がきっぱりと言った。

そこには、後悔の念は微塵も感じられなかった。自分の為すべきことを為したという、充足感に満ちているようだった。

阿久津にとっては、特異な能力を持った者の義務だと思えたのかもしれない。

そんなことをしても、笹川は喜ばない――そんなドラマみたいな言葉が脳裏に浮かんだが、口に出すことはなかった。

死者の想いを知ることなど、誰にもできない。

笹川が、阿久津の行動をどう感じるかなど、分かるはずもない。それに、少なくとも、殺された女子大生は感謝するはずだ。

自分を殺した人間が、何事もなかったかのように、のうのうと暮らしているなど、考えただけで反吐《へど》が出る。

時間はかかったが、阿久津によってその無念は晴らされたのだ。

「他の三人は、なぜ殺したんですか？」

天海が訊ねると、阿久津は僅かに視線を足許に落とした。

「みな、長谷部と似たような連中です。あの医者の安藤は、手術中に意図的に人を殺していた。暴力団の幹部の武井は、何人もの女性を強姦し、殺害しただけでなく、その罪を無関係の人間になすり付けていた」

阿久津の声は憎しみに満ちていた。

「だったら、逮捕できるように、尽力するべきです」

天海の主張を阿久津が笑い飛ばした。

「あなたの言っていることは正論です。しかし、正論を認めない連中もいる。今回のことで分かったでしょう。組織が巨大であればあるほど、腐敗は進んでいるんです。私が殺した者たちは、警察と癒着し、巧妙に自分たちに捜査の手が及ばないように工作していたんです」

「それでも、証拠を集めて追い詰めることはできたはずです」

どんなに組織が腐敗していようが、権力を振り翳されようが、動かし難い捜査結果を呈示すれば、追い詰めることができるはずだ。

「あなたは、正気でそんなことを言っているんですか？」

「え？」

「四人目の男――守野のことは知っていますよね」

「はい」

「彼は、官房長官の隠し子です」

「なっ！」

天海は、驚きで息を詰まらせた。

資料では、父親が不明ということになっていたが、まさかそんな大物の隠し子とは思いも寄らなかった。

「守野は、無残に少女を殺害した外道でした。私は、最初からあの男が犯人だと分かっていました。地道な捜査を続け、物的証拠であるナイフも押収しました。この先は、わざわざ言うまでもなくご存じですよね？」

頷くより他なかった。

押収したはずの物的証拠が、鑑定前に突如として紛失したのだ。

「あの証拠紛失は仕組まれたものだったと？」

「そうです。逮捕の為に尽力し、正攻法で証拠を集めても、それをなかったことにされてしまうんです」

阿久津の声が震えていた。

それは、抑えようのない強烈な怒りによってもたらされたものだろう。

「そういう連中の罪を、いったい誰が裁くんですか？」

阿久津に問われて、すぐに答えが返せなかった。

まさに阿久津の言う通りだからだ。

罪を犯しながら、腐敗した組織と権力によって守られ、狡猾に罪を逃れる連中は、どうしようもなくいる。

今回の晴人の事件など、まさにその代表だ。

警察は組織の面子《メンツ》を守る為に、全ての罪を葛城に被せようとしている。被害者の無念や、遺族の感情などお構いなしだ。

「彼らの罪を知っていながら、証拠がないからと黙って見過ごすことこそ、大きな罪ではありませんか？　しかも、彼らは、今後も罪を重ねる可能性が極めて高い。新たな犠牲者が出ると分かっていながら、それを見過ごせと仰《おっしゃ》るんですか？」

「でも……」

言いかけた天海を制するように、阿久津が鋭い視線を投げかけてきた。

「これは、まだ言っていませんでしたが、私は記憶を視覚として感知しているだけではありません」

「どういうことですか？」

「聴覚、嗅覚、味覚、感覚も同時に感知しているんです」

「感覚ということは……」

「ええ。殺されたときの痛みや苦しみも、同時に味わっています。もちろん、感情も一緒に流れ込んでくるんです」

阿久津の告白に、天海は衝撃を受けた。

それと同時に、初めて阿久津に会った時の光景が脳裏に蘇る。

あの時、阿久津は被害者の真莉愛の手を取り、涙を流していた。真穂の時も泣いていた。あれは単なる同情の涙ではなかったということだ。

被害者の、痛みはもちろん、死に際の感情を共有したことで流した涙――。

そう。あれは被害者の涙そのものだったのだ。

阿久津にとって、記憶の感知は追体験に他ならない。阿久津は、殺害された被害者に触れる度に、殺されていたのだ。

肉体は存在していても、記憶の中で殺される。それも、何度も、何度も――。

理解すると同時に、天海の目から、再び涙が零れ落ちた。

阿久津が、これまでどんな思いで捜査を続けて来たのか――それを改めて思い知らされた。

人知れず、被害者の痛みを自らの身体に刻みつけ、それを心の奥に押し留め、誰にも語ることなく孤独に歩み続けてきた。

強靭《きょうじん》な精神力——いや、そんな安っぽいものではない。

阿久津は、ずっと自分の心を傷付けながら生きて来た。そして、たった一人で罪を背負ってきたのだ。

痛々しい——。

それは、あまりに残酷な仕打ちであるように思える。

「もし、私を憐れむ気持ちがあるのなら、止めないで頂きたい」

阿久津が天海に背を向けた。

言葉に反して、決別とは違う、何かを望んでいるような背中だった。

「待って下さい。何をするつもりですか？」

天海が問う。

「分かっているでしょう」

阿久津が振り返り、笑みを浮かべた。

その目は、冷酷で残忍で、容赦のない光を宿していた。

まるで——悪魔のように——。

「やめて下さい。そうじゃないと、私は、あなたを撃たなければなりません」

天海は、拳銃のトリガーに指をかけた。

だが、涙で視界が歪んでいるだけでなく、震えていて、相変わらず照準が定まらない。

「撃ちたければ、撃って下さい」

阿久津が他人事《ひとごと》のように言った。

「え？」

「私が、なぜ死体に逆さ五芒星を刻んだか分かりますか？」

急に問われて、はっとなる。

確かにそれは疑問だ。なぜ、阿久津は被害者に逆さ五芒星の刻印を施したのか——。

「なぜです？」

「理由は幾つかあります。一つは、私からのメッセージです。〈悪魔〉の刻印を残すことで、関係者には、殺害の意図が分かると思ったのです」

確かにそうかもしれない。

一件だけでは、意味が理解できないが、複数の被害者に刻印することで、彼らが殺害されている理由が伝わるはずだ。

それだけではない。おそらく阿久津は、そうやって恐怖を植え付けることで、自浄作用を促そうとしたのだろう。

「もう一つは、他の事件と混同させない為です」

阿久津が続けて言った。

「笹川さんのような人を増やしたくなかった——ということですか？」

「ええ。ただ、私のその目論みは、とんでもない歪みを生み出してしまいました」

「歪み？」

「彼です——」

阿久津が、晴人に顔を向けた。

「どういうことです？」

「私が、彼を創ってしまったんですよ」

「何を言っているんです？」

「分かりませんか？」

「分かりません」

天海が言うと、阿久津が再び振り返った。

「彼は、父親のパソコンをクラッキングし、〈悪魔〉による犯行の現場を見てしまったんです」

晴人が、父親のパソコンをクラッキングしていた可能性は、確かにあるだろう。そこで、犯行現場の写真を見つけたとしても不思議はない。

「それが、どう関係しているんですか？」

「その写真を見て、彼は感化されてしまった。死体を美しいと感じ、自分も同じものを創り出そうとしたんです」

「何ですって……」

「もちろん、彼自身は模倣しているなんて意識はありません。あたかも、自分の閃きであると錯覚したようですが……」

「そんな……」

天海は、震える声を抑えることができなかった。

「これで分かったでしょう。私は、彼を生み出してしまった責任者として、彼を葬らなければならないのです――」

阿久津は、改めて晴人に身体を向けた。

いつの間にか、その手には鉈《なた》のようなものが握られていた。

「やめて下さい」

天海の言葉に、阿久津は振り返ることはなかった。

ゆっくりと、だが確かな足取りで晴人に近付いて行く。

「お願い！　やめて！」

心の底から願い、そして叫んだ――。

溢《あふ》れ出《で》た涙が、天海から視界を奪っていく。

その歪んだ視界の中でも、阿久津が鉈を大きく振り上げるのが分かった。

トリガーに触れる指に、力を込めようとしたが駄目だった。

天海自身、分かっていた。

自分は、阿久津を止めることなどできない。彼は悪意を持って悪を為しているのではない。正義の為に、自らの身を悪に染めているだけなのだ。

悪魔は、かつて天界の大天使のルシファーだったという説がある。だが、神に背き、天界を追われ地獄に堕とされ、悪魔となった――。

まさに、今の阿久津そのものだ。

天海は耐え切れずに、頭を垂れた。

止めることもできない。見ていることさえ耐えられない。では、私はどうしたらいいのだろう――。

何もかもが分からなかった。

拳銃を下ろそうとした時、誰かの声がした。

――撃て！

天海は、その声に誘われるように、反射的にトリガーを引いていた。

銃声が轟く。

間を置いて、前に立っていた阿久津が、ゆっくりと倒れた。

しばらく、何が起きたのか分からなかった。

が、やがて天海は自らの行いを悟り、硝煙の立ち上る拳銃を取り落とした。

「阿久津さん！」

天海は、倒れている阿久津に駆け寄った。

どこに弾丸が命中したのかよく分からない。ただ、阿久津のシャツは、真っ赤な血で染まっていた。

「阿久津さん！　しっかりして下さい！」

動揺して、何をしていいのか分からず、必死に呼びかける。

阿久津の顔に、笑みが浮かんだ。

「ありがとう……」

阿久津が、苦しそうにしながらも、そう呟いた。

その言葉を聞き、天海はようやく理解した。あの瞬間、天海に「撃て！」と命じたのは、誰あろう阿久津自身だった。

阿久津は、もうやめたかったのだ。

晴人を生み出したことで、自分の行いの過ちを知った。だが、自分ではやめられなかった。だから、誰かに止めて欲しかった。

その誰かが、天海だったのだ——。

阿久津の目が、ゆっくりと閉じて行く。

「待って！　行かないで！」

天海は、阿久津の右手を力いっぱい握り締めた。

あなたは孤独なんかじゃない。

短い時間だったけど、私はあなたの側にいた。そのことを知って欲しかった。

天海の最後の想いが、阿久津に届いたかどうかは分からない。ただ、雨の音だけが延々と響いていた――。

エピローグ

天海は、白い廊下を歩いていた――。

窓から差し込む日差しは、目が眩《くら》むほどに眩しかった。

あの事件から、既に一年が経過している。

昨年は、連日の雨だったが、今年は梅雨とは名ばかりで、穏やかな日が続いている。

不思議なものだと思う。事件発覚当初は、あれほどの騒ぎになっていたにもかかわらず、今ではニュースはおろか、警察内でもほとんど語られることはない。

時の流れというのは、残酷なものだ。

だが、世間が忘れてしまったとしても、天海の心の中から、あの事件のことが消えることはない。

おそらく、一生をかけて、天海の心を蝕み続けるのだろう。

「天海さん――でしたよね」

前を歩く男が、僅かに振り返りながら声をかけてきた。

がっちりとした体格の割に、いかにも優しそうな甘い顔立ちをした男だった。確か、最初に名刺を渡された気がするが、何という名前だったのかは思い出せないし、思い出す気もなかった。

「ええ」

「いや。驚きましたよ。警察の方がいらっしゃると聞いてはいたんですが、まさか、こんなに若くてお綺麗な方だとは――」

男がはにかんだような笑みを浮かべた。

自分が、女性に好まれる容姿をしていることを、自覚した上での発言だろう。こういうタイプは、全てが自分の思い通りになると錯覚している。

「容姿を褒めたつもりでも、セクハラになるとご存じでしたか？」

天海が冷淡に言うと、途端に男の顔が引き攣った。

これまで、こんな棘だらけの言葉を投げつけられたことはないのだろう。プライドが傷付けられたことに、怒りにも似た感情を抱いているのが、手に取るように分かった。

だが、そんなものは、天海の知ったことではない。

「おれは、その、そんなつもりでは……」

男はしどろもどろに言いながら、天海の視線から逃れるように前を向いた。

「そうですか？　私には、職務中にナンパをしているように見えました」

まして、大黒に関しては、殺人犯を〈特殊犯罪捜査室〉に引き抜いたのだから、その任命責任は問われて然るべきだ。

ところが、それら全てが不問に付された。

大黒が暗躍したらしい。おそらく、上層部と何かしらの密約が取り交わされたのだろうが、それは天海の知るところではない。

そればかりか、大黒は、それを好機とみて〈特殊犯罪捜査室〉の人員を増強し、今では十人ほどの部署になった。

こういうところが、大黒が〈黒蛇〉と畏れられた要因なのかもしれない。

あの事件のあと、天海は大黒に二つの質問をした。

阿久津の能力を知っていたのか？　そして、阿久津のやっていたことを知っていたのか？　という二つの質問だった。

それに対する大黒の回答は——沈黙だった。

天海の推測では、大黒は全てを知っていたのだと思う。

だからこそ、阿久津を〈特殊犯罪捜査室〉に呼んだのだ。天海に、阿久津の能力のことを、殊更強調していたのも、知っていればこそ——だ。

そうすることで、阿久津がより動き易い環境を作り出していた。

だが、あくまで天海の推測に過ぎないので、それ以上、追及することはできない。

大黒を批難したい気持ちもある天海だが、正直、自分自身も彼と同類といえた。納得できないなら、〈特殊犯罪捜査室〉からの異動を希望するなり、警察を去るなりすればいい。それなのに、同じ場所に留まり続けている。

今の天海を見たら、彼は何と言うだろう？

「こちらです」

男が、鉄製の扉の前で足を止めた。

「分かりました。ここまでで結構です」

天海は、ぴしゃりと男に告げる。

「同席させて頂きます。何かあったら、いけませんから――」

男が言い返してくる。

「何か――とは何ですか？」

「万が一というか……」

「その万が一とは、具体的に、どのようなケースなのかを訊ねているんです」

「えっと……」

男が言い淀んだ。

「私、一人で入ります。同行は必要ありません」

天海が、わざわざ口にするまでもなく、その旨は大黒から伝達されているはずだ。

「しかし、相手は〈悪魔〉ですよ」

男の不用意な言葉が、天海の神経を逆撫でした。

「彼のことを〈悪魔〉と呼ぶなら、あなたの中にも〈悪魔〉はいるでしょ――」

天海の言葉の意味が理解できなかったらしく、男は虚を突かれたような表情を浮かべた。

理解できるように、説明しようという気は起きなかった。

「とにかく、ここを開けて下さい」

天海がぴしゃりと言うと、男は迷った素振りをみせつつも、ドアの鍵を開けた。

「この扉は、内側からは開きません。出たい時には、部屋の中にあるインターホンで声をかけて下さい」

「分かりました」

天海は、短く応じてから扉の向こう側に足を踏み入れる。

空気が変わったような気がした。

そう感じるのは、あの男の――〈悪魔〉と呼ばれた男の存在を、肌で感じ取っているからなのかもしれない。

部屋の中には、ステンレス製のデスクと簡素な椅子が置かれていた。

そこに、一人の男が座っている。

天海の視線を感じたのか、男がゆっくりと顔を上げた。

阿久津誠――四人を殺害したその残忍さから、〈悪魔〉と呼ばれた男だ――。

「久しぶりですね――」

阿久津が、落ち着いた口調で言った。

この態度だけ見ていると、まるであの事件はなかったのではないかとすら思える。そうであったなら、どれほどいいか――。

願ったところで、それは天海の甘い幻想に過ぎない。

「お元気そうで何よりです」

天海は、そう言いながら阿久津の前に座った。

彼の両手は拘束具で固定されている。阿久津は、事件後、真実を正直に話した。だが、誰も彼の特異な能力を信じようとはしなかった。

結果として、精神鑑定にかけられることになった。

阿久津の能力は存在しない。彼は、統合失調症だと診断された。

心神喪失状態による犯行という判断が下され、無罪判決が言い渡され、指定入院医療機関に入院させられることになった。

真実を話したにもかかわらず、阿久津はそれを受け容れてもらえなかった。だが、仮に受け容れられていたら、阿久津には間違いなく死刑判決が下されていたはずだ。

皮肉なものだと思う。

何《いず》れにせよ、阿久津は二度と閉鎖病棟を出ることはないだろう。彼が真実を話し続ける限り、統合失調症という診断が下され続ける。

「君の顔を見ると、首が疼きますけどね」

阿久津が、小さく笑みを浮かべながら言った。

あの日、天海が撃った銃弾は、阿久津の首の左側を貫通した。もう少しズレていたら、阿久津の延髄を粉砕し、即死だったそうだ。

それが、良かったのか、悪かったのか、今の天海には判断できない。

「私のせいだと言いたいんですか?」

「ええ。いっそ、殺してくれれば良かった」

「次は、ちゃんと狙うようにします」

天海が口にすると、阿久津が声を上げて笑った。

釣られて、天海も頰を緩めた。

「案内役の彼——気に入らないようですね」

阿久津が言う。

「よく分かりましたね。触れてもいないのに」

「そうですね。不思議ですね。触れなくても、あなたのことなら分かる」

――私も。

そう言いそうになるのを、辛うじて呑み込んだ。

「それで。わざわざ、君が来たということは、厄介な事件を抱えているんですね――」

阿久津は全てを承知したように言う。

「その通りです」

天海は、包み隠すことなく答えると、バッグの中からビニール袋に入ったスマートフォンを取り出し、デスクの上に置いた。

阿久津は、拘束された両手で器用にビニール袋の中からスマートフォンを取り出し、それに触れると、そっと目を閉じた。

事件後、大黒は阿久津の特殊な能力を、犯罪捜査に活用するべきだと考えた。

天海の役目は、捜査が難航する事件の物的証拠をこうして持ち込み、阿久津の能力により助言を得ることだ。

事件後、天海が、現状に甘んじ〈特殊犯罪捜査室〉に残ったのは、こうして阿久津に会う為に他ならない。

考え過ぎかもしれないが、大黒は、最初からこうなることを見越していたのではないか――とすら思えてくる。

「殺されたのは、高校生の女性ですね」

阿久津が、ゆっくりと瞼を開けながら言った。

その目から、涙が零れ落ちる。

「はい。加害者は、初めて会った時と変わらない、純粋で美しい涙――。どんな人物ですか？」

天海の質問に、阿久津は目を細めた。

「単独犯だと思っているんですか？」

阿久津の言葉に、どきっとする。

「いいえ。複数犯の可能性も視野に入れています」

「そうですか。性的な暴行を受けていますが、犯人の目的はそれではありません」

「と、いうと？」

「そう見せかけようとした者たちの犯行――ということです。ここまで言えば、あなたなら、もう分かっているはずですよね？」

阿久津に言われて、天海は大きく頷いた。

みなまで言わずとも、今の阿久津のヒントで充分だった。どの方向を向いて捜査をすればいいのかは分かった。

「ご協力、感謝します」

天海はスマートフォンをしまうと、阿久津に右手を差し出した。

阿久津は、僅かに躊躇う素振りを見せた。今、天海がどんな生活をしているのか、それを知るのが怖いのだろう。

天海は、無言のまま阿久津に右手を差し出し続けた。

やがて諦めたように、阿久津が天海の手を両手で握り返した。肌が触れ合う。その懐かしい感触を噛み締めるように、天海は目を閉じた。

「男がいるのですね」

やがて、阿久津が呟くように言った。

「はい」

天海は、そう答えると阿久津を見返した。

阿久津が、優しい笑みを浮かべながら、天海を見返してくる。

「一緒に住んでいるんですね」

「ええ」

「ベンガル猫ですか？」

「いいえ。雑種だと思います。捨てられていたのを拾ったんです」

「私と同じ名前を付けたんですね」

「いけませんか？」

「あなたという人は……」

阿久津が呆れたように、小さく首を振った。

「では、また――」

――あなたは孤独ではない。

思いはしたが、敢えて口にすることはなかった。

言わずとも、天海の想いは伝わっているはずだ。

天海は、阿久津から手を離すと、席を立ち、インターホンで外に声をかけてから、背を向けて扉に向かった。

世間は阿久津のことを〈悪魔〉と呼んだ。

もし、阿久津が〈悪魔〉だとするなら、その彼を利用し続けようとする大黒は何者なのだろう？

そして、今もなお阿久津を愛し続ける自分は、いったい何者なのだろう？

天海の中に、ふとそんな疑問が浮かんだ。

本書は二〇一八年九月に小社より刊行された『悪魔と呼ばれた男』を加筆・修正したものです。

|著者|神永 学　1974年山梨県生まれ。日本映画学校卒業。2003年『赤い隻眼』を自費出版する。同作を大幅改稿した『心霊探偵八雲 赤い瞳は知っている』で'04年にプロ作家デビュー。代表作「心霊探偵八雲」をはじめ、「天命探偵」「怪盗探偵山猫」「確率捜査官 御子柴岳人」「浮雲心霊奇譚」「殺生伝」「革命のリベリオン」などシリーズ作品を多数展開。著書には他に『イノセントブルー 記憶の旅人』『コンダクター』がある。

悪魔《あくま》と呼《よ》ばれた男《おとこ》

神永《かみなが》 学《まなぶ》

講談社文庫
定価はカバーに
表示してあります

2020年11月13日第1刷発行

発行者──渡瀬昌彦
発行所──株式会社 講談社
東京都文京区音羽2-12-21　〒112-8001
電話 出版 (03) 5395-3510
　　 販売 (03) 5395-5817
　　 業務 (03) 5395-3615

Printed in Japan

デザイン─菊地信義
本文データ制作─講談社デジタル製作
印刷───大日本印刷株式会社
製本───大日本印刷株式会社

ISBN978-4-06-520954-7

講談社文庫刊行の辞

二十一世紀の到来を目睫に望みながら、われわれはいま、人類史上かつて例を見ない巨大な転換期をむかえようとしている。

世界も、日本も、激動の予兆に対する期待とおののきを内に蔵して、未知の時代に歩み入ろうとしている。このときにあたり、創業の人野間清治の「ナショナル・エデュケイター」への志を現代に甦らせようと意図して、われわれはここに古今の文芸作品はいうまでもなく、ひろく人文・社会・自然の諸科学から東西の名著を網羅する、新しい綜合文庫の発刊を決意した。

激動の転換期はまた断絶の時代である。われわれは戦後二十五年間の出版文化のありかたへの深い反省をこめて、この断絶の時代にあえて人間的な持続を求めようとする。いたずらに浮薄な商業主義のあだ花を追い求めることなく、長期にわたって良書に生命をあたえようとつとめるところにしか、今後の出版文化の真の繁栄はあり得ないと信じるからである。

同時にわれわれはこの綜合文庫の刊行を通じて、人文・社会・自然の諸科学が、結局人間の学にほかならないことを立証しようと願っている。かつて知識とは、「汝自身を知る」ことにつきていた。現代社会の瑣末な情報の氾濫のなかから、力強い知識の源泉を掘り起し、技術文明のただなかに、生きた人間の姿を復活させること。それこそわれわれの切なる希求である。

われわれは権威に盲従せず、俗流に媚びることなく、渾然一体となって日本の「草の根」をかたちづくる若く新しい世代の人々に、心をこめてこの新しい綜合文庫をおくり届けたい。それは知識の泉であるとともに感受性のふるさとであり、もっとも有機的に組織され、社会に開かれた万人のための大学をめざしている。大方の支援と協力を衷心より切望してやまない。

一九七一年七月

野間省一

講談社文庫 最新刊

太田尚樹
世紀の愚行
〈太平洋戦争・日米開戦前夜〉
リットン報告書からハル・ノートまで、戦前外交失敗の本質。日本人はなぜ戦争を始めたのか。

木内一裕
ドッグレース
最も危険な探偵が挑む闇社会の冤罪事件。警察×検察×ヤクザの完全包囲網を突破する！

鏑木蓮
疑薬
集団感染の死亡者と、10年前に失明した母にはある共通点が。新薬開発の裏には——。

町田康
ホサナ
私たちを救ってください——。愛犬家のバーベキューに突如現れた光の柱。現代の超訳聖書。

伊与原新
コンタミ 科学汚染
悪意で汚されたニセ科学商品。科学は人間をどこまで救えるのか。衝撃の理知的サスペンス。

逢坂剛
奔流恐るるにたらず
〈重蔵始末(八)完結篇〉
破格の天才探検家、その衝撃的な最期とは。著者初の時代小説シリーズ、ついに完結。

マイクル・コナリー
古沢嘉通 訳
素晴らしき世界(上)(下)
ボッシュと女性刑事バラードがバディに！孤高のふたりがLA未解決事件の謎に挑む。

ジャンニ・ロダーリ
内田洋子 訳
緑の髪のパオリーノ
イタリア児童文学の名作家からの贈り物。不思議で温かい珠玉のショートショート！

講談社文芸文庫

笙野頼子

海獣・呼ぶ植物・夢の死体

初期幻視小説集

解説＝菅野昭正　年譜＝山﨑眞紀子

体と心の「痛み」と向き合う日々が見せたこの世ならぬものたちを、透明感あふれる筆致で描き出した初期作品五篇。現在から当時を見つめる書下ろし「記憶カメラ」併録。

978-4-06-521790-0　しL4

笙野頼子

猫道

単身転々小説集

解説＝平田俊子　年譜＝山﨑眞紀子

自らの住まいへの違和感から引っ越しを繰り返すうちに猫たちと運命的に出会い、彼らと安全に暮らせる空間が「居場所」に。笙野文学の確かな足跡を示す作品集。

978-4-06-290341-7　しL3

講談社文庫　目録

芥川龍之介　藪の中
有吉佐和子　新装版 和宮様御留
阿刀田　高　ナポレオン狂
阿刀田　高　新装版 ブラック・ジョーク大全
相沢忠洋　「岩宿」の発見〈幻の旧石器を求めて〉
鮎川哲也　りら荘事件
赤川次郎　偶像崇拝殺人事件
赤川次郎　人間消失殺人事件
赤川次郎　三姉妹探偵団
赤川次郎　三姉妹探偵団2〈キャンパス篇〉
赤川次郎　三姉妹探偵団3〈珠美・初恋篇〉
赤川次郎　三姉妹探偵団4〈怪奇篇〉
赤川次郎　三姉妹探偵団5〈復讐篇〉
赤川次郎　三姉妹探偵団6〈危機一髪篇〉
赤川次郎　三姉妹探偵団7〈駈け落ち篇〉
赤川次郎　三姉妹探偵団8〈人質篇〉
赤川次郎　三姉妹探偵団9〈青ひげ篇〉
赤川次郎　三姉妹探偵団10〈父恋し篇〉
赤川次郎　死が小径をやってくる〈三姉妹探偵団11〉
赤川次郎　死神のお気に入り〈三姉妹探偵団12〉
赤川次郎　次女と野獣〈三姉妹探偵団13〉
赤川次郎　心地よい悪夢〈三姉妹探偵団14〉
赤川次郎　ふるえて眠れ、三姉妹〈三姉妹探偵団15〉
赤川次郎　三姉妹、呪いの道行〈三姉妹探偵団16〉
赤川次郎　三姉妹、初めてのおつかい〈三姉妹探偵団17〉
赤川次郎　恋の花咲く三姉妹〈三姉妹探偵団18〉
赤川次郎　月もおぼろに三姉妹〈三姉妹探偵団19〉
赤川次郎　三姉妹、ふしぎな旅日記〈三姉妹探偵団20〉
赤川次郎　三姉妹、清く貧しく美しく〈三姉妹探偵団21〉
赤川次郎　三姉妹と忘れじの面影〈三姉妹探偵団22〉
赤川次郎　三姉妹、舞踏会への招待〈三姉妹探偵団23〉
赤川次郎　三人姉妹殺人事件〈三姉妹探偵団24〉
赤川次郎　三姉妹、さびしい入江の歌〈三姉妹探偵団25〉
赤川次郎　静かな町の夕暮に
泡坂妻夫　花火と銃声
新井素子　グリーン・レクイエム
安能務 訳　封神演義 全三冊
安西水丸　東京美女散歩
トルーマン・カポーティ 安西水丸 訳　真夏の航海
綾辻行人　緋色の囁き
綾辻行人　暗闇の囁き
綾辻行人　黄昏の囁き
綾辻行人　殺人方程式〈切断された死体の問題〉
綾辻行人　鳴風荘事件 殺人方程式II
綾辻行人　十角館の殺人〈新装改訂版〉
綾辻行人　水車館の殺人〈新装改訂版〉
綾辻行人　迷路館の殺人〈新装改訂版〉
綾辻行人　人形館の殺人〈新装改訂版〉
綾辻行人　時計館の殺人〈新装改訂版〉
綾辻行人　黒猫館の殺人〈新装改訂版〉
綾辻行人　暗黒館の殺人 全四冊
綾辻行人　びっくり館の殺人
綾辻行人　奇面館の殺人(上)(下)
綾辻行人　どんどん橋、落ちた〈新装改訂版〉
綾辻行人ほか　7人の名探偵
我孫子武丸　探偵映画
我孫子武丸　新装版 8の殺人

麻見和史 奈落の偶像〈警視庁殺人分析班〉
麻見和史 鷹《たか》の砦《とりで》〈警視庁殺人分析班〉
麻見和史 深紅の断片〈警防課救命チーム〉
赤坂憲雄 岡本太郎という思想
有川 浩 三匹のおっさん
有川 浩 三匹のおっさん ふたたび
有川 浩 ヒア・カムズ・ザ・サン
有川 浩 旅猫リポート
有川ひろ アンマーとぼくら
有川ひろ ほか ニャンニャンにゃんそろじー
荒崎一海 無流心月剣〈宗元寺隼人密命帖(一)〉
荒崎一海 幽霊の足〈宗元寺隼人密命帖(二)〉
荒崎一海 名花散る〈宗元寺隼人密命帖(三)〉
荒崎一海 江都落涙〈宗元寺隼人密命帖(四)〉
荒崎一海 門前仲町〈九頭竜覚山 浮世綴(一)〉
荒崎一海 蓬萊橋雨景〈九頭竜覚山 浮世綴(二)〉
荒崎一海 寺町哀感〈九頭竜覚山 浮世綴(三)〉
荒崎一海 小《お》名《な》木《ぎ》川《がわ》〈九頭竜覚山 浮世綴(四)〉
浅野里沙子 花篝《はなかがり》 御探し物請負屋

朱野帰《かえる》子《こ》 駅物語
東 浩紀 一般意志2・0〈ルソー、フロイト、グーグル〉
朝倉宏景 白球アフロ
朝倉宏景 野球部ひとり
朝倉宏景 つよく結べ、ポニーテール
安達 瑶 奈落の花〈堕ちたエリート〉
朝井リョウ スペードの3
朝井リョウ 世にも奇妙な君物語
足立 紳 弱虫日記
有沢ゆう希 ムサヲ 原作 恋と嘘〈映画ノベライズ〉
有沢ゆう希 末次由紀 原作 〈小説〉ちはやふる 上の句
有沢ゆう希 末次由紀 原作 〈小説〉ちはやふる 下の句
有沢ゆう希 末次由紀 原作 〈小説〉ちはやふる 結び
有沢ゆう希 ろびこ 原作 〈小説〉となりの怪物くん
有沢ゆう希 小説 パーフェクトワールド〈君といる奇跡〉
蒼井凜花 女唇《ルージュ》の伝言
秋川滝美 幸腹《こうふく》な百貨店
秋川滝美 幸腹な百貨店〈デパ地下おにぎり騒動〉
秋川滝美 幸腹な百貨店〈催事場で蕎麦屋呑み〉

東 芙美子 原作 雲田はるこ 脚本 羽原大介 小説 昭和元禄落語心中
赤神 諒 神遊の城
赤神 諒 大友二階崩れ
彩瀬まる やがて海へと届く
浅生 鴨 伴走者
天野純希 有楽斎の戦
五木寛之 ソフィアの秋
五木寛之 狼のブルース
五木寛之 海峡物語
五木寛之 風花のひと
五木寛之 鳥の歌(上)(下)
五木寛之 燃える秋
五木寛之 真夜中の望遠鏡〈流されゆく日々'78〉
五木寛之 ナホトカ青春航路〈流されゆく日々'79〉
五木寛之 旅の幻燈
五木寛之 他力
五木寛之 こころの天気図
五木寛之 新装版 恋歌
五木寛之 百寺巡礼 第一巻 奈良

石田衣良　逆島断雄〈本土最終防衛決戦編1〉
石田衣良　逆島断雄〈本土最終防衛決戦編2〉
井上荒野　ひどい感じ―父・井上光晴
稲葉　稔　椋鳥の影〈八丁堀手控え帖〉
井川香四郎　冬の蝶〈梟与力吟味帳〉
井川香四郎　日照り草〈梟与力吟味帳〉
井川香四郎　忍《すい》冬《かずら》〈梟与力吟味帳〉
井川香四郎　花《はな》詞《ことば》〈梟与力吟味帳〉
井川香四郎　雪の花火〈梟与力吟味帳〉
井川香四郎　鬼《き》雨《う》〈梟与力吟味帳〉
井川香四郎　科《しな》戸《と》の風〈梟与力吟味帳〉
井川香四郎　紅《くれない》の露〈梟与力吟味帳〉
井川香四郎　惻《そく》隠《いん》の灯《ひ》〈梟与力吟味帳〉
井川香四郎　三人羽織〈梟与力吟味帳〉
井川香四郎　吹《すい》花《か》の風〈梟与力吟味帳〉
井川香四郎　飯盛り侍
井川香四郎　飯盛り侍　鯛評定
井川香四郎　飯盛り侍　城攻め猪
井川香四郎　飯盛り侍　すっぽん天下

井川香四郎　御三家が斬る！
井川香四郎　御三家が斬る！〈殺しの鬼棲む妻籠宿〉
伊坂幸太郎　チルドレン
伊坂幸太郎　魔王
伊坂幸太郎　モダンタイムス(上)(下)
伊坂幸太郎　PK
伊坂幸太郎　サブマリン
絲山秋子　逃亡くそたわけ
絲山秋子　袋小路の男
石黒　耀　死都日本
石黒　耀　震災列島
石黒　耀　忠臣蔵異聞〈家老 大野九郎兵衛の長い仇討ち〉
犬飼六岐　筋違い半介
犬飼六岐　吉岡清三郎貸腕帳
石川大我　ボクの彼氏はどこにいる？
石松宏章　マジでガチなボランティア
伊東　潤　疾《はや》き雲のごとく
伊東　潤　戦国鬼譚　惨
伊東　潤　虚《うつ》けの舞

伊東　潤　叛《はん》鬼《き》
伊東　潤　国を蹴った男
伊東　潤　峠越え
伊東　潤　黎明に起《た》つ
伊東　潤　池田屋乱刃
市川拓司　吸涙鬼
石飛幸三　「平穏死」のすすめ〈口から食べられなくなったらどうしますか〉
伊藤理佐　女のはしょり道
伊藤理佐　また！女のはしょり道
石黒正数　外《げ》天《てん》楼《ろう》
伊与原新　ルカの方《はこ》舟《ぶね》
稲葉圭《よし》昭《あき》　恥さらし〈北海道警 悪徳刑事の告白〉
稲葉博《ひろ》一《いち》　忍者烈伝
稲葉博一　忍者烈伝ノ続
稲葉博一　忍者烈伝ノ乱〈天之巻〉〈地之巻〉
伊岡　瞬　桜の花が散る前に
石川智健　エウレカの確率〈経済学捜査員 伏見真守〉
石川智健　エウレカの確率〈よくわかる殺人経済学入門〉
石川智健　エウレカの確率〈経済学捜査と殺人の効用〉

2020年9月15日現在